VILLA TAYLOR

Michel Canesi et Jamil Rahmani sont tous les deux médecins. Leur premier roman, *Le Syndrome de Lazare*, a été adapté au cinéma par André Téchiné, sous le titre *Les Témoins*. Ils sont également les auteurs d'un roman très remarqué, *Alger sans Mozart*. *Villa Taylor* est leur cinquième roman.

CANESI & RAHMANI

Villa Taylor

ÉDITIONS ANNE CARRIÈRE

ISBN : 978-2-253-07348-2 – 1re publication LGF

À Sam

« La gloire est le deuil éclatant du bonheur. »

Madame de STAËL

Il est des journées qui font mal, de ces journées lumineuses du début de l'été ; je me souviens de l'une d'elles, voilà dix ans, une journée perfide, trompeuse.

Tôt le matin, j'avais reçu un appel de grand-mère. Une lumière douce, cristalline, baignait Marrakech. La même inondait Paris, le bonheur couvrait le monde.

— Viendras-tu enfin ? avait ajouté Moune.

Je n'avais pas répondu.

J'étais amoureuse, je vivais avec l'homme que j'aimais, je découvrais les jours sans lui, interminables, et les nuits dans ses bras, trop courtes.

Fille unique, j'avais détesté la solitude, mon enfance sans mère, ni frère ni sœur, les soirées en tête à tête avec mon père, sans mots, sans rires ni pleurs, sans bêtises ni disputes. Je m'étais promis, plus tard, d'avoir une famille. Rien ne me faisait plus rêver qu'une tablée pleine de bruits, de cris, de chaises raclant le sol, de couverts, d'assiettes et de verres entrechoqués.

Il faisait si beau ce jour-là, un jour béni des dieux, aurait dit papa…

Dans l'ascenseur qui me conduisait chez le médecin, je n'imaginais pas mes espérances foudroyées par deux mots barbares : « Hypoplasie utérine. »

J'avais un utérus d'enfant et ne pouvais en porter.

La lumière estivale devint soudain noire, la brise légère un suaire glacial, j'étais un désert et la science impuissante. Mon corps stérile : d'immenses étendues de terre craquelée balayées par un souffle brûlant, des champs d'herbe desséchée, des tourbillons de poussière ocre et, depuis, la soif…

Une soif inextinguible de pouvoir, et l'inaptitude au bonheur.

Paris à mes pieds déroule son damier haussmannien, il fait chaud, l'été s'installe avec torpeur et indolence. La pellicule de la vie tourne au ralenti, il flotte dans les rues un air d'insouciance, de légèreté, de temps suspendu. Les peaux se dénudent, les sens se libèrent, la France s'assoupit.

Encore une journée prometteuse, de celles dont je me méfie, de celles qui ne m'ont jamais apporté qu'amertume et douleur.

Je chasse les mauvaises pensées et m'immerge dans un dossier compliqué.

Le téléphone sonne. C'est sûrement Julien, je n'ai pas envie de répondre. Je fuis dans la salle de bains et regarde mon visage dans le vieux miroir au tain écaillé. Très vite, mon regard furtif glisse sur les marques du temps, les ignore et va à l'essentiel, à ce que j'aime en moi. J'aime mes yeux, mes cils et cette bouche qui hésite entre dureté et tristesse.

Je coiffe ma chevelure sombre à la belle épaisseur ; à peine visible, à la racine de quelques cheveux, un fin liseré clair.

Coiffeur demain.

Miroir, miroir ?

Face à mon reflet, je murmure ces vers de Baudelaire :

> *Je suis belle, ô mortels ! comme un rêve de pierre* [...]
> *Et jamais je ne pleure et jamais je ne ris.*

Le téléphone insiste, le répondeur se déclenche, ma voix détachée invite au message. Un bip strident, puis rien. Le correspondant s'est lassé.

Un peu de parfum, j'en dépose quelques gouttes au creux de ma main. Depuis l'enfance, je cherche en vain celui de grand-mère, celui des années perdues. J'ai chaque note en mémoire, mais ces notes, impossible d'en agencer la partition. Quand j'étais petite, j'accompagnais Moune dans la tour berbère de sa maison de Marrakech. Des meurtrières, elle surveillait les jardiniers et son parfum se mêlait à l'odeur puissante des poutres de cèdre. Un jour, elle ne l'a plus porté, sans raison.

Journée mortelle en perspective : conseil d'administration, déjeuner avec Faber, le président. Dans l'après-midi, quatre rendez-vous et, à 18 heures, cap sur une galerie de la rue Guénégaud pour un vernissage de nids à poussière, œuvres d'une femme de ministre qui s'ennuie. Le Tout-Paris sera là... pour l'instant. Cocktail puis dîner avec Julien, peut-être.

J'enfile une robe très habillée, noire, dentelle et strass, *overdressed*. De quoi impressionner les administrateurs machistes aux épouses naphtalinées et les syndicalistes non moins machistes aux compagnes invisibles. Ils n'en reviennent toujours pas, deux ans plus tard. Une femme à la tête d'une grande banque d'affaires !

À leur grande surprise, en moins d'une année, la femme brune, presque moricaude, vêtue de noir et de paillettes, à la voix cassante, aux traits durs et sans affect, a redressé les comptes, évité le dépôt de bilan.

Quand, unanime, la presse rendit hommage à la jeune *tycoon*, je tutoyai le bonheur.

L'orgueil flatté peut-il combler une vie ?

Grand-mère est morte hier.

Françoise, la secrétaire, inquiète de ma réaction, a prié Julien de m'en informer. Il a tenté de me joindre toute la journée. Je n'ai pas répondu, l'idée d'une soirée en sa compagnie m'assommait. Toujours le même restaurant de quartier aux bougies malingres posées sur des tables étroites, inconfortables. Comme si une simple flamme pouvait anoblir un lieu, embraser une atmosphère.

Exaspéré, il a envoyé un texto :

> *Désolé de t'apprendre ça par SMS, mais ta grand-mère n'est plus de ce monde. Rappelle-moi… je t'aime.*

J'accepte de dîner en ville, je ne veux pas de tête-à-tête avec la mort : Julien le beau, Julien l'énamouré fera diversion. J'ai choisi un restaurant high-tech, aux murs lisses comme mes émotions, à la cuisine si légère qu'elle comble les anorexiques. Je commande une pomme, la pèle, la saupoudre de poivre gris puis en dévore la peau, laissant la chair s'oxyder sous l'œil attristé de Julien.

Les goûts alimentaires sont-ils le reflet des sentiments ?

Grand-mère sera enterrée demain, à Marrakech, tel était son souhait.

— Pourquoi si vite ? demande-t-il.

— La chaleur...

Cette chaleur effroyable, échappée du désert, qui fige les hommes et les animaux de l'aube au crépuscule, le corps sans vie de mon aïeule n'y résisterait pas. Je la revois sous les pales du ventilateur de son salon marocain, un livre de poésie à la main, s'épongeant le front d'un carré de batiste mauve, les jours de grande canicule, quand le mercure grimpait au-delà de quarante. Elle murmurait des sonnets nostalgiques, écrasant parfois une larme de son mouchoir frangé de dentelle.

C'était une vraie vieille dame d'un autre siècle.

L'idée de ces vers à jamais muets m'attriste, et je pleure. Le chagrin accumulé, refoulé, le chagrin de plusieurs années s'épanche. Je suis une petite fille abandonnée, orpheline, seule face à l'immensité du monde.

Julien s'étonne, jamais je n'avais perdu le contrôle. Il hasarde, ému :

— Veux-tu que je t'accompagne ?

— Merci, non... je ne suis pas sûre de partir. Demain soir, j'ai une réunion importante.

Je joins Françoise, ma secrétaire :

— Trouvez un vol pour Marrakech, je dois y être

demain à 10 heures. Retour en milieu d'après-midi pour le comité d'entreprise.

Elle rappelle trente minutes plus tard :

— Aucun vol ne correspond.

Je réfléchis quelques secondes :

— Avion privé, organisez !

Je dois bien ça à grand-mère.

Ma *playlist* défile, le sommeil ne vient pas, une meute de souvenirs me lacère. Je t'en veux, grand-mère… Tu n'avais pas le droit, je n'étais pas prête.

Le rituel des jours nous fait croire à l'immortalité et nous traversons la vie, étourdis, sans percevoir l'invisible fil du temps.

Moune, je sens ma main de petite fille dans la tienne, mon pouce sur ta peau un peu flétrie, rugueuse. Cette peau aujourd'hui glacée. Grand-mère, je pense à ta solitude dans la nuit brûlante de Marrakech.

Au crépuscule, nous marchions sous les grands arbres de la Villa Taylor, je me blottissais contre toi et serrais ta main si fort ; les ombres pouvaient bien dévorer le jardin et le noir l'engloutir, tu étais là, rempart éternel contre mes peurs d'enfant.

Avec le temps, les peurs se sont estompées, elles reviennent parfois au détour d'un mauvais rêve et, dans un demi-sommeil, je te vois très droite dans les allées du parc, ton regard bleu m'enveloppe et me rassure.

Ce regard bleu, qui caresse-t-il désormais ?

Comme elle est lourde, la douleur de la perte ; elle s'installe, cruelle, au creux de nos corps et seuls l'apaisent les sanglots étouffés.

Moune, j'aurais aimé te dire ces mots simples qu'il me répugnait, à tort, de prononcer, ces mots qui ne sortiront jamais, ces mots emprisonnés qui font mal.

Antoine, le chauffeur, me conduit au Bourget. La circulation est encore fluide, l'avion sera prêt pour 7 heures. Paris-Marrakech, moins de trois heures de vol.

Dans le petit salon, quatre hommes attendent, *Wall Street Journal* ou pages saumon du *Figaro* étalés sur les genoux. Ils me dévisagent, complices, le torse très droit, bombé de suffisance. Nous appartenons au cercle arrogant des *happy few*. Ils portent le déguisement standard des maîtres du monde : costume, chemise et chaussures sur mesure. Je n'en saisis pas l'utilité, leurs corps sont parfaits, façonnés par les machines et haltères des clubs chics des capitales du monde. Ils détestent le prêt-à-porter, oubliant que leurs corps standardisés sont du prêt-à-porter. Je suis vêtue de noir, plus qu'à l'accoutumée, circonstances obligent. Seules taches de couleur, les semelles rouge vif de mes talons aiguilles pointés comme des armes.

Françoise a choisi un Gulfstream G650, pour sa rapidité. Les fauteuils en cuir clair pleine peau, les armatures en loupe d'orme flattent la vue. Mieux vaut un chagrin d'amour dans une Jaguar que dans un train de banlieue, affirmait Sagan. Je n'adhère pas, le luxe m'est indifférent. Tous les accoutrements dont je m'affuble, ces signes ostentatoires du pouvoir me sont imposés, la crédibilité est à ce prix.

Françoise a sélectionné quelques journaux, j'en feuillette trois ou quatre le temps du décollage. La crise s'étale sur toutes les unes, les journalistes de droite s'indignent de l'incapacité pathologique du nouveau gouvernement à prendre les mesures indispensables. Aucune analyse fouillée. L'originalité est la clé de la réussite, martelait un de mes maîtres à Sciences Po… J'enfourne ce fatras dans la pochette face à moi.

Que du bleu, éperdument, un bleu très clair, le bleu de l'aube.

La mort, vaincue par un ciel sans nuages, n'est plus qu'abstraction. Du hublot, j'aperçois les Pyrénées aux neiges dissoutes par l'été. Au Bourget, un crachin sale noyait tout. J'éloigne d'un geste l'hôtesse qui propose du champagne et bascule le dossier de mon siège.

Je pense à elle, à mon aïeule, à notre dernier voyage. Elle rêvait d'Égypte. Une amie lui avait vanté les roses trémières d'Assouan, elle voulait des graines pour son jardin. Nous avions pris un avion de Paris pour Louxor puis un bateau. Nous étions heureuses : une longue semaine à paresser au bord du Nil, une semaine d'immortalité.

Allongée sur une chaise longue, inlassablement, Moune regardait le Nil. Percevait-elle que bientôt elle en suivrait le cours, qu'elle rejoindrait ceux qui s'y étaient noyés ?

Quand j'arrivais sur la terrasse de sa chambre, face au fleuve, j'éprouvais de la compassion pour cette vieille femme qui luttait contre le temps et qui, néanmoins, usait ses heures à errer d'un œil absent à la surface des eaux, sur les frondaisons bleutées des jacarandas de l'île Éléphantine, les roches de granit polies par les millénaires et les rides incessantes du fleuve gigantesque. Les flots coulaient, implacables, et sa vie, tel le sable très fin d'un sablier retourné, filait inexorablement.

Les fleurs de l'Old Cataract étaient somptueuses et nous avions rapporté un plein sac de semences.

Grand-mère était la gardienne du passé.

La Villa Taylor, sa maison de Marrakech, est un bijou Art déco posé au cœur de Guéliz, l'ancien quartier européen. Moune l'a défendue toute sa vie, résistant aux promoteurs, aux milliardaires de tous bords qui en proposaient des fortunes.

— Moi vivante, jamais ! J'espère que tu résisteras toi aussi, l'essentiel est là, affirmait-elle, énigmatique.

Je ne pourrai pas faire le pèlerinage, une voiture m'attend à l'aéroport : elle me conduira au cimetière chrétien puis, après l'enterrement, je reprendrai le chemin du ciel. Vite, très vite, plus vite que grand-mère.

À l'arrivée, pas de chauffeur. Une chaleur suffocante. J'ôte ma veste, attends quelques minutes et toujours rien. Si je ne suis pas au cimetière dans moins d'une demi-heure, je raterai la cérémonie. Le grain de sable imprévu.

J'appelle Françoise :

— Pas de voiture.

— Je ne comprends pas.

— Je ne vous demande pas de comprendre, mais d'être efficace !

Derrière une verrière, des fleurs s'agitent dans un bac. Intriguée, je m'approche. Un chat roux s'étire sur un parterre d'impatiens, il se renverse à droite puis à gauche, indifférent à l'agitation du monde. Je souris.

Un homme en sueur, portable à l'oreille, accourt vers moi.

— Mademoiselle Diane de Verneuil ?

J'acquiesce d'un signe.

— Toutes mes excuses, un embouteillage.

Je ne commente pas, le chat roux facétieux m'a désarmée.

Dans le cimetière aveuglant, un vent sec assèche les yeux, le souffle. Des hommes, des femmes d'Europe, corbeaux éparpillés dans l'invraisemblable lumière, et des musulmans blancs comme les tombes fixent le sol. En Islam le deuil est immaculé, j'avais oublié. Cela fait si longtemps. À quinze ans, j'ai banni le Maroc.

Je souhaitais en savoir plus sur cette mère jamais connue – ma mère –, et grand-mère, sa mère, pour la millième fois, avait éludé. J'avais alors déclaré d'une voix glacée :

— Puisque c'est ainsi, je ne viendrai plus à Marrakech.

J'ai tenu promesse, durant vingt ans – je tiens toujours mes promesses.

Une vieille Marocaine pleure près du cercueil. Ses yeux verts la trahissent, je reconnais Halima, la gouvernante, la femme de confiance de Moune. Elle était incorruptible, je n'ai jamais rien appris d'elle. Elle m'embrasse, ses joues mouillent les miennes.

Une oraison funèbre banale et bâclée, le mot « sainte » revient plusieurs fois. Abnégation, compassion, dévotion sont ressassées comme pour convaincre. Je serre des mains inconnues, croise des regards étonnés et curieux, capte quelques noms, des phrases : « Moune vous aimait beaucoup », « Condoléances attristées », « Toute notre sympathie ». Ce rituel insignifiant m'exaspère. Ces gens que je ne connais pas sont virtuels, un décor absurde. Je ne les rencontrerai plus jamais, leur intrusion éphémère exacerbe mon impatience, je déteste perdre mon temps.

La cérémonie terminée, Halima prend ma main :

— Passerez-vous la nuit à la villa ?

— Non, je repars à Paris.

— Déjà ! Il faut revenir vite, la maison vous attend… Vous lui manquez… Cela fait tant d'années que vous n'êtes pas revenue !

Un petit homme s'approche, le notaire de grand-mère. Il me convoque l'après-midi même.

— Impossible, je reprends l'avion dans une heure.

— C'est ennuyeux… Il est urgent de régler la succession, elle vous a légué beaucoup.

J'esquive puis m'éloigne. Je n'en ai rien à faire : aujourd'hui j'ai enterré grand-mère et, avec elle, ma mère et ses mystères.

J'ai toujours eu l'espoir qu'un jour Moune fléchisse,

j'ai longtemps attendu l'appel de Marrakech. Adolescente, je rêvais d'une sonnerie de téléphone. Du nord de l'Afrique, mon aïeule toussait, s'éclaircissait la voix puis disait : « Reviens, ma chérie, je révélerai tout. »

Parfois, une voix inconnue ajoutait : « Peut-être… »

Et le rêve s'évanouissait.

Je ne connaissais pas le cimetière chrétien de Marrakech, bien que grand-père y soit enterré. C'est un bout de palmeraie semé de sépultures, un cimetière pauvre, sans ostentation. Face à l'entrée se dresse un monument blanc, disgracieux, phallique, à la mémoire des soldats de la dernière guerre tombés pour la liberté. Plus loin, à droite, s'étale le carré des militaires français, alignement monotone de croix si serrées qu'on peine à imaginer des corps allongés. Çà et là des points de couleur accrochent le regard, le blanc d'un jasmin, le bleu des plumbagos, le rose des bignones.

Les amis de grand-mère gagnent la sortie. Halima, un sac de plastique noir à la main, fait mine de les suivre puis s'échappe. Je la suis à distance, intriguée. Elle se hâte vers une immense bougainvillée. Rouge intense, elle hypnotise. Son ombre couvre une stèle inattendue, multicolore, décorée de fleurs géométriques orange et vert, de croix outremer. Halima s'arrête, se recueille quelques instants, embrasse son index puis caresse du doigt les zelliges de la dalle. Elle plonge une main dans le sac noir, en sort des graines brunes qu'elle éparpille sur le tombeau. Une nuée d'étourneaux s'abat, un tourbillon de vie.

Je ferme les yeux et me laisse bercer par leurs pépiements, leurs frous-frous, leurs disputes. Quand je les rouvre, Halima a disparu. Un tout petit moineau, inquiet, tourne la tête de droite à gauche puis de gauche à droite, ses yeux ronds à l'affût. Il grappille quelques graines oubliées par la horde et, le festin achevé, s'envole.

Je m'approche de la tombe couverte de plumes grises et de fleurs pourpres. Une plaque de fonte est scellée dans le carrelage ; deux lettres à demi effacées y sont gravées, elles s'enlacent, indéchiffrables.

Quitter un cimetière après une cérémonie est une épreuve amère.

Jusqu'à la mise en terre, la mort de Moune était une abstraction. J'étais portée par sa mémoire et sa tendresse, j'étais pleine d'elle. Elle vivait comme jamais, trente-cinq années de souvenirs défilaient sans ordre ni raison. Elle ne pouvait être morte, elle était si présente, presque palpable. Peut-être suffisait-il d'étendre le bras pour effleurer sa silhouette fragile ?

Le sol excavé mit un terme à mes divagations : la mort était bien là, habillée de chêne et de bronze. Quand la dernière motte s'effrita sur la terre rouge de Marrakech, les muscles de mon visage se détendirent, ils échappèrent à tout contrôle et, enfin, le masque se fissura.

J'étais seule à présent, le dernier pan du dernier rempart s'était effondré, je n'avais plus de famille et aucun espoir d'en fonder une. La solitude serait ma compagne.

Dans l'allée qui rejoignait le monde des vivants, j'étais un corps en sursis sous le soleil écrasant du Maroc, une ombre pathétique dans la lumière éclatante de l'été.

Depuis le hublot, j'aperçois le ciel voilé par les sables du désert et les gaz d'échappement. En vingt ans Marrakech a explosé. Les immeubles, les maisons dévorent la terre, les voitures pullulent. La palmeraie se meurt, décimée par le boom immobilier, le manque d'eau et *Fusarium oxysporum*, un parasite qui asphyxie les arbres. À la fin du XIXe siècle, la nappe phréatique affleurait ; désormais, il faut creuser trente mètres pour l'atteindre. Le prix de la croissance !

La semaine passée, je me suis violemment affrontée à un écologiste sur un plateau de télévision. Un Saint-Just sans nuances, extrémiste. Il proposait, pêle-mêle, l'abandon du nucléaire, l'interdiction du plastique, des engrais phosphatés et des OGM, en bref un retour au modèle des années 1950.

Et pourquoi pas l'Antiquité ? avais-je rétorqué. L'esclavage était-il plus écolo que les machines-outils ? et la pollution bactérienne qui décimait les populations, politiquement plus acceptable que la chimique ?

Famines, épidémies, espérance de vie de trente ans,

drôle de credo ! Je crachai mon mépris de l'écologie de pacotille, de la limitation du progrès.

J'ai foi en l'humanité, en ses capacités d'adaptation, en son génie. La plus belle ode à la croissance : les enfants en haillons de cette ville mués en écoliers bien nourris.

Quinze minutes que je divague, et l'avion ne décolle toujours pas. J'interroge l'hôtesse :

— Un problème, mademoiselle ?

— Non, non, nous attendons l'autorisation de la tour de contrôle.

— Pourquoi fait-il si chaud, la climatisation est en panne ?

Je ruisselle, mon chemisier est trempé. L'hôtesse me propose une boisson fraîche. Dix minutes passent.

— Voulez-vous rappeler au pilote que je suis attendue à 18 heures, boulevard Haussmann à Paris ?

Le copilote sort du cockpit ; n'osant affronter mon regard, il fixe la pointe de ses chaussures mal cirées.

— Navré, madame, une panne de moteur, nous ne pouvons pas repartir tout de suite.

— Je dois être à ma banque dans moins de six heures.

— C'est impossible. Dans le meilleur des cas, la réparation prendra trois heures.

Je manque d'exploser, mais à quoi bon ? Je ferme les yeux, détends mes muscles, évacue la rage, *cool, baby, cool.* Tirer parti des situations, disposer en toutes circonstances d'une solution de rechange, le fameux plan B, être prête à tout, toujours. Telle est ma philosophie.

Nous sommes vendredi, je n'ai rien d'important ce week-end, je resterai donc à Marrakech jusqu'à dimanche. Me reviennent les paroles de Halima : « La maison vous attend, vous lui manquez. »

Soudain, une idée folle : la panne serait-elle un guet-apens ? La Villa Taylor m'aurait-elle tendu un piège ?

Je hausse les épaules et lance au pilote :

— Partez sans moi, je rentrerai en avion de ligne.

Sur le tarmac porté au rouge, l'illusion d'être au cœur d'une forge. La chaleur traverse les semelles de mes chaussures et brûle la plante de mes pieds. Je marche plus vite, le bruit des talons sur le béton hache le silence. Dans le salon d'honneur, les impatiens s'agitent toujours dans leur bac de terre cuite. Le chat roux, encore lui. Je rêverais qu'une bonne fée me métamorphose en matou insouciant.

Mohamed arpente le hall : mes chauffeurs doivent toujours attendre le décollage avant de prendre congé. Précaution salvatrice.

— Je ne pars plus, dis-je, nous allons à Guéliz.

Deux jours pleins et un agenda vierge, je jubile : quarante-huit heures à moi, rien qu'à moi, une éternité !

Me voilà contrainte à la lenteur…

Quand j'étais, petite fille, à la Villa Taylor, je ne me lassais pas d'écouter *Bésame mucho.* Je déposais le quarante-cinq tours sur le plateau du vieil électrophone de Moune au saphir défaillant et fermais les yeux. J'imaginais un voyou à la beauté féerique, il s'approchait de moi et m'embrassait à pleine bouche, comme au cinéma. Je ne connaissais rien à l'espagnol et, persuadée que *mucho* signifiait bouche, je traduisais le refrain voluptueux de la chanson par « Embrasse ma bouche ».

J'ignore pourquoi *Bésame mucho* colle si bien à la Villa Taylor. Où que je sois dans le monde, les premières notes de la chanson d'amour me transportent à Marrakech, sous les grands arbres de la villa, dans l'air saturé de poussière, de chaleur et de lumière, de sensualité vénéneuse.

Une chanson de désamour serait plus à propos : la villa et moi avons été abandonnées par nos mères.

Mrs Edith Bishop Taylor, épouse d'un riche banquier new-yorkais, fit construire la villa dans les années 1920. Elle passait l'été à Newport dans l'État de Rhode Island et, aux premiers jours de l'hiver, s'installait à Marrakech, partageant son temps entre Glen Manor House, vaguement inspiré de l'architecture française du XVIIe siècle, et La Saadia, « La Bienheureuse » en arabe, qui ne s'appelait pas encore la Villa Taylor.

Un yacht magnifique, le *Iolanda*, le plus grand de l'époque avec ses cent vingt-sept mètres, la transportait en quelques jours d'Amérique du Nord en Afrique du Nord. Moune, lorsqu'elle contait l'histoire de la Villa Taylor et la traversée de l'Atlantique, s'interrompait quelques secondes puis rendait hommage au temps d'avant où l'on voyageait avec paresse, sans décalage horaire, où l'on rêvait aux terres à venir, les coudes posés sur le bastingage d'un voilier ou d'un vapeur, les yeux fixés sur l'océan blessé par l'étrave. Elle imaginait Edith Bishop Taylor sur une chaise longue, divaguant l'espace d'une traversée, l'esprit aux amarres larguées, libre. Newport, Portsmouth, New York s'estompaient, les éclats des fêtes sophistiquées de Glen Manor House n'étaient plus qu'un lointain écho, bientôt les muezzins, le brouhaha des souks, la douceur de l'hiver marocain, les senteurs affolantes du parc de La Saadia et, un matin, le miracle, un mirage peut-être : au-dessus des washingtonias, des palmiers, de tous les grands arbres de la villa, l'Atlas couvert de neiges immaculées et loin, très haut dans le ciel très bleu, le vol immobile d'un aigle royal.

En janvier 1943, Roosevelt et Sir Winston séjournèrent à La Saadia. Quand Mrs Taylor, républicaine, apprit qu'un président démocrate avait dormi dans ses draps, elle décida, furieuse, de se débarrasser de la villa. La légende raconte qu'après la guerre elle la joua aux cartes et que mon arrière-grand-mère paternelle, dont elle était l'amie, en devint propriétaire.

Le motif futile de cet abandon et ses modalités troublèrent toute mon enfance. Je passai des nuits à établir des convergences entre la maison et moi. Et j'eus très tôt conscience que tout peut basculer très vite...

Ma mère m'avait-elle abandonnée dans un bouge glauque et enfumé au terme d'une dérisoire partie de cartes ?

Tout a changé. De grandes bâtisses ocre, de luxueuses boutiques, des banques bordent l'avenue Mohamed-V. Les maisons coloniales ou mauresques qui entouraient la Villa Taylor ont disparu, remplacées par des immeubles couronnés de paraboles.

À peine franchi le portail d'entrée, une ombre dense nous enveloppe, fraîche, profonde, surprenante. Le retour sur les lieux de l'enfance déçoit souvent, tout semble rétréci. Ma sensation est différente : le jardin a grandi, bien plus que moi, il m'a dépassée.

Une profusion de bambous, de ficus aux troncs énormes, de faux poivriers, d'oliviers argentés couvre la terre rouge de Marrakech. Les allées sont bordées d'aloès, leurs longues hampes chargées de fleurs rouge brique montent la garde. Enfant, je les secouais, un suc incolore et sucré s'en échappait. J'en récoltais sur mes paumes et le dégustais du bout de la langue, j'ai toujours en mémoire le goût délicat du sirop improvisé.

Je prie Mohamed d'arrêter la voiture, je veux marcher dans le parc. Une vraie jungle, les arbres n'ont pas été taillés depuis des années, on ne voit presque plus le ciel. Les bruits de la ville parviennent étouffés, ponctués de cris d'oiseaux, d'aboiements de chiens, de miaulements aigus. Un rayon de soleil irisé de poussière filtre au travers des branches enchevêtrées. Des mouches, des papillons, des abeilles tourbillonnent de l'ombre à la lumière, indifférents à la ville. Les palmes mortes des washingtonias forment une épaisse crinière autour des troncs. Des fourmis paisibles en longue procession impriment la terre de leurs pattes minuscules.

Il me semble sentir le parfum de grand-mère, menthe poivrée, fleur de bigaradier et… je ne sais plus. Illusion olfactive ? Mais non, un parterre de menthe a réveillé mes souvenirs. Il court entre deux palmiers. J'en cueille un brin, ferme les yeux et respire profondément.

Grand-mère, où es-tu ?

Elle est partout, près d'un buisson de rosiers, un sécateur à la main, sur la véranda, allongée sur une chaise longue, écartant d'un geste lent un insecte entêté, ou dans la piscine, nageant ses soixante longueurs quotidiennes en maillot des années 1930, noir à liseré blanc.

Halima m'attend sur le seuil avec Safia, sa seconde, près de la porte trapézoïdale en bois massif. Une vraie porte de palais. Majestueuse, elle est aussi imposante que dans mon souvenir. Les bandes horizontales et verticales sculptées à sa surface s'entrelacent et dessinent un élégant cannage. Deux pentures triangulaires en acier martelé, inspirées des fibules berbères, en arriment les gonds. Sur la droite, une main de Fatma en argent ajouré éloigne les esprits malfaisants. Je l'effleure d'un doigt, comme avant.

Enfant, cette porte défensive me faisait peur. Elle ne s'ouvre que de l'intérieur : quand elle est fermée, nul ne peut entrer dans la maison. Dès la nuit tombée, grand-mère la verrouillait. Je ne sortais jamais après le crépuscule, terrifiée à l'idée de passer la nuit dans le jardin.

Je faisais souvent le même songe : j'étais dehors, dans le noir, la porte de la villa était close, le parc se peuplait de formes inquiétantes, j'errais désespérément autour de la maison en quête d'accès. Il n'en existait qu'un, qui donnait sur la chambre de maman et avait été condamné peu après sa disparition. Je posais ma main sur l'un des deux vantaux et, miraculeusement, ils s'écartaient. Je pénétrais dans la pièce, une lueur mouvante, rougeoyante, éclairait des panneaux de bois peints. Soudain tout s'embrasait et je m'éveillais, affolée.

Les deux femmes suspendent un temps mes rêveries :

— Bienvenue chez vous, Madame…

La Villa Taylor et moi avons été abandonnées par nos mères… J'ai longtemps été perturbée par la similitude de nos destinées, elle m'a conduite au rejet, à cette phrase définitive lancée à grand-mère le jour de mes quinze ans : « Je ne viendrai plus à Marrakech ! »

Tout au long de mon adolescence, j'ai glané des anecdotes sur Edith Bishop Taylor, la première propriétaire de la villa. Elles composent un portrait en clair-obscur de la milliardaire, atténuant parfois l'antipathie que j'éprouve à son égard.

En 1918, son fils aîné mourut au combat et l'on raconte qu'elle et son époux firent édifier, en souvenir de lui, Glen Manor House. L'architecte s'inspira du château de Vigneulles, village de Meurthe-et-Moselle où le jeune homme était tombé. Mrs Taylor vécut jusqu'à sa mort dans ce monument, que l'on pourrait qualifier de funéraire.

Peut-être avait-elle en tête les mots que Sir Winston avait écrits à sa mère en 1898, à la veille de partir au combat ?

Il se peut que je sois tué. Je ne le pense pas mais, si c'est le cas, il faudra t'en remettre aux consolations de la philosophie et songer à la totale insignifiance de tout être humain.

La dernière pierre de Glen Manor House scellée, le richissime couple se lança dans la construction de la future Villa Taylor.

Le *Iolanda* et la Villa Taylor ne furent pas des lieux de mémoire, ils n'eurent pas ce privilège : Mrs Taylor se débarrassa du premier en 1939 et de la seconde en 1945. La vente du yacht augurait celle de la villa. Le séjour de Roosevelt à Marrakech ne fut sans doute qu'un prétexte.

Quelques années plus tard, pour entretenir le souvenir de la villa comme elle avait entretenu celui de son fils avec Glen Manor House, Mrs Taylor voulut acquérir le tableau peint par Sir Winston sur une des terrasses de la tour berbère de la villa, une après-midi de janvier 1943. Quand elle le contacta, il répondit, sarcastique, qu'il l'avait offert à l'homme qui l'avait tant contrariée en froissant ses draps.

En 1940, le *Iolanda*, magnifique trait d'union entre l'Occident et l'Orient, fut vendu cinq dollars à la marine britannique par son dernier propriétaire. Pour une misérable poignée de billets, un passé fabuleux fut dilapidé ; une partie de poker dans un tripot eût été plus glorieuse ou, mieux encore, une torpille ennemie en haute mer.

Fermer les écoutilles, chasser la nostalgie. Les souvenirs lestent, ils n'aident jamais. Les terres de l'enfance sont les portes de l'enfer ; chaque objet est un trou béant, un gouffre sans fond, il fascine comme un serpent et tire vers le passé. Je suis frappée de régression sentimentale. Je tente de me raisonner : grand-mère disparue, cette maison n'est qu'une coque vide. Avant n'existe plus, je serai la nouvelle Mrs Taylor.

— Halima, je dois rencontrer le notaire au plus vite. Appelle-le !

Rendez-vous est pris pour 18 heures.

Je m'installe dans le salon, le ventilateur aux pales d'acajou brasse péniblement un air chaud et pesant. Je n'ose prendre la place de grand-mère sur le canapé tendu de tissu écru. Moune y fumait des Benson & Hedges qu'elle extrayait de paquets en carton doré ; elle arrachait le filtre des cigarettes d'un geste sec, précis, qui n'appartenait qu'à elle, et les allumait à la flamme démesurée d'un briquet Dupont en or massif.

Je me suis longtemps demandé pourquoi Moune n'achetait pas de cigarettes sans filtre. Peut-être affirmait-elle ainsi sa liberté, son agacement envers cette société qui nous protège de tout, à tout prix ?

Après avoir soustrait la protection dérisoire, elle se délectait des poisons libérés par le délicieux tabac blond venu des champs ensoleillés de la lointaine Virginie. La fumée gavée de goudrons et de nicotine envahissait ses poumons puis s'échappait de ses lèvres en fragiles volutes claires.

Seul l'amour du geste expliquait cette manie, ce rituel journalier quinze à vingt fois recommencé, j'en suis aujourd'hui persuadée. Cette décapitation chirurgicale ajoutait à son élégance.

Un coussin de toile à tête d'éléphant au creux de ses reins, le regard égaré par les géométries entremêlées des zelliges qui tapissent les murs, elle m'apparaissait hautaine et détachée.

Je m'assois sur un des deux fauteuils en bois d'okoumé, ils sont posés sur la peau d'un lion abattu par grand-père dans un pays d'Afrique au nom composé, trop compliqué pour une mémoire d'enfant. Petite fille, je cherchais à quatre pattes le trou de la balle mortelle, dernière trace de vie sur la dépouille. Je ne résiste pas à l'envie de le retrouver et me voilà allongée sous la table basse, un doigt inquisiteur sur la fourrure.

Une toux gênée suspend ma quête, la toux rauque d'un homme aux poumons brûlés par le tabac. Je me relève brusquement. Le vieux notaire au ventre proéminent me dévisage, intrigué.

— Pardonnez-moi, dis-je, je jouais avec ma bague et elle a roulé à terre...

Il tend une main jaune de nicotine, molle et humide, repoussante. Après les civilités d'usage, il entre dans le vif du sujet :

— Vous héritez de tout… argent, bijoux… et surtout de la Villa Taylor. Deux hectares et demi en plein Marrakech, le dernier grand espace constructible en centre-ville… C'est fabuleux, vous n'imaginez pas !

— Mais si, j'imagine très bien. Combien le mètre carré ?

— Plus de vingt mille dirhams, deux mille euros environ.

— Cinquante millions d'euros pour l'ensemble, pas mal… Vous avez un acheteur ?

— Plusieurs personnes sont intéressées.

Il me scrute, gourmand, l'affaire semble bien engagée.

— Vous devriez vendre au plus vite, martèle-t-il, cette maison est un gouffre. Des travaux titanesques sont indispensables pour la remettre en état. Elle n'était pas entretenue, votre grand-mère n'avait plus l'énergie. Les terrasses et la piscine fuient, les arbres n'ont pas été élagués depuis au moins dix ans. Les moucharabiehs sont vermoulus, il faut refaire les toitures…

Et, argument choc pour la femme que je suis supposée être :

— Elle ne répond plus du tout aux critères du confort moderne !

Son insistance m'exaspère, je m'entends répondre :

— Cette maison est toute mon enfance, j'y suis attachée. Je dois réfléchir, je vous recontacterai.

Ses traits s'affaissent :
— Ne tardez pas, les investisseurs sont pressés.
— Ils attendront !

Halima prépare la chambre que j'occupais petite fille.

— Non, dis-je, je prendrai celle de ma mère.

— Mais… c'est impossible… Madame l'a condamnée après la disparition de votre maman, je ne sais même pas où est la clé. Personne n'y a plus jamais pénétré.

— Fais venir un serrurier.

— Il est beaucoup trop tard.

— Fais-en venir un quand même… s'il te plaît.

— Mais… ça va coûter une fortune !

— Aucune importance.

— Bien, Madame.

Le serrurier, un jeune homme en jean et baskets, me questionne :

— Quelqu'un est enfermé à l'intérieur ?

— Non…

— Un animal alors ?

— Non plus.

— Pourquoi m'avoir fait venir en urgence ? Vous

auriez pu attendre demain, ça vous aurait coûté beaucoup moins cher.

Je fixe ses yeux étonnés et laisse échapper :

— Toute ma vie est derrière cette porte…

Il feint de ne pas avoir entendu.

— C'est bizarre, dit-il en inspectant la serrure, l'acier est rouillé. Personne n'a dû entrer ici depuis des années.

Il peine à démonter le mécanisme. Il y parvient au bout de vingt minutes. Les gonds émettent un cri strident, ma peau s'agace, je me bouche les oreilles. L'homme entre dans la pièce, il abaisse l'interrupteur et… Flash éblouissant, claquement sec. La vieille ampoule, brusquement tirée d'un sommeil qu'elle croyait éternel, a rendu l'âme.

— Voulez-vous que je la change ? demande-t-il.

— Non, non, huilez les gonds et remplacez la serrure, que je puisse refermer cette porte.

Halima me dévisage, interloquée.

— Cette nuit, je dormirai dans ma chambre. Demain, nous remettrons celle-ci en état.

L'ouvrier me tend la nouvelle clé, je la fais jouer dans la serrure, puis la glisse dans une de mes poches. La porte est de nouveau close.

Je n'ai pas le courage d'affronter le passé, pas le premier soir.

Je ne sais rien de ma mère, nul n'en parlait jamais. Elle a disparu peu après ma naissance. Son départ a été un tel traumatisme que ma famille en a gommé tout souvenir. Rien, il ne reste rien d'elle, hormis sa chambre et moi.

Comment peut-on vivre sans mère ?

Ma vie s'est tissée autour de ce vide vertigineux, de cette absence d'images, de mots, de souvenirs, autour de ce rien insupportable. Les fantômes ont des visages, ma mère est moins qu'un spectre : une abstraction, un flou brumeux. J'ai mille fois tenté de construire son visage en m'inspirant de celui de grand-père, de grand-mère ou du mien. J'en ai noirci des feuilles de papier !

Je présentais mes œuvres à grand-père, à grand-mère, à mon père, à Halima, guettant l'étonnement, l'émotion, un imperceptible signe, un clignement, l'ébauche d'une mimique dénonciatrice, en vain.

— C'est bien, disaient-ils, joli coup de crayon, continue !

Le lendemain, je retrouvais mes dessins froissés dans une poubelle ou déchiquetés dans une des nombreuses cheminées de la villa. Rageuse, je persévérais.

J'eus ma période « femmes en bord de mer », où des silhouettes embrassaient l'horizon sur les remparts d'Essaouira ou les falaises de Tanger. Je ne représentais plus maman que de dos. La mode des années 1970 n'avait pas de secrets pour moi. Courrèges, Saint Laurent, Lagerfeld l'habillaient. J'avais un faible pour les robes Chloé, vaporeuses et romantiques, elles ondulaient sous les vents de l'Atlantique.

Tous pensaient que je deviendrais styliste. Nul n'imaginait ma quête désespérée. Les robes n'étaient que prétextes à dessiner celle qui aurait dû les porter…

Je me lassai, j'abandonnai le dessin pour la mathématique, l'économie et la finance. Je voulais un monde froid, précis, sans affect ; je voulais la richesse et le pouvoir.

L'argent achète tout, pourquoi pas les souvenirs et les secrets ?

Dix appels en absence, Julien s'inquiète. Je décroche au onzième.

— Diane, où es-tu ?

— Toujours à Marrakech… Panne d'avion.

— Quand rentres-tu ?

— Je ne sais pas encore, il faut régler la succession, tout est très compliqué…

— Veux-tu que je te rejoigne ?

Je ne sais que répondre, l'irruption de ma vie parisienne Villa Taylor me perturbe. En quelques heures, je suis entrée dans un autre univers. La banque, Julien, Paris semblent lointains. Je n'imaginais pas la force du passé, la brutalité des souvenirs, ils ont brisé les amarres, et cette voix du bout de l'autre monde m'est soudain étrangère.

— La communication est mauvaise, Julien. On s'appelle demain.

J'éteins mon portable.

Mon esprit, libéré, erre en quête des émotions, des joies, des peines de la petite fille de la chambre jaune. Bientôt, l'enfant toujours en moi s'allongera sur le lit de sa mère ; ses robes, ses livres, ses photographies, son journal peut-être, seront à portée de main. Sa peau, son parfum, son visage à portée de lèvres, de ces lèvres qui n'ont pas le souvenir de l'avoir embrassée un jour.

Je navigue entre sérénité et excitation. Serai-je apaisée demain ?

Deux questions ont obsédé mon enfance, toute mon adolescence : « Où est maman ? », « Qui est maman ? »

Invariablement, une seule réponse : « Elle a disparu. »

Dès l'instant où j'ai su lire, j'ai épluché les dictionnaires en quête du sens du verbe *disparaître*, du mot *disparition* et de l'adjectif *disparu*. Pour chacun, plus de trente synonymes dont certains terribles : mourir, expirer, cesser, périr. Et d'autres, plus doux, avec l'espoir en lueur lointaine : s'esquiver, s'effacer, fuir, se cacher.

Ainsi, maman était morte ou partie. Nul ne voulant trancher, ma vie a oscillé entre ces deux éventualités, la mort ou la fuite. Chacune suscitait son lot d'interrogations, de tortures. Grand-mère, mon père, leurs amis s'accrochaient au mot *disparu*, indifférents à mes supplications, mes pleurs ou mes colères. Alors, j'ai bâti mon explication.

« Abandonnée » était plus acceptable qu'« orpheline ». J'aimais l'idée que maman, exilée quelque part dans l'au-delà du monde, pensait encore à moi.

Cet abandon a nourri ma blessure.

Quand je rencontrai Cédric, mon premier et unique

amour, je crus que la vie payait enfin sa dette. Il me fit oublier vingt-cinq années de solitude en quelques mois. Nous décidâmes de nous marier, de fonder une famille, de vivre entourés d'enfants. Je n'étais plus seule et ne le serais jamais plus.

Dès qu'il apprit ma stérilité, son comportement s'altéra. Notre relation peu à peu se délita et, un jour, il disparut sans explication. Je ne remplissais plus la fonction que la société et lui m'avaient assignée.

Ce fut un deuxième abandon.

Quelques semaines après son départ, ma gorge devint sensible, tout d'abord une gêne légère puis, au fil du temps, une douleur affirmée. Une main invisible serrait mon cou, je peinais à avaler ma salive. J'imaginais le pire, un cancer du pharynx, de la thyroïde ou de la base de la langue. Dès que je le pouvais, je me précipitais face à une glace pour examiner ma bouche, mes amygdales, chaque parcelle de ma gorge. J'avais en permanence une lampe de poche sur moi. Je palpais mon cou plusieurs fois dans la journée, en quête du ganglion révélateur, du signe indiscutable. Je consultai une armée de médecins, ORL, stomatologues, gastro-entérologues, généralistes, homéopathes, subissant scanner, IRM, fibroscopies laryngée puis gastrique. En vain. Rien, je n'avais rien.

Quand je mangeais, la douleur s'atténuait jusqu'à disparaître si le repas se prolongeait. Alors je devins boulimique, j'avalais sans cesse de la nourriture pour que s'estompe cette douleur insupportable. Je grossis tant que je dus changer ma garde-robe, optant pour des habits amples, informes. Je ne me reconnaissais plus et, dans le regard des autres, de ceux qui m'avaient connue mince, je percevais de l'effroi ou, pire encore, de la pitié. J'en tirais une satisfaction malsaine, je punissais ce corps qui m'avait trahie, m'interdisant ainsi toute relation sentimentale ou sexuelle.

Je compris après plusieurs mois que le mal qui me torturait était l'angoisse, la peur de l'avenir, la peur de la solitude, la peur des hommes.

La crainte d'être délaissée une nouvelle fois régit dès lors mes rapports avec eux et guida ma vie. Ne pas s'attacher pour se détacher sans mal, bannir ce qui rend faible, ne dépendre de personne, jamais. Ne permettre à quiconque d'avoir prise sur moi.

Indépendance professionnelle, financière et sentimentale. Je mis tout en œuvre pour les obtenir, plus personne ne m'abandonnerait désormais, quel que fût le prix à payer.

Un an après ma rupture avec Cédric, je croisai lors d'un cocktail mon professeur d'économie à Sciences Po. J'avais de l'admiration pour lui, pour sa culture gigantesque, sa connaissance encyclopédique de l'histoire, sa clairvoyance, sa franchise brutale, ses raccourcis saisissants. Au terme de mon cursus, il avait déclaré publiquement que j'avais été l'étudiante la plus brillante de sa longue carrière et m'avait prédit un avenir flamboyant.

Quand il me reconnut, son regard devint dur. Il m'attira à l'écart et, sans aménité, me sermonna :

— Si vous ne vous reprenez pas, vous n'arriverez à rien. Le monde de la finance que vous souhaitez intégrer est impitoyable. Il est sec, tranchant, abrupt, il s'accommode mal des rondeurs, de la générosité qu'elles suggèrent. C'est un univers masculin, il faut que vous séduisiez, Diane. Donnez-vous les moyens de vos ambitions sinon vous resterez une subalterne, une ilote.

Je n'ai pas tiré les rideaux, les ombres démesurées des palmes et des feuilles portées par les lumières de la ville s'agitent au plafond, dessinant d'inquiétantes fantasmagories. Enfant, j'en avais peur. Je glissais ma tête, jusqu'au matin, sous l'oreiller de plume.

J'ouvre la fenêtre, l'air chaud chargé de multiples senteurs m'enveloppe. Galant de nuit, roses, œillets, jasmin, menthe mêlent leurs parfums. J'essaie de retrouver celui de grand-mère exilé au fond de ma mémoire, en vain.

Y parviendrai-je un jour ?

Le sommeil m'emporte.

Les reflets du soleil sur l'eau de la piscine éclaboussent les murs de ma chambre, comme avant...

Comme avant, je paresse dans mon lit et rêve éveillée. Surtout ne pas bousculer le temps. Le serrurier avait raison, il n'y avait aucune urgence à forcer cette porte et, en grillant, l'ampoule m'a imposé l'attente. La Villa Taylor me dicte son rythme.

Rien ne presse, à vrai dire, la chambre de maman délivrera bien assez vite ses secrets.

Je me glisse avec gourmandise dans le temps d'avant.

Avant, je me levais et rejoignais grand-mère, qui nageait ses soixante longueurs avant le petit déjeuner, par tous les temps. Une odeur de galette de semoule s'échappait de la cuisine. Bientôt s'étalerait du beurre frais sur la pâte encore chaude, il fondrait et coulerait sur mes doigts et, du bout de la langue, je lécherais ma peau, guettant autour de moi car Moune détestait cela et ne manquait jamais de me traiter de sauvageonne, de fille du bled sans éducation, mais je poursuivais, comme une chatte à sa toilette, tout en la fixant, tout en la défiant. Elle s'asseyait encore mouillée, constellée de perles d'eau étoilées, aspirait voluptueusement son Earl Grey et se lamentait. Jamais elle n'avait pu retrouver celui que Winston apportait de Londres, ce thé au goût exquis… indéfinissable… à l'âpreté si légère… Quelle tristesse !

Winston était Churchill et grand-mère exhalait son prénom comme un soupir, le soupir d'un temps perdu à jamais comme ce thé fabuleux, Earl Grey d'un continent à jamais englouti.

Moune avait une passion pour le grand homme, elle contait inlassablement ses excentricités verbales et vestimentaires. Je sais minute par minute la chronologie de son séjour à la Villa Taylor quand il y entraîna le président Roosevelt.

Ma destinée doit beaucoup à ces deux hommes, la villa ne m'appartiendrait pas si, les 24 et 25 janvier 1943, ils n'y avaient pas résidé. Jamais Mrs Taylor, furieuse qu'un président démocrate ait dormi dans son lit, ne l'aurait vendue à mon arrière-grand-mère.

L'ombre de Churchill et Roosevelt pèse de tout son poids sur la villa et, parfois, il me semble entendre leurs voix se mêler et leurs chants s'élever. On dit que les murs se souviennent et que, de temps à autre, ils laissent échapper des sons, des images, des parfums du passé.

J'aurais aimé être près d'eux dans la tour berbère à guetter, émerveillée, les derniers rayons du soleil sur les neiges d'Afrique, m'asseoir ensuite à la grande table de bois de la salle à manger et dîner en leur compagnie, porter un toast au roi d'Angleterre et chanter pour la victoire. Au cœur de la nuit, épuisée, j'aurais gagné ma chambre et, à l'aube, aurais accompagné Roosevelt à l'aéroport aux côtés de Churchill vêtu de son fameux costume de sirène qu'il appelait le zip.

Une tenue improbable, une vraie tenue de saut du lit, d'autant qu'il aurait encore aux pieds des pantoufles de velours brodées à ses initiales : WSC.

Je serais descendue de voiture avec lui, aurais salué le président américain sur le tarmac et, en mal de confidences, l'aurais entendu comparer Roosevelt au champagne :

— Quand j'ai rencontré Roosevelt, j'ai eu le sentiment d'ouvrir ma première bouteille de champagne et, quand je l'ai connu, la délicieuse sensation de le boire.

Au décollage, il aurait saisi mon bras, celui du vice-consul américain Kenneth Pendar à qui Mrs Taylor avait prêté sa villa de Marrakech et, suivant d'un œil inquiet l'avion dans le ciel, aurait déclaré d'une voix nouée :

— Si quelque chose arrivait à cet homme, je ne pourrais pas le supporter. C'est le plus fidèle de mes amis, le plus clairvoyant. C'est le plus grand homme que j'aie jamais connu.

J'aurais compris alors la puissance de l'amitié quand elle se double d'intelligence. La relation entre ces deux hommes allait changer le cours de la guerre.

Après un copieux déjeuner à la villa, j'aurais porté le chevalet du Premier ministre sur la deuxième terrasse de la tour berbère, aurais suivi le miracle de la création et vu, touche après touche, apparaître les palmiers, les cyprès de la Villa Taylor, les remparts de la ville, les tours de guet, les portes monumentales, la Koutoubia, au loin les cimes de l'Atlas empourprées et, pour finir, un ciel d'hiver à peine voilé de rose et de violet. Il m'aurait alors confié d'une voix sourde, encombrée d'alcool et de tabac :

— Heureux sont les peintres car ils ne sont jamais seuls. Lumière et couleur, paix et espoir leur tiendront compagnie jusqu'à la fin…

Le souvenir de Randolph, le père si mal-aimant, guidait-il la main de l'artiste ? J'en suis persuadée. Sir Winston ne pouvait pas ne pas penser à l'homme dont il avait désespérément quêté, adolescent puis jeune soldat, une petite once de reconnaissance. Le 24 janvier était l'anniversaire de sa mort.

Cette peinture fragile, arrachée au fracas de la guerre, a été peinte pour son père, j'en ai la conviction. Il écrivit d'ailleurs, juste après le conflit, une petite fiction qui montre à quel point il était hanté par lui. Moune me l'a racontée mille fois assise sur mon lit dans la pénombre. J'écoutais, fascinée, j'avais une passion pour les histoires de fantômes…

Dans son manoir de Chartwell, Sir Winston tente de peindre son père, Lord Randolph, quand brusquement son spectre apparaît. Il s'assoit face au chevalet et questionne son fils sur le présent :

— Les conservateurs sont-ils toujours au pouvoir ?

— Non, ce sont les socialistes.

— Les socialistes ? Il n'y a pas eu de guerre, j'espère ?

— Si, deux, avec des dizaines de millions de morts.

Le père se tasse sur son fauteuil et lance, courroucé :

— Et je te vois là, mon fils, à soixante-dix ans passés, en train de barbouiller des tableaux qui ne se vendront jamais. Je me demande bien pourquoi tu n'as pas fait de politique. Tu aurais pu au moins être utile à quelque chose et peut-être te faire un nom !

Le visage du père disparaît soudain.

Sir Winston a laissé son cigare s'éteindre et ses cendres couvrent les couleurs de la toile…

Le 24 janvier, jour du décès de son père, était une date si importante pour lui qu'à l'heure de sa dernière heure il fit patienter la mort neuf jours.

Le 15 janvier 1965, frappé d'un accident vasculaire cérébral massif, Sir Winston sombra dans le coma. Lord Mountbatten, chargé depuis longtemps par la reine d'organiser ses funérailles, appela son secrétaire particulier pour savoir si l'échéance fatale était proche.

— Ne vous inquiétez pas, répondit le secrétaire. Il ne mourra pas tout de suite, pas avant le 24 janvier.

— Comment diable pouvez-vous savoir une chose pareille ? s'étonna lord Mountbatten.

— Parce qu'il a toujours dit qu'il mourrait le jour de la mort de son père, et je suis certain que c'est exactement ce qu'il va faire.

Il rendit l'âme le 24 janvier 1965 à 8 heures du matin, soixante-dix ans après la mort de son père, jour pour jour, heure pour heure.

Cette après-midi de janvier, sur la deuxième terrasse de la tour berbère, Churchill aurait, comme à son habitude, fumé à moitié trois ou quatre cigares, bu quelques whiskys-soda et, à la nuit tombée, regagné sa chambre pour se changer.

Il aurait ôté sa robe de chambre de soie noire couverte de petits dragons rouges, ajusté la fermeture Éclair de son zip, noué autour de son cou un nœud papillon à gros pois et posé sur sa tête un chapeau informe, comme un défi au bon goût et à l'élégance.

Le général de Gaulle l'interpella un jour pour un accoutrement qu'il jugeait indigne d'un Premier ministre britannique :

— C'est carnaval ?

Churchill rétorqua, cinglant :

— Tout le monde ne peut pas être déguisé en Soldat inconnu…

Deux jours plus tard, du haut de la passerelle arrimée à l'avion qui l'emmenait au Caire, Sir Winston m'aurait fait, en guise d'adieu, le V de la victoire. Car en vérité, ce court séjour à la Villa Taylor en compagnie de Roosevelt avait été un triomphe de la vie sur la guerre, le malheur et la mort.

Cet épisode avait été si marquant pour les deux hommes que l'un peignit un tableau pour l'immortaliser et l'autre rédigea une lettre pour le vice-consul Pendar qui disait ceci :

> *Cette merveilleuse collection d'impressions me rappelle et me rappellera toujours ma visite à Marrakech ; je*

crois que si j'avais été initié à l'art de peindre, je serais demeuré avec Mr Churchill.
Tous les membres de notre mission ont été frappés par la beauté de la villa et de ses jardins, et je crois que nous avons tous envié votre poste.
Il semblait et il semble encore difficile de se rendre compte, dans ces paysages si paisibles, que l'Afrique du Nord est devenue un tel enjeu politique. Marrakech semblait si loin des guerres et des rumeurs de la guerre.

L'odeur de galette de semoule cuite sur l'ancestral *kanoun* à charbon pénètre la chambre, comme autrefois. Je souris, Halima n'a pas oublié.

Je suis heureuse, j'ai rendez-vous avec maman, peut-être m'attend-elle, assise depuis trente-cinq ans dans un coin de sa chambre ? Quand j'entrerai, elle se lèvera, me détaillera avec appréhension puis ouvrira les bras à la jeune femme jugée digne d'être sa fille.

La question mille fois posée revient, elle ternit ma joie.

Maman est-elle digne d'être ma mère ?

Papa et Moune ont répondu non, ils l'ont bannie.

Quelle faute a-t-elle pu commettre pour cet effroyable verdict, cette condamnation à mort ? Quelle douleur a-t-elle infligée, si terrible qu'elle exclut tout pardon ? Et pourquoi l'oubli si habile à panser les plaies n'a-t-il pas accompli son œuvre ?

Effacée des mémoires, visage voilé, prénom interdit…

Daphné, son prénom, est la seule chose qui me reste d'elle. S'ils avaient pu falsifier l'état civil, ils l'auraient fait sans états d'âme : elle ne serait pas née, elle ne serait pas morte.

Elle s'appelle – elle s'appela Daphné.

Apollon et Daphné furent les victimes d'Éros ; il transperça Daphné d'une flèche de plomb qui lui inspira le dégoût de l'amour. Apollon reçut une flèche d'or. Éperdu de passion, il poursuivit la nymphe sans relâche. Épuisée, Daphné supplia son père, le dieu-fleuve Pénée, de l'aider. Métamorphosée en laurier-rose, elle couvre depuis les berges des rivières de Méditerranée.

J'aimais à penser que maman, victime de l'amour, s'était muée en arbre à fleurs roses…

Des fleurs de laurier blanc flottent sur l'eau de la piscine. Parfois, elles s'accrochaient à la chevelure de grand-mère.

— Cette eau est ma jouvence, disait Moune, qui me donnerait l'âge que j'ai ? Soixante et onze ans, tu te rends compte !

Grand-mère était immortelle et, même si je ne la voyais que rarement, lors de ses exceptionnels séjours à Paris, je la trouvais de plus en plus belle. Désormais il me faudra vivre sans elle ; cette maison, les souvenirs de notre famille sont ses ultimes cadeaux.

Souvent, au petit déjeuner, je l'interrogeais sur ma mère ; elle tournait la tête sans répondre. Aujourd'hui, je la questionne encore. Dans ma poche, il y a désormais une piste : la clé de la chambre de maman.

Cette clé lisse et neuve que je serre si fort entre mes doigts, si différente des clés baroques et rouillées des contes de mon enfance, cette clé plate et sans mystère, quelles portes pourra-t-elle bien ouvrir ?

Sur la terrasse, assise à la table du petit déjeuner, je prends mon temps, tout mon temps. Une sourde appréhension me gagne et le titre d'un roman de Dickens revient avec insistance : *Les Grandes Espérances.* Et si l'espoir placé en cette clé enfouie dans ma poche était démesuré ?

Le vent du sud se lève, les palmiers oscillent sur le bleu du ciel voilé d'ocre, leurs palmes s'agitent, deux tourterelles poussent des cris rauques. Je baigne dans un souffle chaud, sensuel, une eau boueuse et mousseuse coule à mes pieds dans les canaux d'irrigation, des libellules aux ailes irisées volent violemment immobiles.

Comme les palmes des washingtonias, mes cheveux s'agitent, ils couvrent mes yeux et masquent d'un rideau noir le jardin de grand-mère. D'un geste sec, je les rassemble vers l'arrière et les enserre dans la cordelette rouge et vert baguée de cuivre du rond de serviette.

Dans ce cocon de chaleur, j'ai soudain froid, la caresse du vent hérisse ma peau et, signe ou hasard, une fleur de laurier blanc s'accroche à ma chevelure.

Je me lève brusquement.

J'aimerais pénétrer dans la chambre de maman par le jardin, comme dans mes rêves. Je pourrais confier la clé à Halima, la prier de déverrouiller les vantaux. Mais non, je veux être la première à pénétrer dans cette caverne trop longtemps proscrite, dans l'antre de Barbe-Bleue.

La clé d'acier tourne aisément dans la serrure, je suis presque déçue, j'eusse aimé qu'elle résistât, qu'elle ne se livrât pas à la première tentative. Une odeur de moisi et une pénombre dense, exaltée par mon passage brutal de l'éclatante lumière d'été à cette nuit de trente-cinq années, m'enveloppent.

Trente-cinq ans de ténèbres, mon âge !

Je ne distingue rien, je me dirige vers la fenêtre, guidée par des éclats de soleil au travers des persiennes. Je peine à les ouvrir, la rouille a ravagé les gonds. Les lumières du dehors, les parfums du jardin envahissent enfin la pièce. Je ferme les yeux et me tourne vers la porte d'entrée.

Vide...

La chambre est vide.

Complètement vide !

J'arrache la clé de la serrure et la jette de toutes mes forces dans le jardin.

Elle se perd dans un buisson de bambous.

J'avais tant espéré de la chambre interdite.

Petite fille, je rôdais autour de cette pièce condamnée, tentant d'en percer les secrets, l'œil rivé à la serrure, aux interstices de ses persiennes sans jamais ne percevoir que du noir.

Un noir insondable, impitoyable.

J'imaginais entre ses murs des trésors, une profusion d'indices qui, en quelques heures, m'auraient livré Daphné et ses secrets, son visage, ses yeux, ses lèvres.

Les parents guettent tendrement le premier sourire

de leur bébé ; moi, je cherche désespérément celui de ma mère.

Quand j'avais du chagrin – oh ! peu de chose, juste des peines d'enfant, une dent de lait perdue qu'aucune souris n'avait songé à remplacer par un chocolat ou une pièce de monnaie, une chute à bicyclette sur le gravier de l'entrée, un genou à la peau égratignée que nul n'avait embrassé, un bouton sur la joue qui tardait à guérir –, je m'asseyais sur le seuil de la chambre de maman et lui contais mes malheurs avec pour seule réponse le bruit du vent, le craquement des arbres du jardin, un aboiement lointain, le murmure de ma solitude.

Dans l'avion qui me ramène à Paris, je finalise une note rédigée pour un milliardaire chinois désireux d'investir en France. Elle se résume à deux idées-forces : la France se désindustrialise, la France s'appauvrit. Les lourdeurs du Code du travail, l'effet dévastateur de l'adhésion des pays émergents à l'Organisation mondiale du commerce, le vieillissement de la population, l'accaparement des pouvoirs par une gérontocratie dépassée et arrogante expliquent cet état de fait. Trois secteurs sont porteurs pour les deux prochaines décennies : le low cost, le tourisme et le marché des personnes âgées (maisons de retraite, résidences de luxe médicalisées).

L'avenir de la France est peu réjouissant, un vaste Disneyland parsemé de fast-foods, de supermarchés à prix discount et de refuges pour vieillards. L'opportunité des gaz de schiste dont le pays regorge n'a pas été saisie, la nouvelle pression fiscale fait fuir chaque jour des dizaines d'investisseurs potentiels, les budgets alloués à la recherche s'étiolent…

Je retrouve mon jugement perdu quelques heures

durant. D'une rationalité d'ordinaire à toute épreuve, j'ai été abusée par les souvenirs, par l'espoir. J'ai pensé naïvement qu'une maison, une porte poussée éclaircirait ma vie.

Avant mon départ, j'ai convoqué une deuxième fois le notaire et lui ai donné quinze jours pour trouver des acheteurs. Je n'ai que faire de cette maison, le passé est mort et les souvenirs, des vers qui rongent l'âme.

Julien m'attend à Orly, Julien au beau visage clair sur lequel je lis la moindre pensée, le moindre questionnement. Et s'il était le roc sur lequel je pourrais bâtir ma vie ?

Je suis heureuse de le voir. Grand-mère disparue, il est le dernier proche. Il m'embrasse :

— Tu as abrégé ton week-end ?

— Une chaleur insupportable et puis… l'envie de te retrouver.

Surpris, il entrouvre les lèvres, il n'a pas l'habitude. Je vois bien qu'il s'interroge. Il s'inquiète, une telle confession lui semble être de mauvais augure.

Il serre mes doigts, très fort.

Les jours semblables aux jours, une succession de réunions inutiles et sans fin, de cocktails standardisés. Les thèmes des conversations sont invariables : l'échec monstrueux des printemps arabes, le gouvernement et son absence de politique économique, acheter ou non des pétrolières canadiennes, sûrement pas des françaises et surtout pas Total, qui exclut l'exploitation des gaz de schiste en France.

Je rentre chaque soir épuisée par cette agitation stérile – un monde se meurt et nul ne veut l'admettre. Dans un monde fini, la croissance ne peut être infinie. Les empires se sont effondrés quand leur expansion territoriale a été foudroyée par l'émancipation des colonies. Rome est morte après avoir conquis et pillé toutes les terres accessibles. Seul le progrès scientifique peut repousser l'échéance. Il faut investir massivement dans la recherche ! Nos gouvernants ne le font pas, tétanisés par la réduction des déficits. Restera l'option guerrière. L'argent des pétromonarchies est si tentant, si facile à confisquer… L'islamophobie orchestrée par les médias occidentaux accrédite cette option. L'Islam est à nouveau l'ennemi de l'Occident, l'émergence du communisme l'avait relégué.

Dans une biographie de Winston Churchill trouvée dans la bibliothèque de grand-mère, j'ai eu la surprise de lire ce qu'il pensait de cette religion en 1899. Certes, il n'avait que vingt-cinq ans, mais ce qu'il écrivait alors exprime tout le mépris de l'Occident colonial pour une foi jugée obsolète, pernicieuse et dangereuse. De nombreux contemporains adhèrent à cette vision désastreuse et la prônent sans vergogne, je les combats chaque jour car ils insultent une part de moi-même.

Julien, responsable d'une chaîne de télévision, assure que toute tentative de réhabiliter l'islam à l'antenne est vouée à l'échec. Le matraquage a été si efficace que seules les émissions qui confortent le téléspectateur dans sa peur des égorgeurs fanatisés ont une chance d'intéresser.

L'Audimat est la potion quotidienne de Julien, pour moi ce sont les cours de la Bourse. Quelques parts d'audience en moins et son visage se ferme, il tempête alors contre TF1 ou M6, qu'il accuse de racolage. Il est toujours en quête du coup génial qui fera pâlir la concurrence. Parfois il me demande conseil mais n'en tient jamais compte : je n'ai ni le profil ni les goûts de la ménagère emblématique.

L'entendre parler de son métier m'amuse. J'entre dans le monde de l'apparence, de l'illusion, de la séduction, un monde factice dédié au plaisir, un monde onirique zébré de lasers, aux antipodes des marbres glacés et des boiseries sombres des sièges de nos banques.

Pourtant, nos univers sont étonnamment proches. Argent et communication sont l'envers et l'avers d'une même pièce. Les téléspectateurs et les actionnaires sont nos maîtres, l'Audimat et les dividendes nos sanctions. Julien séduit avec des images, moi avec des chiffres. Il assemble rêves et concepts efficaces, je combine prévisions et prise de risque.

Notre vie est aimantée par un seul but : la réussite. Nos actes quotidiens n'ont qu'une finalité : trouver l'idée. Cette quête insatiable, monomaniaque, nous appauvrit et nous mutile, nous sommes des automates stéréotypés en représentation sur une scène sans décors. Le ciel et les odeurs de Paris n'étant guère propices aux errements, aux divagations ou à l'improvisation, le gris noie tout et couvre nos sens d'un voile opaque.

Les essuie-glaces du taxi peinent à balayer le pare-brise ; les lumières des phares, diffractées par les gouttes de pluie, s'étalent sur le verre en flaque lumineuse, en gerbes scintillantes, accentuant la sensation de froid et de solitude. Dans les rues de Marrakech, je faisais corps avec la multitude, j'étais une bille de couleur noire dans l'agitation chamarrée de mille autres billes. À Paris, je suis Diane de Verneuil, mercenaire de la finance, entité solitaire en route vers sa cellule du 7e arrondissement. L'espace s'est brutalement contracté et l'élégant balancement des bambous de la Villa Taylor dans la chaleur de la nuit africaine n'est plus qu'une illusion lointaine.

Une semaine après mon retour de Marrakech, je reçois une lettre du Maroc convoyée par DHL – le notaire, probablement. Je ne prends pas la peine de l'ouvrir. Que pourrait-elle contenir sinon une offre pour la Villa Taylor ? Et d'ailleurs, ai-je intérêt à vendre ? Pourquoi ne pas initier un projet immobilier ? Des immeubles luxueux dans le jardin sauvegardé, par exemple. À vrai dire, j'oscille entre le désir de me débarrasser de ce lieu pernicieux et celui de le conserver pour y imprimer ma touche.

Un soir, je décachette enfin le pli ; il s'en échappe un léger parfum, indéfinissable et cependant familier. Le parfum disparu ?

Je retire de l'enveloppe une page d'écriture serrée à l'encre violette, et reconnais immédiatement la plume de grand-mère.

Ma petite-fille,

Je savais que ta première action, Villa Taylor, serait de pénétrer dans la chambre de Daphné. Tu n'y as rien trouvé car je l'ai vidée le jour de sa disparition. Je ne voulais pas de sanctuaire. Néanmoins, tout ce qu'elle contenait est toujours dans la maison, éparpillé. Tu es déçue, je le sais. Tu appartiens à une génération pressée. Tu voulais tout savoir, tout apprendre en quelques heures et puis repartir, ta curiosité assouvie. La vie de celle qui t'a donné le jour mérite mieux que cela. Cette maison est ta mémoire. Tu peux bien sûr la vendre et vivre le reste de tes jours dans l'extrême aisance, mais tu seras amputée, amoindrie. Les historiens affirment qu'on ne peut écrire l'avenir sans tremper sa plume dans l'encre du passé. Laisse donc cette villa te raconter l'histoire tragique de Daphné transpercée par Éros d'une flèche d'or et non de plomb.

Jour après jour, nuit après nuit, comme la Shéhérazade des Mille et Une Nuits, *elle tentera de sauver sa tête en dévoilant un passé enfui à jamais et qu'elle seule détient encore. Je ne peux te contraindre à garder ce qui désormais t'appartient mais, je t'en prie, réfléchis, prends le temps. Halima t'aidera dans ta quête, ne la brusque pas, elle ne livrera que ce qu'elle voudra et au moment où elle l'aura décidé. Respecte-la, respecte son pouvoir.*

Puisses-tu enfin être heureuse !

Moune

La lettre posthume de grand-mère me bouleverse, c'est son dernier souffle, l'ultime battement de son cœur.

Ce cœur qui battait un peu pour moi, très loin au nord de l'Afrique, s'est arrêté pour toujours. Quand mon père est mort, j'ai ressenti le même désespoir, la même terreur. Un flambeau s'était éteint et j'avais alors compris qu'au fil des ans les quelques lumières qui éclairaient ma vie s'effaceraient une à une et que la flamme qui brûlait en moi, nourrie par celle des autres, s'étiolerait inexorablement.

Moune affirme qu'entretenir le souvenir rend plus fort.

Au prix de quelles souffrances ?

Adolescente, j'attendais impatiemment mes anniversaires. Surtout ceux des années charnières, propices aux révélations. Seize, dix-huit et vingt. J'imaginais une grande enveloppe de papier kraft à mon nom contenant pêle-mêle le journal de maman, son album photo et, pourquoi pas, une lettre m'assurant qu'elle ne m'avait pas oubliée et qu'elle pensait à moi chaque jour…

Joyeux anniversaire, ma chérie !

Les années ont passé, aucune enveloppe n'est venue.

Papa est mort d'une crise cardiaque quelques jours avant mes vingt ans. Il fumait et buvait – au-delà du raisonnable, affirmait Moune. J'ai passé au crible sa correspondance, ses photographies, écumé son appartement. Rien, il n'avait rien gardé, pas le moindre cliché, pas la moindre lettre, pas la moindre trace du passage de maman dans sa vie. Il avait tout effacé, méthodiquement, comme les chrétiens de l'ancienne Égypte qui s'acharnaient à marteler les hiéroglyphes et les bas-reliefs des monuments pharaoniques.

Sur une photo en noir et blanc, enfouie sous une pile de linge, il souriait, visage de profil, tendu vers un autre visage, dans sa main gauche on devinait une autre main. Des ciseaux vengeurs avaient coupé le cliché en deux, une plaie rectiligne, propre, chirurgicale, avait éliminé l'autre. Ma mère, probablement.

Moune n'a pas eu cette intransigeance, elle vient d'entrouvrir la boîte de Pandore. Cette boîte qui contient les maux de l'humanité et le plus terrible d'entre eux : l'Espoir.

Pensionnaire d'une institution suisse pour jeunesse dorée, je ne voyais papa qu'en vacances. Tous les étés, je partais avec lui. Son escale favorite était Panarea, dans les îles Éoliennes. Il aimait ce caillou brûlé jeté sur la Méditerranée. Il louait deux chambres à l'hôtel Raya et, à peine franchi le seuil de la réception, cessait de boire et de fumer en ma présence. Il voulait donner l'image d'un père sobre et responsable. Il passait ses journées à pêcher. Tous les matins nous prenions une petite embarcation à moteur, un youyou disait-il, et partions jeter l'ancre au pied des îlots basaltiques qui entourent l'île.

Petite fille, j'ai longtemps essayé d'établir des connexions entre ces petits bateaux et les cris de joie ou de douleur que poussent les femmes arabes lors d'événements importants. Sans succès. J'ai fini par comprendre que leur proximité linguistique était le simple fait du hasard.

L'eau était translucide et pure, le ciel intensément bleu. Papa jetait sa ligne et attendait. Parfois, un poisson mordait à l'hameçon. Il claquait sa cuisse de contentement puis, sitôt qu'il l'avait sorti de l'eau, libérait le pauvre animal frétillant de terreur. Moi, je nageais, bronzais et lisais. Le temps passait. J'étais heureuse, même s'il ne parlait pas beaucoup. Je me sentais protégée. À l'école, j'étais sur le qui-vive, il fallait sans cesse se défendre contre les professeurs, les surveillants, les élèves. Quand j'étais avec lui, je lâchais prise, la toute-puissance paternelle m'abritait. C'était bon. Je rêvais d'un homme à son image, au physique lourd et rassurant.

À midi, nous déjeunions dans une trattoria attenante à un potager qui regorgeait de tomates, de basilic et de poivrons. Nous mangions tous les jours la même salade de tomates au pistou accompagnée d'une boule de *burrata* crémeuse. J'aimais planter la pointe de mon couteau dans le fromage, un sang épais, blanc pâle, coulait sur les tomates. Je saccageais puis avalais goulûment le semblant de drapeau italien.

Le soir, nous dînions sur la terrasse de l'hôtel qui surplombe la mer. Au loin, la masse sombre du Stromboli se détachait du ciel étoilé et lançait de temps à autre sa gerbe flamboyante. Une nuit, alors qu'un flot inhabituel de lave en fusion avait illuminé l'horizon, papa s'était écrié : « Daphné… regarde ! » Je l'avais fixé, interloquée, mais son regard était devenu inaccessible, captivé par la coulée incandescente.

La mort de Moune m'a replongée dans le passé, ses marques sont indélébiles. Après la disparition de papa, je pensais les avoir effacées. Rien ne semblait pouvoir les raviver, j'avais proscrit le Maroc, vendu l'appartement familial, érigé un mur de béton autour des souvenirs. Ils parvenaient parfois à l'escalader, je les noyais aussitôt dans l'agitation parisienne, dans l'illusion de la vie. J'étais une citadelle à l'assaut du monde.

Depuis mon retour à Marrakech, la muraille se fissure, le cheval de Troie introduit par Moune est à l'œuvre.

J'accepte de partir une semaine avec Julien, au bord de la mer. L'adolescente attardée a besoin d'un père, il lui ressemble tant. Le même mutisme serein, la même capacité à fixer longtemps l'horizon sans raison, les mêmes lourdes épaules sous le soleil plombé, un canotier sur la tête. Les mêmes regards furtifs pour s'assurer que la petite est toujours là, à portée de main, à portée de ces regards tendres qui confortent et apaisent.

Ce soir, je dormirai sans crainte…

Ce fut une parenthèse heureuse de jours pressés qui mouraient à peine écornés. Une parenthèse trop vite refermée, une parenthèse douloureuse qui me déposa au même arrêt, sous le même ciel, blessures intactes.

Juillet s'achève, je n'ai toujours pas de proposition du notaire. J'appelle son étude, la secrétaire m'informe qu'il est au plus mal. Accident vasculaire cérébral, aphasie, hémiplégie… Une semaine auparavant, lors d'une journée d'intense chaleur, maître Cherkaoui s'était écroulé dans le parc alors qu'il faisait visiter la Villa Taylor à un acheteur potentiel.

Je le vois râlant sur le gravier de l'allée, entouré des fourmis affolées dont il a interrompu la procession, aux pieds de l'acheteur effrayé qui tente de lui porter secours.

Toute à la scène, je n'ai pas un mot de compassion. La secrétaire, me supposant contrariée, se veut rassurante :

— Son fils connaît parfaitement votre dossier, ne vous inquiétez surtout pas !

Je décide de partir pour Marrakech le surlendemain. Julien veut m'accompagner, je l'en dissuade, prétextant la chaleur dont il a horreur, mon indisponibilité, des monceaux de documents à ranger, classer…

Halima m'installe d'autorité dans la chambre de grand-mère :

— Vous êtes Madame et votre place est ici.

Je me laisse faire comme l'a conseillé Moune mais je suis mal à l'aise. Je suis une usurpatrice, une voleuse, une profanatrice, je m'approprie l'intimité profonde, les secrets d'une morte.

C'est étrange, je n'ai pas eu ces préventions quand j'ai forcé la porte de maman, pourtant c'était une effraction brutale, un viol.

Ma mère m'est étrangère, mes sentiments pour elle sont abstraits, il leur manque un visage, une silhouette, une allure, des mots, un parfum, des souvenirs. L'idée de dormir dans le lit de Moune me perturbe ; pourtant, j'étais prête à entrer dans les secrets de maman sans états d'âme. Je reçois ma première leçon !

Halima a perçu ma gêne :

— J'ai échangé les lits, c'est le vôtre qui est là, avec vos draps.

Je connais peu la chambre de grand-mère, je n'y

pénétrais jamais. Quand, tapie derrière la colonne du patio, face à la porte, j'en guettais l'ouverture et qu'elle s'entrebâillait enfin, j'apercevais le plafond en bois de cèdre, la frise de stuc aux arabesques entrelacées, le carrelage couleur brique et la table de nuit couverte de photographies.

Je vois pour la première fois les détails du plafond. Le bois entre les poutres est peint d'un beau rouge Pompéi et orné, à intervalles réguliers, de bouquets multicolores aux fleurs stylisées. Une cheminée et un radiateur, placés côte à côte, rappellent la violence des nuits glacées d'hiver de Marrakech où, tremblante de froid, je regardais la lueur des flammes lécher les panneaux de bois peints des murs de ma chambre.

Je réfrène mon impatience à découvrir les photographies agencées en arc de cercle sur le chevet.

Tu as le temps, Diane, tout le temps…

Quelques livres sont posés sur la cheminée, une biographie de Churchill en anglais, celle de Roosevelt et une autre d'Hemingway. Moune et sa passion des grands hommes. Et puis, un livre très simple, que l'on dirait publié à compte d'auteur, d'une certaine Gladys Thompson : *Le Joueur de flûte.*

J'allume la lampe en peau de zèbre posée sur un guéridon. Dix photographies s'éclairent, grand-père et grand-mère, grand-père en Afrique noire, le lion du salon à ses pieds, moi à quinze ans, papa et moi, grand-mère et Churchill un pinceau à la main, grand-mère en compagnie d'une femme à la silhouette juvénile, de dos.

J'interroge Halima :

— Est-ce ma mère ?

— Je ne sais pas, je n'ai pas connu votre maman. Madame m'a engagée après sa disparition et je n'ai jamais vu de photos d'elle.

Après le dîner, je parcours *Le Joueur de flûte.* L'ouvrage, de mauvaise qualité, est imprimé sur un papier jauni et pelucheux. Les pages tachées de rouille dégagent l'odeur si particulière des livres anciens. Un dessin aux couleurs passées d'un homme entouré d'enfants agrémente la couverture. Le récit est une adaptation maladroite du *Joueur de flûte de Hamelin.*

Un musicien, engagé par les habitants d'une petite ville allemande pour en chasser les rats, y parvient grâce à sa musique. Quand il réclame son salaire, on le chasse à coups de pierres. Quelques jours plus tard, il revient, joue de son instrument, et les notes montent une à une dans la nuit, si belles, si douces que les enfants, charmés, sortent un à un des maisons. Et voilà qu'il les entraîne hors de la ville vers les collines enneigées, et voilà qu'il pénètre dans une grotte, et les enfants le suivent, subjugués, souriants. Les parents crient, les parents pleurent, mais les enfants n'entendent pas. Et quand le dernier bambin franchit le seuil de la grotte, un grand bruit couvre son rire. Des pierres tombées du sommet de la colline obstruent l'entrée de la caverne…

Le musicien marche longtemps avec les enfants, ils marchent vers la lumière, ils marchent vers le soleil, ils atteignent enfin la Terre promise, une oasis aux ruisseaux clairs, aux palmiers innombrables, aux vergers encombrés de fruits, l'Éden. Et dans ce paradis, au pied de montagnes enneigées, ils construisent une ville, ocre et splendide, une ville à la prospérité biblique, Marrakech. Des rivières de lait et de miel jaillissent du cœur de la terre. Et la ville traverse les siècles.

Parfois, le joueur de flûte revient, alors des enfants se souviennent, ils échappent à leurs parents et courent vers la liberté.

Au bas de la dernière page, après le mot « Fin », deux lignes manuscrites à l'encre rouge :

Perdre la raison ou mourir à sa vie ?
S'il te plaît, pas de reproches, j'ai choisi le joueur de flûte…

Sur la page de garde, grand-mère a tracé au crayon de papier, en très petits caractères : *Offert par Daphné, le 8 octobre 19...* L'année, en partie gommée, est illisible.

La narration malhabile du conte n'enlève rien à sa puissance évocatrice, à son message. Immanquablement je pense à grand-père, à son amour pour l'Orient, ce grand-père si peu connu, mort quand j'avais à peine douze ans.

Lier les origines de Marrakech à la vieille légende allemande n'était sûrement pas pour lui déplaire. Peut-être avait-il conseillé à ma mère, sa fille, d'offrir ce récit à Moune qui, à l'inverse de lui, était hermétique à la culture du Maroc, n'y voyant qu'un élément de confort exotique, une touche chamarrée teintant l'art de vivre occidental.

Elle réfutait, comme beaucoup, les apports de la civilisation islamique, oubliant qu'au Moyen Âge le cœur du monde battait à Séville, Cordoue, Damas et Bagdad.

Grand-père adulait la musique arabe, à l'inverse de Moune qui détestait les jérémiades folkloriques des chanteurs orientaux. Il aimait tout particulièrement Asmahan, une chanteuse libano-syrienne des années 1930 ; nous l'écoutions quand grand-mère faisait sa sieste. Il posait un microsillon sur la platine du vieux tourne-disque et racontait la vie tumultueuse de sa splendide idole morte à vingt-six ans, noyée dans sa voiture, un 14 juillet.

La voix mélancolique d'Asmahan se mêlait à celle de grand-père et je voyais sa Rolls blanche filer le long du Nil, plonger dans le fleuve après un virage mal négocié, hésiter quelques secondes à sa surface – croisant peut-être le sarcophage d'Osiris en route vers la Phénicie – et s'enfoncer dans les eaux sombres et limoneuses. La chanteuse maudite, les yeux clairs écarquillés par l'effroi, avait peut-être encore distingué au travers des vitres de la limousine en perdition, avant son dernier souffle, le divin visage d'Antinoüs, le jeune homme mort noyé dans le Nil à vingt ans pour l'amour d'Hadrien.

Outre la musique arabe, grand-père m'initia aux lettres orientales. Il lisait pour moi des pages des *Mille et Une Nuits* où des femmes vêtues de brocart, parfumées d'huiles extravagantes, languissaient dans de profonds sofas. Il récitait des vers d'Omar Khayyam saturés de vapeurs de vin, d'opium et de chanvre. Je n'ai jamais oublié le quatrain qu'il avait fait découvrir à papa. Mon père le récitait dès qu'on lui reprochait sa fâcheuse propension à l'alcool :

J'entends dire que les amants du vin seront damnés.
Il n'y a pas de vérités, mais il y a des mensonges évidents.
Si les amants du vin et de l'amour vont en Enfer
Alors, le Paradis est forcément vide.

Et pour désarmer Moune, il ajoutait une phrase de Winston Churchill prononcée après qu'on l'eut prié de ne pas boire devant le roi d'Arabie saoudite : « Je dois souligner que ma règle de vie me prescrit absolument, comme un rite sacré, de fumer des cigares et de consommer de l'alcool avant, après, et le cas échéant au cours de mes repas, et même dans l'intervalle... »

Je pose le livre à terre et, allongée sur mon lit, dans la chaleur affolante de Marrakech, je pense à maman, au joueur de flûte.

Et si, au cœur de la nuit, j'entendais sa musique, pourrais-je courir vers lui et, comme elle, tout abandonner pour le suivre ?

Enfin, un premier message.

Je ne parviens pas à trouver le sommeil, j'abandonne ma chambre. La maison est divisée en deux parties d'égale surface, celle des maîtres et celle des serviteurs. Elle dessine un huit au graphisme quadrangulaire des années 1930. La chambre de grand-mère, celle de maman, la mienne et les chambres d'amis s'agencent autour d'un patio arabo-andalou. Vingt-quatre colonnes de marbre d'un blanc très pur, coiffées de chapiteaux en fine dentelle de stuc, le délimitent, soit six par côté. En son centre, une fontaine de granit noir ceinturée d'arbres, quatre cyprès très hauts, deux palmiers encore plus hauts qui s'épaulent l'un l'autre, trois daturas blancs, une profusion d'hémérocalles rouges, une bougainvillée blanche et quantité de fleurs que je ne sais plus nommer. L'étourdissante variété de végétaux et de couleurs contraste avec la rigueur géométrique de l'architecture. La vie échappe à la pierre. Prisonnière du patio, elle fuse vers le ciel et couvre la villa de ses frondaisons. Les senteurs tourbillonnent, il suffit d'à peine se mouvoir pour en percevoir de nouvelles, elles se chevauchent, se mélangent ou se combattent. Le datura cède la place au jasmin, lequel se mêle au galant de nuit, sans parler des roses anciennes, des œillets et du parfum ténu des bougainvillées aux multiples nuances. Comment garder la raison au cœur d'une telle débauche ?

Le chant léger d'une flûte et tout peut chavirer... Serait-ce la morale du conte ?

Les chambres du personnel, dans l'autre boucle du huit, donnent sur un patio plus rustique aux lourdes colonnes hexagonales de béton peint. Elles contrastent avec leurs sœurs arabes.

L'architecture délivrerait-elle aussi un message ?

Assurément, la force et le labeur des uns sont indispensables à l'épanouissement, au bonheur des autres.

Quatre bigaradiers chargés de fruits occupent l'espace central. Du temps de sa splendeur, la villa comptait vingt-quatre domestiques, cuisinières, blanchisseuses, gouvernantes, jardiniers, couturières, majordomes. Vingt-quatre chambres, autant que de colonnes de marbre blanc.

La nuit brûlante saturée de parfums attise les sens. La lune répand une douce lumière sur les arbres et les fleurs du patio des domestiques. Hormis celles de Halima et de Safia, les chambres sont vides, peuplées d'ombres et de souvenirs. Combien de plaisirs, de peines, de joies, d'intrigues dans ces alcôves aux murs nus chaulés de blanc ?

Si la maison pouvait parler, elle livrerait l'histoire de Daphné au cœur transpercé d'une flèche d'or.

Une lumière étrange, pâle, irisée, comme retenue par le jour naissant, filtre au travers des persiennes. Une lumière du Nord, froide, frissonnante, annonciatrice de gris et d'eau. Serait-ce l'automne d'Europe au cœur de l'été marocain ? Absurde, la chaleur étreint, tout comme hier, cette chaleur insensée qui suspend la vie à son souffle de mai à octobre.

Le jardin est noyé de brume, les palmiers dressent leurs troncs décapités vers un ciel opaque, les sons parviennent à peine, estompés, ralentis : les premières clameurs de la ville, les roues d'une charrette sur le macadam, la rengaine d'un marchand ambulant. Des franges cotonneuses enveloppent les buissons, couvrent les massifs de fleurs.

Je me souviens de l'enterrement de papa, il avait souhaité reposer dans un petit cimetière de l'Aisne. C'était au tout début de mai. Après l'inhumation, un brouillard irréel avait tout enveloppé. Ses vapeurs ténues illuminaient les feuilles naissantes des arbres et les immenses champs de colza en fleur. Tout s'estompait, tout resplendissait. Grand-mère avait pris ma main et dit, pointant un doigt vers le paysage :

— Regarde comme c'est beau, je n'ai jamais vu ça ici. Ton père nous envoie un signe, il est entré dans les brumes d'éternité. Il a rejoint ta…

Elle s'était brusquement interrompue puis avait repris, énigmatique :

— Tu as disparu, je n'existe plus… Je n'existe plus, tu réapparais…

— Que veux-tu dire, Moune ?

— Rien, rien, je divaguais. Ta grand-mère perd parfois la tête…

Les brumes de l'aube se sont évanouies. Le soleil attise les contrastes et gomme les nuances. Au bord de la piscine, cinq tourterelles, ombres lumineuses sur la pierre, se désaltèrent. Leurs becs dessinent des ronds qui rident la surface, se croisent puis se brisent. Les oiseaux dressent la tête vers le ciel et l'eau coule dans leurs petits corps assoiffés.

C'est ma deuxième journée à Marrakech. Paris n'existe plus, je suis passée de l'action à la contemplation. Cela ne me ressemble guère, d'ordinaire mon esprit est en perpétuel mouvement, analysant le moindre fait, imaginant ses répercussions sur les marchés. Sécheresse aux États-Unis, froid inhabituel sur les plateaux brésiliens, marée noire dans le golfe du Mexique sont mes amphétamines. Je suis à l'affût de tout, toujours.

Moune prenait son petit déjeuner en musique. Halima n'a pas renoncé au rite. *La Passion selon saint Jean* s'échappe du séjour, Bach saisit ma main et me ramène sur les sentiers de la rêverie, un court instant abandonnés. Les notes tournent autour de moi puis m'enveloppent.

À Paris, j'aime aller au concert, m'immerger dans la solitude désincarnée d'une salle, fermer les yeux et m'abstraire de la foule, simple atome en résonance avec la mélodie. Ici, la sensation est différente, je fais corps avec l'air, la lumière et les arbres. Je suis un fragment de l'immense fresque du monde.

Les tourterelles, intriguées par la musique, hochent la tête puis s'envolent, abandonnant sur l'eau quelques plumes, comme une offrande.

La table du petit déjeuner, dressée sur la terrasse, est couverte d'une nappe de lin blanc. En son centre, trois lettres bleues surmontées d'une couronne comtale ont été brodées :

D d C

J'effleure les neuf perles en fil écru de la couronne puis, après un temps d'hésitation, les lettres. Maman m'invite à sa table, ce sont ses initiales : Daphné de Chalgrin.

Cette nappe devait faire partie de son trousseau de mariage. Grand-mère l'a sans doute récupérée chez papa. Dans les bonnes familles, on constituait très tôt un trousseau pour les jeunes filles : nappes, serviettes, déshabillés, sous-vêtements, draps, chaussures. À l'époque, on s'engageait pour le pire et le meilleur, les unions étaient éternelles. La broderie, fruit d'un énorme travail, gravait la soumission féminine sur les tissus du quotidien, des tissus conçus pour durer toute une vie, comme le mariage. Leur raffinement masquait la violence du message oppressif.

Aujourd'hui, les noces sont de papier ; qui songerait à broder des Kleenex ou des nappes jetables ?

J'imagine grand-mère entourée de ses brodeuses marocaines, ordonnant, contrôlant. Une tristesse irraisonnée me gagne : nul ne m'a jamais constitué de trousseau, nul ne s'est inquiété de mon futur, me condamnant ainsi à *l'ultramoderne solitude.*

— Pourquoi cette nappe, Halima ?

— C'est une volonté de Madame. Elle l'a sortie des armoires quelques jours avant sa mort et m'a priée de l'utiliser quand vous viendriez. Elle savait que vous seriez bientôt Villa Taylor…

— Elle appartenait à ma mère ?

Le visage de Halima se ferme :

— C'est bien possible.

— Grand-mère ne t'a jamais parlé de maman, vraiment ?

— Pas une fois. Excusez-moi, le pain va brûler…

Une sonnerie de téléphone brise la sérénité du parc, une sonnerie interminable, une sonnerie d'avant, de celles qui forçaient à répondre. En ces temps lointains, les appels étaient anonymes, masqués, enveloppés de mystère. Le bruit effraie les moineaux qui picorent à mes pieds. Ils s'égaillent, désordonnés. Halima décroche enfin. Elle s'approche, l'appareil à la main, suivie d'un fil blanc démesuré. J'esquisse une moue interrogative.

— C'est pour vous, le fils du notaire.

Mon interrogation se mue en contrariété, je n'aime pas être prise au piège. Je refuse de lui parler. Halima bafouille une excuse plausible et l'interroge sur la raison de son appel. Elle plaque une main sur le combiné et chuchote qu'il veut me rencontrer. Je lui fais répondre que j'ai peu de temps mais qu'il passe dans moins d'une heure, pour moins d'une heure.

Je gagne les terrasses de la tour berbère, il y en a plusieurs, étagées. J'aime la deuxième, celle où Winston Churchill installait son chevalet et peignait assis sur un tabouret en peau de zèbre – zèbre peut-être chassé par lui au Kwazulu-Natal ou au Botswana, dont la dépouille a peut-être été offerte à grand-mère. Des pastels nostalgiques sable, bleu et vert ont été composés depuis cette terrasse. L'un d'eux est exposé sur un chevalet, dans la chambre de Moune, un paysage des années 1940 : Marrakech est une petite ville ceinte de murailles et de jardins, la Koutoubia se dresse aussi haut que l'Atlas enneigé et Guéliz n'est qu'une étendue de friches. Au bord d'une route couleur ciel où se pressent des hommes en burnous et quelques femmes voilées, les nomades ont dressé des tentes. Leurs troupeaux paissent, éparpillés. Une porte sombre troue les murailles. Des cyprès, des palmiers, des orangers, des citronniers se mêlent aux maisons.

Aujourd'hui, dans la lumière crue et brûlante de la deuxième terrasse, je ne reconnais plus rien. La réalité écrase mes souvenirs de petite fille. À Guéliz, le béton a tout envahi, les étendues vierges sont hérissées d'immeubles. Au loin, des grues, plus hautes que les minarets. La route couleur ciel, désormais encombrée de voitures et de motocyclettes, s'est teintée de noir. Un nuage de pollution orangé estompe les montagnes. Le silence d'antan, seulement troublé de cris d'animaux, d'appels à la prière, de chants d'oiseaux, a laissé place au vrombissement continu des grandes villes.

La gomme du progrès efface chaque jour le monde délicat de Sir Winston.

Salim Cherkaoui est là, il s'entretient avec Halima. Je ne comprends pas leur langue. Enfant, j'en ai glané quelques mots, ils me donnent parfois le sens d'une phrase. Leurs voix montent, leurs timbres entrelacés sont une poésie inaccessible, une mélodie à l'énigmatique beauté. Il est des langues plus émouvantes que d'autres. L'arabe, chargé de syllabes douces, de voyelles onctueuses mais aussi de sonorités âpres, est superbe. Quand je venais à Marrakech, nul n'a jamais voulu me l'apprendre. J'aurais aimé, c'eût été un lien supplémentaire avec le nord de l'Afrique et ses hommes. Moune le parlait couramment. Avec accent. Son expression rocailleuse brisait le charme, elle ne roulait pas les *r*, écorchait les *k* ou les *h* et ne savait jamais s'il fallait expirer ou racler la gorge. Halima la reprenait souvent : « Pas *ha*, Madame, *kha*, comme la jota espagnole. » Alors, j'éructais des *kha*, des *ka*, des *heu* qui exaspéraient mon aïeule. C'était ma vengeance car elle ordonnait qu'on ne s'adresse à moi qu'en français.

Du moucharabieh qui surplombe le séjour, je peux observer, écouter sans être vue. Moune épiait grand-père, le personnel et sûrement maman, dissimulée par la trame en bois d'acajou. De grands carrés contiennent, en alternance, de petits carrés ou des rectangles, centrés de boules ou de cylindres. L'élégante composition, qui mêle art islamique et Art déco, cache efficacement l'espion.

Je déguste le moment d'avant. L'instant où, à l'abri des regards, je découvre ma proie. J'analyse ses gestes, mimiques et vêtements afin d'en percevoir les failles, les faiblesses, et de bâtir une stratégie.

À la banque, une caméra filme la salle d'attente et mes visiteurs. Ils s'affichent sur mon ordinateur et je peux les étudier à loisir, agrandir leur visage, le détailler. Ici, le moucharabieh a remplacé la caméra. Je voyage dans le temps... Femme de harem, j'observe le monde interdit, le monde au-delà du cloître. Un eunuque me tend des jumelles de théâtre incrustées de nacre...

Mes pieds sont nus sur le carrelage, j'aime cette sensation, cette communion avec le sol. Quand il pleuvait sur la Villa Taylor, au désespoir de grand-mère, j'ôtais mes chaussures, remontais ma robe et foulais la boue fumante du jardin.

L'homme est de dos, vêtu d'un tee-shirt blanc, d'un jean et de baskets, le travestissement de la jeunesse mondialisée. Il n'a rien du notaire, il paraît grand, ses cheveux sont noirs et bouclés, ses épaules larges, sa taille étroite, un sportif assurément. Il ne ressemble en rien à son père.

De quoi parlent-ils ? Le temps des politesses s'est depuis longtemps écoulé. Halima est probablement inquiète, elle doit le questionner sur les acheteurs éventuels. Si je vends la maison, elle devra partir, les nouveaux propriétaires ne s'encombreront pas d'une vieille femme. C'est un élément à considérer.

La voix de l'homme est grave, ses mains immobiles. C'est bien, je ne supporte pas les mouvements qui ponctuent ou soulignent, cette gestuelle enseignée par les agences de communication. Seul le discours doit convaincre.

Halima appelle :

— Madame, Madame…

Je quitte mon poste d'observation à regret, je n'ai pas vu le visage de l'intrus. Je descends lentement, rien ne presse.

Halima est sortie du séjour, elle me cherche dans le parc ; il est seul, toujours de dos, il ne m'a pas entendue arriver, mes pieds glissent sur le sol. Je m'arrête à quelques mètres de lui, il inspecte la bibliothèque. Cet homme s'intéresse aux livres… Au bout de quelques instants, il en extrait un : *Portraits du Fayoum*. Il passe l'index sur la couverture de papier glacé, sur un visage à l'ovale magnifique, au regard impossible à capter, un regard qui fixe l'ailleurs, un regard perdu.

— Elle est belle, n'est-ce pas ? dis-je à voix basse.

Il se tourne vers moi sans manifester la moindre surprise :

— Elle est au-delà de la beauté.

Il est grand, ses traits sont fins, sans dissonance.

— Que voulez-vous dire ?

— Elle a la beauté de l'au-delà !

Il a prononcé ces phrases avec une violence inattendue.

— Qui vous a prévenu de mon arrivée à Marrakech ?

— Vous ne passez pas inaperçue !

Je hausse les épaules.

— Comment va votre père ?

— Mal, il est hémiplégique et très diminué.

— Vous êtes notaire comme lui ?

— Pour l'instant… je règle les successions en cours.

— Avez-vous un acheteur pour la maison ?

— Pas encore.

Je le fixe, surprise :

— Vous n'êtes quand même pas venu pour me dire cela ?… Quel est le but de votre visite ?

Il sourit :

— Vous n'héritez pas seulement de la Villa Taylor. Il faudra venir à l'étude, que nous parlions de vos autres biens.

— Lesquels ?

— Les bijoux du Fayoum…

Salim Cherkaoui me propose de passer une après-midi avec lui. Churchill n'affirmait-il pas que Marrakech, le Paris du Sahara, était le plus bel endroit au monde où passer une après-midi ? Et, pour tenter de me convaincre, le jeune notaire me conte la légende de la villa.

Après la conférence d'Anfa, en janvier 1943, Churchill avait dit à Roosevelt :

— Vous ne pouvez pas avoir fait tout ce chemin jusqu'en Afrique du Nord et ne pas voir Marrakech !

Et il avait ajouté :

— Je dois être à vos côtés quand vous verrez le soleil se coucher sur la ville.

Churchill jouissait d'un étonnant pouvoir de persuasion, et le président américain s'exécuta.

Ils firent le voyage par la route. Une longue caravane s'ébranla, sous la protection d'un impressionnant dispositif aérien et terrestre. Ils pique-niquèrent en chemin de sandwichs, d'œufs durs arrosés de vin et de whisky. L'ambassade d'Angleterre, sous le contrôle de sir Winston Churchill, avait organisé le repas. Ils atteignirent la ville ocre au terme d'un voyage de cinq heures peu avant le crépuscule. Ils s'installèrent Villa Taylor et montèrent dans la tour berbère admirer le coucher du soleil. Deux hommes firent un siège de leurs bras réunis et hissèrent Roosevelt impotent sur la terrasse la plus élevée de la tour. Il découvrit alors l'extraordinaire paysage au son du muezzin. Après un long moment de contemplation, envoûté, il déclara à Winston :

— Je suis un sultan, vous devriez me baiser les mains !

Roosevelt passa dix-huit heures à la Villa Taylor et Churchill soixante-douze. Après le départ du président américain, Sir Winston s'installa sur la deuxième terrasse de la tour berbère et peignit Marrakech. Une aquarelle lumineuse et paisible. Ce fut le seul tableau réalisé par l'homme d'État durant la guerre.

Fallait-il qu'il aime cette ville d'un amour puissant pour risquer de s'y rendre par la route en pleine tourmente ! Fallait-il que la villa et cette cité sécrètent un philtre miraculeux pour qu'un homme écrasé par le poids d'un monde en furie vole trois jours à son destin !

Dans la quiétude d'une après-midi d'hiver, loin, très loin des tumultes de la guerre, il immortalisa Marrakech sur la toile, ses remparts, ses minarets et les cimes enneigées de l'Atlas nimbées de rose.

Salim prend mon bras et m'entraîne dans la salle à manger :

— Ils sont là, dit-il, je les vois presque, assis autour de la grande table. Le vice-consul américain préside, Roosevelt à sa droite et Churchill à sa gauche. A-t-il conscience, le jeune archéologue devenu diplomate, que l'histoire s'écrit sous ses yeux ? A-t-on calfeutré les fenêtres comme en Europe ? Quelle lumière éclaire la scène, y a-t-il de l'électricité ? Les domestiques ont-ils sorti les grands chandeliers d'argent de la remise ?

« Les jardiniers ont probablement coupé des branches de citronniers et d'orangers chargées de fleurs, c'est la pleine saison, ils les ont arrangées dans les vases céladon de Mrs Taylor et leur parfum subtil se répand dans la pièce.

« Churchill est contrarié, il n'imaginait pas que Kenneth Pendar, le vice-consul, présiderait. Il pensait être à la droite de Roosevelt et s'offrir quelques apartés afin de le convaincre de l'importance des colonies pour l'Angleterre.

« Il voulait faire découvrir depuis longtemps Marrakech à son ami. La Villa Taylor, l'un des plus beaux fleurons de l'architecture coloniale en Afrique du Nord, lui semble être l'endroit idéal pour défendre ses idées. Il ne doute pas un instant que le charme puissant de la maison servira ses propos. La rencontre de l'Orient et de l'Occident a sécrété un art de vivre exceptionnel, il est impossible qu'il disparaisse, emporté par le torrent de l'histoire. L'Amérique doit accepter que les empires coloniaux survivent à la guerre.

« Ce n'est pas l'opinion de Roosevelt. Pour lui, l'indépendance des pays dominés par les Européens est non seulement inéluctable mais indispensable au nouvel ordre du monde.

« La Villa Taylor a ému Roosevelt mais pas dans le sens espéré par Churchill. L'Américain n'y a pas vu une ode au colonialisme mais le chant du cygne d'un monde à l'agonie.

Je souris à l'évocation par Salim de cet épisode qui, dans ma famille, alimentait souvent les conversations. Quand j'étais enfant, je m'imaginais à la table de Roosevelt et de Churchill, Villa Taylor. Je me racontais la légende de ce dîner historique, et je me la raconte encore quand la nuit est trop opaque et que le tumulte de ma vie me tient éveillée. Je ferme les yeux et apparaissent, autour de la longue table en bois de la salle à manger, les quinze ou seize hommes présents au soir du 24 janvier 1943, pour la plupart en tenue de guerre, baignés d'une lumière vacillante. Je les entends parler, chanter, rire. J'imagine encore, autour de la même table, les acteurs disparus de la France coloniale, Mrs Taylor, mes grands-parents, leurs amis insouciants, puis mon père et ma mère. Je me souviens aussi de moi, petite fille trop sage, déjeunant avec Moune et ses partenaires de bridge, emplie du bonheur d'habiter une maison magnifique chargée d'histoire.

Aujourd'hui, je découvre les murs fatigués de la villa, les moucharabiehs vermoulus, le parc en friche, les troncs effondrés qui obstruent ses allées. Je sens le parfum des vieux livres de la bibliothèque que personne n'ouvre plus ; je vois les carreaux de faïence fissurés, les plafonds auréolés d'humidité et toutes les marques du temps.

Même si les hommes et les lieux qu'ils habitent ne vieillissent pas au même rythme, tous finissent par mourir. Moune, en me léguant sa villa, a mis de grands espoirs en moi ; elle veut que je retarde l'échéance, que tout ce qui a été sa vie devienne sa survie.

— Vous êtes un très bon conteur, dis-je à Salim, mais un très mauvais vendeur… Vous m'avez presque dissuadée de me défaire de la villa.

Salim s'en va, laissant derrière lui un léger parfum de bergamote. Je m'interroge sur cette visite inattendue, superflue, sur ce vibrant hommage à la Villa Taylor, à contre-emploi.

Il a évoqué les autres biens légués par Moune. Sûrement des bijoux. Les bijoux du Fayoum… Je ne m'étais pas inquiétée de leur devenir. Elle en avait de très beaux mais les bijoux ne m'intéressent pas, je n'en porte jamais, seulement pour impressionner, lors de grandes occasions. Un joaillier de la place Vendôme me prête alors quelques pièces. Le reste du temps, je me contente de bimbeloteries, de fantaisies sans valeur rapportées des quatre coins du monde. Les bijoux sont de l'argent mort, inutile. Les rivières de diamants portent mal leur nom. Pétrifiées, elles ne coulent jamais et n'irriguent aucune terre.

— Halima, où sont les bijoux de grand-mère ?

— Chez le notaire, dans un coffre, j'ai une copie de l'inventaire. Elle avait peur des vols. Des hommes s'introduisent parfois dans le jardin…

Je tourne mon regard vers le parc où s'affaire un vieillard en djellaba grise. Il taille un buisson de roses pieds nus sur un tapis de menthe. Ses gestes sont incertains, il effleure les épines, caresse les fleurs avec douceur, puis coupe les fanées à l'aide de ciseaux rouillés. Son regard se porte au loin, il ne semble pas concentré sur sa tâche. Ses mains tâtonnent, elles s'élèvent au-dessus du massif, puis s'approchent des tiges, saccadées, approximatives. Parfois il se pique et porte alors ses doigts crevassés à la bouche. Il dépose les roses mortes dans un couffin à ses pieds, se courbant avec peine, une main sur le côté pour soulager son dos. Les rosiers sont impeccables, l'homme tourne son visage vers la terrasse, il sourit et semble heureux.

Je questionne Halima :

— Qui est-ce ?

— Hassan, cinquante ans qu'il est au service de Madame. Vous l'avez connu !

— Ah oui, Hassan… Il travaille bizarrement…

— Il est aveugle depuis dix ans, le diabète.

— Comment peut-il encore jardiner ?

— Il reconnaît les fleurs à leur parfum, à leurs pétales… Votre grand-mère l'aimait beaucoup, elle a tenu à le garder.

La nuit tombe, je dîne sur la terrasse.

Une chape de nuages charriée par les vents d'ouest plombe le ciel. L'air, chargé d'une humidité malsaine, pèse sur nous. Les parfums du parc sont lourds. Plaqués au sol par la chaleur moite, ils noient les saveurs des plats cuisinés par Halima. Je ne perçois ni la menthe ni la coriandre, seulement le galant de nuit.

Étendue sur mon lit, je tente de m'assoupir mais le sommeil ne vient pas. Les pales du ventilateur brassent inutilement l'air, j'étouffe. Je m'enfonce dans les forêts de l'enfance avec l'espoir de m'y perdre, sans y parvenir. Les bijoux du Fayoum éclairent la chambre, leur éclat empoisonné me tient éveillée. Je ne pourrais jamais porter les bijoux d'une morte, j'aurais le sentiment de me parer pour une séance de pose chez un peintre funéraire. Je transpire, ma chemise de nuit, mes draps sont mouillés de sueur.

Je me lève et sors dans le jardin par la chambre de maman. La nuit est opaque, le ciel avale toute la lumière. De temps à autre, elle s'évade en éclairs de chaleur ; silencieux, ils strient les nuages. Je marche dans le noir, vers la masse sombre des orangers. Je pense à ma mère : sortait-elle la nuit dans cette nature lascive ? Cherchait-elle, comme moi, l'apaisement sous les grands arbres agités par le souffle brûlant ? Un souffle presque humain, saturé de senteurs puissantes, enivrantes. Je m'approche du buisson taillé cette après-midi par Hassan, me déchausse et marche pieds nus, comme lui, sur le parterre de menthe, aveuglée par la nuit. Sous mes doigts, des boutons et des fleurs épanouies, les pétales sont doux, veloutés. Les roses dégagent un parfum subtil et je ressens tout le bonheur du jardinier aveugle.

Soudain, une étreinte brutale me soulève du sol et me jette face contre terre, dans la menthe. Un corps lourd s'abat sur moi. Je crie mais une main se plaque sur ma bouche, des lèvres d'homme embrassent mon cou, sa barbe naissante griffe ma peau. Terrorisée, je tente de me débattre mais il m'enserre de ses bras, de ses jambes, je suis prisonnière. Sa langue lèche ma nuque, il respire contre mon cou, une respiration calme, sûre d'elle, effrayante. Je tente de mordre sa main, mes dents glissent sur sa paume, inoffensives. Il caresse mes cheveux de son autre main et entame un lent mouvement de va-et-vient. Il mordille mes lobes, souffle dans mon oreille, un souffle continu, presque un sifflement. Je suis saisie de tremblements, j'ai peur d'être pénétrée, peur qu'il m'étrangle. Il perçoit ma frayeur, sa main descend sur mon cou, exerce une pression douce, un borborygme terrorisé sort de ma gorge, sa main gagne mes seins. Je me cambre, il pèse de tout son poids et vainc ma résistance. Sa main soulève ma chemise de nuit et se glisse jusqu'à mon sexe, le va-et-vient de son corps s'emballe. Je suffoque dans la menthe écrasée. Sa sueur se mêle à la mienne, coule sur mon front et brûle mes yeux. Ses doigts s'enfoncent profondément, je me raidis, une onde partie du ventre me submerge, l'homme la perçoit, il se déchaîne, m'écrase entre ses jambes et ses bras, mord mon cou, libère ma bouche et lèche mes lèvres, son sexe s'anime de soubresauts. Il pousse un long gémissement, une longue plainte animale.

Il ne m'a pas pénétrée.

Je suis anéantie, paralysée. Il desserre son emprise, m'embrasse, se lève très vite et court vers le mur d'enceinte. Mes yeux aveuglés par sa sueur distinguent à peine une silhouette informe en djellaba sombre.

Comment le reconnaître ?

Au goût de sa sueur ? À la pression brutale de ses mains ?

Il m'a niée, je suis morte.

Me laver, me débarrasser de ses humeurs qui poissent ma peau, de cette odeur de menthe qui imprègne ma chevelure.

Je me douche dans la salle de bains de Moune puis fais couler un bain. Les murs de porphyre rouge sang, la baignoire de marbre noir enchâssée dans le sol me font l'effet d'un tombeau.

Diane de Verneuil descend les trois marches qui la mènent aux Enfers.

Je dois me défaire de cette maison ; elle a été souillée, comme moi. Je ne pourrai plus y vivre, je décide de fuir, de rentrer à Paris.

À Orly, Julien me serre dans ses bras. Je laisse aller ma tête sur son épaule, j'ai besoin de protection.

— Pourquoi es-tu rentrée si vite ?

Je ne réponds rien, la vérité est impossible à dire, je ne veux pas revivre l'horreur.

Je n'ai pas porté plainte. Comme si l'on pouvait assimiler cette abomination à un cambriolage ou à un vol de voiture ! Livrer mon corps une deuxième fois à des inconnus, jamais ! Je porte plainte en moi.

J'ai honte…

J'essaie de me raisonner. Honte de quoi ? *Ce n'était pas un viol, Diane, juste une agression.*

Je me rassure mais très vite les quatre lettres odieuses repartent à l'assaut. Je tente de réduire cet acte odieux à une abstraction linguistique, je répète à l'infini dans ma tête comme un mantra : viol, viol, viol…

Je suis si absorbée par cette litanie que je n'entends

rien de ce que me dit Julien dans la voiture. Je murmure même *viol* en réponse à une de ses questions. Il tourne la tête vers moi, surpris :

— Mais… qu'est-ce que tu racontes ?

— Rien, je parlais toute seule.

— Je te trouve bizarre… Tu n'écoutes pas ce que je dis.

De grosses gouttes de pluie s'écrasent sur le pare-brise. Le thermomètre extérieur affiche 16 °C, il en faisait 42 à Marrakech, mais je suis si absorbée par ma séance d'exorcisme que je ne sens pas le froid. À la vue de ce chiffre, je tremble comme si mon corps esclave jusqu'alors des mauvaises pensées se libérait enfin.

Je réponds à Julien :

— À Marrakech, je suis passée brutalement de la contemplation à la réalité crue.

— Je ne comprends rien à ce que tu racontes, j'ai dû rater un épisode.

— C'est pourtant simple : j'ai vécu trois jours dans une jungle torride en huis clos avec une petite fille qui me tirait vers l'enfance de toutes ses forces. Elle a bien failli m'entraîner dans son monde… mais j'ai été retenue…

— Par quoi ?

— Par un violent parfum de menthe.

Oublier.

Fuir ce corps qui n'a pas su protéger, le brutaliser, le briser.

Je cours sans fin en bord de Seine dès l'aube, à l'heure où le soleil naissant éclabousse de rouge le fleuve et ses ponts, où les péniches strient les eaux calmes de longues blessures sanglantes, où les vagues se couvrent de plaies éphémères.

Oublier dans les fumées toxiques des pots d'échappement le parfum pollué de la menthe, extirper le souvenir de ce corps inconnu sur le mien cherchant son plaisir sans l'idée d'en donner et qui, malgré tout, en donna.

Fracasser ce plaisir indicible et honteux, pire encore que le viol, incrusté dans ma chair, submergeant la raison quand le sommeil approche, animal, incontrôlable, infâme. Marée montante violente, onde de jouissance diabolique, contre-nature.

Ruisseler après l'effort et, le souffle coupé, forcer encore ce corps à gravir sept étages, manquant de s'effondrer à chacun, le cœur à genoux, exaspéré, au bord de l'arrêt. Frissonner sous la douche glacée et reprendre peu à peu le contrôle de l'enveloppe, de cet amas de peau, de muscles et de sens, de ce magma si prompt à trahir et prêt à trahir encore.

Se noyer dans l'action, affirmer ce pouvoir pulvérisé par une bête en rut. L'autre pouvoir, celui au pied duquel les monarques et les chefs d'État s'agenouillent. Celui de l'Argent, de la Finance, plus dévastateur que mille épidémies, plus puissant que le plus grand de tous les dieux, un pouvoir absolu, qui comble ou affame, déchaîne ou apprivoise peuples, foules et populaces. Le pouvoir que je maîtrise et maîtriserai toujours.

S'enivrer de gens, de courtisans rampants, de cloportes obséquieux qui accourent à chacune de mes fêtes et me comblent de compliments, de fleurs, de présents, de sourires contraints, de rires forcés.

L'exercice du pouvoir affame, j'ai dévoré sans retenue. L'agression, le viol ont fracassé mes certitudes. Comme ils tournent ces hommes, ces femmes de passage ! Ballet inepte. Leurs mots s'effritent sur ma fêlure et tombent à terre avant même que j'aie pu en saisir le sens.

Julien m'observe, inquiet. Je lui échappe, je ne supporte plus qu'il me touche. La nuit, quand il approche, je me raidis, ses mains frôlent des muscles tétanisés, sa bouche des lèvres crispées. Je suis un cuirassé inabordable. Julien souffre mais je ne peux rien pour lui.

Ce week-end, il veut m'emmener à Saint-Pétersbourg. Il insiste tant que je finis par céder. Les brumes argentées de la Baltique effaceront peut-être la Villa Taylor et sa jungle maléfique.

La veille de notre départ, je feuillette *Les Fleurs du mal.* Je tombe par hasard sur quatre vers qui me glacent :

Si le viol, le poison, le poignard, l'incendie
N'ont pas encore brodé de leurs plaisants dessins
Le canevas banal de nos piteux destins,
C'est que notre âme, hélas ! n'est pas assez hardie.

Saint-Pétersbourg

Un aller confus, obsédé par les vers de Baudelaire, par cette apologie du viol et du crime, les piments de nos vies !

Une sortie d'avion au bras de Julien, transie – par le froid de la ville ou celui du poème ? Depuis l'atterrissage, j'ai l'affreuse sensation de perdre pied.

Nous passons à l'hôtel Astoria, Julien jette un châle gris sur mes épaules. Vite, vite, on nous attend.

Pont de la Banque, deux flambeaux encadrent un bloc de glace déposé au pied d'un griffon aux ailes d'or. Ils sont immenses, au moins deux mètres, leurs flammes dégagent une épaisse fumée noire qui monte, fuligineuse, vers le ciel laiteux des nuits blanches du Nord, incendié à l'ouest par un soleil au ras de l'horizon.

Le feu des flambeaux, torturé par le vent, colore la glace de rose et se reflète mouvant sur l'eau du canal, sur notre peau, nos pupilles. Dans la glace creusée au burin ont été déposés une bouteille de champagne et un cristal de Bohême bleu pâle rempli de caviar gris. Une jeune femme aux yeux très verts, à peine bridés, me tend une coupe débordante de mousse, qui coule sur mes doigts tel un venin.

Julien, heureux comme un enfant fier de sa mise en scène, approche son verre du mien. Il s'apprête à trinquer quand la sonnerie d'un portable retentit du fond de mon sac.

Portable professionnel.

Jean-Pierre, le numéro deux de la banque, m'informe qu'une OPA hostile à dix-sept euros sur La Transatlantique sera lancée lundi. Je m'éloigne, le sourire de Julien s'efface. Je suis hors du monde, rien n'existe plus que le chiffre dix-sept.

— Qui ? Un consortium franco-chinois ? Les salauds ! Et comme toujours, un vendredi au mois d'août. Convoquez les avocats, contactez l'AMF, je veux tout sur les mouvements des quinze derniers jours, je veux savoir s'il y a eu franchissement de seuil sans déclaration. L'action vaut vingt au moins, obtenez un rendez-vous avec Lesueur de la SocGen au plus vite. S'il est en vacances, trouvez-le ! Préparez un dossier complet sur la valeur, il faut contrer l'offre, on ne laissera pas ces requins nous dépouiller. Bien sûr, je suis à Paris dès que je trouve un avion.

À peine ai-je raccroché que Faber, le président du CA, m'appelle, puis Jean-Pierre encore, puis Françoise, ma secrétaire : un vol demain à 7 h 15…

La jeune fille aux yeux verts s'en est allée, le bloc de glace fond, une flaque d'eau se forme, dessinant sur le sol des géographies incertaines.

— Oui, Françoise. À Biarritz dimanche, pour Lesueur.

Julien est adossé à la balustrade qui surplombe le canal, il me regarde fixement, le visage fermé. Les torchères agonisent, des passants s'arrêtent, photographient les griffons aux ailes d'or puis s'en vont.

J'organise les soixante-douze heures à venir avec mon staff éparpillé aux quatre coins du monde, préparant la riposte tel un général d'armée. Lundi, assemblée générale extraordinaire avec, au deuxième point de l'ordre du jour, une proposition d'émission de bons de souscription en actions.

Ils ne gagneront pas, je ne leur laisserai aucune chance.

Je commence à oublier, je revis.

Julien m'apostrophe :

— Je ne sais pas quel drame tu as vécu à Marrakech, tu n'as pas voulu m'en parler, mais de toute évidence tu vas beaucoup mieux. Tu es une prédatrice, Diane, tu n'as besoin de personne.

Il saisit la bouteille de champagne et, un mauvais sourire aux lèvres, la vide dans l'eau grise du canal.

OPA contrée !

J'ai jeté toute ma fureur dans la bataille, une fureur glacée, la rage d'une implacable machine à détruire, d'un esprit d'acier à la folle puissance. Après avoir échafaudé mille stratégies, la solution s'est imposée, lumineuse, brutale.

Les financiers sont des violeurs, des brutes à pulvériser.

J'ai vécu trois jours et trois nuits dans un monde abstrait, un cylindre opaque à la surface jonchée de courbes, de pourcentages, de chiffres, soixante-douze heures à canaliser ma haine, à la muer en engin de guerre, jusqu'à la victoire.

Je savoure le bonheur du triomphe, les louanges, les unes de journaux admiratives, les interviews complaisantes.

Le prix de la victoire ? Julien.

Julien, écrasé par ma détermination autiste, Julien le beau, Julien le tendre m'a reconduite à l'hôtel Astoria, moi toujours au téléphone à organiser, ordonner, faire et défaire. Julien le meurtri, après avoir rassemblé ses affaires dans une petite valise, m'a embrassée sur le front avant de franchir le seuil de la chambre.

— Où vas-tu ? ai-je demandé.

— Hors de ta vie…

De la fenêtre de la chambre, j'ai longtemps suivi Julien du regard. Ses épaules voûtées, sa démarche un peu saccadée, son attente solitaire du taxi, ses allées et venues sur le trottoir pour tromper le désarroi, ses yeux masqués par des lunettes opaques, son visage défait m'ont émue. Fallait-il le retenir ?

Je n'aurais pas su trouver les mots, j'aurais dû tout expliquer, revivre l'infâme. Pour survivre, j'avais besoin d'oubli. Il ne l'a pas saisi ; pourtant, il ne m'avait jamais vue si mal.

Il a tenté de m'aider sans essayer de comprendre.

Il n'a rien voulu savoir et je n'ai rien voulu dire.

La tempête apaisée, je tente de renouer. En vain.

Il a changé de numéro de portable et sa secrétaire refuse de communiquer le nouveau. Julien est à l'étranger et ne veut pas être dérangé. Sous aucun prétexte et, sous-entend-elle, surtout pas par moi.

L'*executive woman* fait fuir les hommes. Le seul à s'être risqué s'est lassé. La pratique du pouvoir m'a rendue rétive à toute soumission ; le violeur savait, il n'a pas emprunté les voies habituelles de la séduction.

Julien était tendre, attentionné, amoureux. Trop humain…

Et moi, suis-je trop humaine ? Non !

La victoire m'a redonné la lucidité, la force et la volonté. Je surplombe ma vie, indestructible telle une statue d'airain dont l'ombre écrase tout : remords, faiblesses, souvenirs acidulés. Je ne me laisserai pas abattre par un chien en rut, je n'abandonnerai pas la Villa Taylor, je ne céderai pas aux stratagèmes des promoteurs qui veulent me pousser à vendre.

L'idée de violenter une technocrate sûre d'elle et conquérante était excellente. Cette idée aurait pu être mienne, mais il faut plus que la peste pour vaincre le choléra.

Dans le courrier du matin, une lettre postée du Maroc. Les deux timbres à l'effigie du roi, la tête couverte d'un chèche rouge, les yeux rêveurs, le sourire énigmatique aimantent le regard. Mon adresse est tapée à la machine, ce doit être une lettre administrative. Je la décachette distraitement, en extrais une feuille blanche pliée en trois, une feuille de papier épais, de ces papiers de l'ancien temps que grand-mère affectionnait – elle en cherchait avec passion à chacun de ses voyages, dans les souks d'Orient, les puces d'Occident, chez les papetiers des pays de l'Est.

— Regarde, disait-elle, mettant ses trouvailles en pleine lumière – soleil, lampe ou bougie –, regarde…

Et, parfois, un filigrane apparaissait : un voilier, un albatros ou un cheval à la crinière déployée.

— Et maintenant, ajoutait-elle, il faudra que l'écriture soit en harmonie avec ce papier, qu'elle en ait l'élégance… Une feuille comme celle-ci ne se jette pas aisément à la corbeille.

Je m'approche de la fenêtre du séjour et, sur le papier, dans la lumière hésitante d'une journée pluvieuse d'Île-de-France, apparaît le dessin d'un perroquet. Un point de colle sur la lettre marocaine arrime une plume blanche, une plume d'oiseau et, au bas de la page, d'une écriture malhabile, enfantine – contrefaite ? –, un mot tracé, un seul :

Guéliz

Pourquoi faut-il qu'à chaque instant de ma vie Moune me harcèle ?

Les morts ont-ils besoin de nos mémoires pour survivre, s'en nourrissent-ils comme les vampires de notre sang ?

La statue d'airain, l'*executive woman* impitoyable, la femme sans cœur débarrassée, croyait-elle, des sentiments inutiles et malsains s'effondre et sanglote. Dérisoire, elle plaque les mains sur son visage, pour que nul ne surprenne ce moment d'abandon, de capitulation. Elle pleure sans fin et, pense-t-elle, sans raison.

Du fond de l'enfance, les souvenirs surgissent, les souvenirs la blessent. Maudits, maudits soient-ils !

J'avais oublié Guéliz, le perroquet blanc offert à grand-mère par Sir Winston.

— *Dear*, avait-il dit, ce cacatoès alba devrait s'éterniser quatre-vingts longues années, puissiez-vous l'accompagner longtemps !

Elle en avait vingt-six et l'avait nommé Guéliz, du nom de ce quartier de Marrakech qu'elle affectionnait tant. Moune et Guéliz étaient fusionnels. L'oiseau ne supportait pas que grand-mère s'éloigne, il poussait des cris stridents dès qu'elle le quittait, s'attaquait au fil du téléphone lorsqu'elle décrochait le combiné et mordait ceux qui l'approchaient de trop près. Aucun chat, aucun chien n'osait s'aventurer dans la pièce où il perchait, son plaisir étant de s'abattre en piqué sur les pauvres bêtes et d'épiler leur queue. Les seules personnes qu'il tolérait étaient grand-père et Halima, car ils le nourrissaient. Moune, après dîner, l'allongeait sur ses genoux, le mettait sur le dos puis le grattait sous les ailes. Il roucoulait de plaisir.

Guéliz me détestait, j'étais sa rivale. À peine avais-je su parler que je le traitai de sale bête et, depuis lors, dès que j'entrais dans son champ de vision, il vociférait : « Sale bête, sale bête ! »

Un jour que grand-mère m'embrassait, il attaqua. Il me griffa le crâne de ses serres puis m'arracha une mèche. Le visage en sang, je hurlai. Il s'envola, une touffe de cheveux au bec comme trophée.

Moune le bannit, elle l'exila peut-être chez quelque domestique. Je ne le revis jamais, n'en entendis plus parler. Je ne m'en inquiétai pas et il s'effaça de ma mémoire.

Cette plume blanche sur papier blanc le rappelle à moi et me revient l'image de Moune lissant délicatement le plumage de l'oiseau immaculé comme elle aurait caressé une enfant en habit de communiante, une enfant qui aurait pu être moi.

Quel diable se cache derrière l'émissaire anonyme ?

Est-ce un double, un frère noir, un fantasme jailli de mon imagination, ou un monstre qui, alors que je me relève à peine, me pousse à nouveau vers l'abîme ?

Il semble me connaître si bien.

Ne jamais faiblir, mes maîtres m'ont appris cela. Ne pas prêter attention à ce qui distrait, porter le regard par-delà l'horizon. La santé est le silence du corps et la force le silence des sens. Je croyais être un robot sans affect, une machine asentimentale. Les événements des dernières semaines ont prouvé que non : mes failles sont à nu, quelqu'un me sait vulnérable.

J'appelle Halima et lui ordonne d'engager un gardien de nuit, un maître-chien de 20 heures à 8 heures, et de préparer la chambre de ma mère pour m'y installer.

— Bien, Madame. Vous arrivez bientôt ?

— Je ne sais pas encore.

Quelques heures plus tard je reçois un mail du fils du notaire.

Un riche Saoudien, intéressé par la Villa Taylor,

souhaite me rencontrer. Il conviendrait, par ailleurs, que je récupère divers papiers et valeurs qui languissent dans le coffre de l'étude depuis des mois. Deux cassettes de bijoux m'attendent, plusieurs centaines de milliers d'euros. L'une appartenait à grand-mère, l'autre à… maman.

Je me décide très vite. L'idée d'ouvrir la cassette de ma mère, de découvrir ses objets, de les toucher, de les poser sur moi, d'approcher enfin ce personnage abstrait, mort deux fois, à la vie et à la mémoire, me galvanise. Les premiers indices sont là, à portée d'avion, et il ne me déplaît pas d'aborder Daphné par le futile, les atours, de la ressusciter bribe par bribe : une bague, un collier, un habit peut-être et, sur l'habit, sans doute une trace de parfum, et, dans ma mémoire archaïque, le souvenir de maman, de sa chaleur moite. J'ai l'excitation de l'archéologue prêt à franchir le seuil d'un tombeau inviolé, prêt aussi à en assumer la malédiction.

À Paris il faisait chaud, Marrakech est au-delà : une braise attisée par un vent de feu. Les quelques pas sur la route pour rejoindre le taxi sont un supplice, mes talons s'enfoncent dans la réglisse du macadam et chaque mouvement manque de me faire chuter. Les attributs de la féminité me paraissent soudain dérisoires, stupides.

Alors qu'attendre des bijoux de ma mère ?

D'une femme oisive des années 1970, pur produit de la société postcoloniale, probablement imbue de sa supériorité raciale et culturelle, trompant l'ennui un livre de Gide à la main face à la piscine aux céramiques outremer, swinguant, un club à bout de bras, sur les gazons impeccables du Golf Royal suivie d'un caddie indigène, médisant lors de *tea parties* interminables.

J'entrevois une caricature et mes espérances apparaissent soudain disproportionnées.

La fatigue sûrement, et ce féminisme outrancier qui discrédite la femme au foyer et les valeurs traditionnelles. J'oscille entre sentimentalisme béat et sévérité implacable. Tour à tour témoin à charge et avocat de la défense, j'instruis en permanence le procès de ma mère.

Mais quel chef d'accusation ?

Abandon d'enfant ? Trahison sentimentale ? Disparition volontaire ? Aucun n'est crime ou délit et, même si cela était, je ne peux rien prouver, je n'ai rien, rien qu'une hypothétique boîte à bijoux, peut-être vide... La justice est le royaume des preuves, et sans preuves, pas de procès !

Objection, les filles héritent en naissant des fêlures de leurs mères, Daphné de Chalgrin est donc coupable, forcément coupable.

Je passe ma première nuit dans la chambre de maman, la seule à disposer d'une porte vers l'extérieur. Je me garde bien de sortir, le maître-chien n'a pas encore été engagé. Je me contente d'entrebâiller la fenêtre ; un air lourd, chargé des bruits du jardin, des lumières de la ville et d'une violente odeur de menthe, pénètre la pièce.

La secrétaire m'introduit dans le bureau du notaire. Les murs sont décrépits et la peinture du plafond se détache par plaques. Une vieille odeur de tabac flotte dans l'air, un parfum de mauvais cigare. Des tableaux orientalistes sont accrochés aux murs, probablement faux. L'un d'eux, très beau, représente une femme de profil, assise sur une peau de bête, en caraco et saroual rouge, le cou paré de plusieurs rangs de perles fines, jusqu'à la naissance de la poitrine. Elle agite un éventail en plumes de paon, des bracelets d'or et d'argent couvrent ses poignets. À chacun de ses doigts, des bagues serties de pierres. Son regard erre sur les lourdes tentures chamarrées qui la cernent. Un pied nu, potelé, offert, donne à cette peinture de la sensualité.

Salim Cherkaoui est installé derrière un bureau qui peine à contenir ses longues jambes. Il les replie puis se lève pour m'accueillir. Son regard perçoit mon intérêt pour le tableau placé derrière lui.

— C'est la copie d'une œuvre de Ferdinand Roybet, un peintre français, indique-t-il en serrant ma main.

— Elle est superbe, dis-je, vous aimez ce type de peinture ?

— Mon père est un inconditionnel des orientalistes, moi pas. Je n'apprécie pas leur vision des femmes, nos arrière-grands-mères n'étaient pas toutes des bêtes de harem, des danseuses lubriques. Les peintres de l'époque exprimaient leurs fantasmes en peignant des Orientales, il leur était impossible de représenter de bonnes bourgeoises européennes lascives, à demi nues.

— Cela n'enlève rien à la beauté des œuvres…

— Désolé, mais on sent un tel mépris de la femme arabe que cela ôte à mes yeux toute valeur à ces peintures.

Je change de sujet – je ne veux pas entamer une joute sur la guerre des civilisations, je ne suis pas venue pour ça.

— Comment va votre père ?

— Pas plus mal. Pas mieux non plus…

Il s'interrompt et sourit :

— Enfin vous voilà ! Vous étiez partie sans prévenir… J'avais un acheteur… Je l'ai toujours… Il s'impatiente.

— Je ne souhaite plus vendre, je veux garder cette villa.

— C'est une belle opportunité, elle ne se représentera pas de sitôt ! plaide-t-il sans réelle conviction.

— Je ne suis pas inquiète. L'emplacement est exceptionnel, je n'aurai aucun mal à trouver acquéreur.

Je pensais qu'il insisterait, mais non, son visage se détend, il paraît soulagé :

— Un thé à la menthe vous ferait plaisir ?

Je me sens contrainte d'acquiescer :

— Volontiers…

— Je mets un peu de musique pour vous tenir compagnie le temps de le préparer.

Une mélopée triste s'échappe d'un lecteur de CD, une voix rauque pleure, à n'en pas douter, un amour perdu.

Salim dépose sur une table basse un plateau de cuivre ajouré, deux petits verres et une théière. Il saisit le récipient, le porte très haut puis l'incline d'un geste élégant et précis : un jet fumant s'échappe du bec et tombe bruyamment dans les verres en moussant. Le thé forme de grosses bulles teintées de vert, qui en se rompant libèrent un fort parfum de menthe. Ma main se crispe sur le verre brûlant et tremble. Salim perçoit mon trouble :

— Vous ne vous sentez pas bien ?

La musique s'accélère, la voix devient plus grave, la douleur plus profonde, exaltée par le luth, les violons et les percussions.

— C'est cette chanson…

Il se lève pour éteindre le lecteur.

— Non, non, laissez, dis-je, c'est très beau.

— « Enta Omri », d'Oum Kalsoum.

— Ce qui signifie ?

— « Toi, ma vie ».

Mon grand-père n'écoutait jamais Oum Kalsoum, il ne l'aimait pas car il lui reprochait, sûrement à tort, d'avoir commandité le meurtre d'Asmahan. Il ne supportait pas qu'elle ait supplanté son idole dans le cœur des Arabes ni qu'en 1967 elle ait appelé au meurtre des Israéliens dans une chanson guerrière.

Le thé s'écoule en moi comme un poison, un venin pernicieux au puissant goût de menthe.

Salim, resté debout, avale d'un trait le thé bouillant et pose son verre peint où s'entremêlent lierre et roses épanouies. La beauté du dessin et des couleurs m'apaise.

— Ces verres sont magnifiques, dis-je.

— Ils sont très anciens, ils viennent d'Iznik en Turquie. C'est du bel artisanat, je savais qu'ils vous plairaient.

Il se dirige vers un grand coffre de métal taché de rouille, actionne une grosse molette de gauche à droite puis de droite à gauche, sort une clé de sa poche et l'introduit dans la serrure. Un grincement métallique et la porte s'entrouvre. Il en sort une première cassette, imposante, en laque japonaise *maki-e*, et la dépose sur la table basse.

Un paysage lacustre couvre chacune des faces de la boîte à bijoux, des canards argentés s'ébattent dans une mare d'eau sombre bordée de joncs. La composition est d'une extrême délicatesse, or sur fond noir. J'ai une passion pour ces laques saupoudrées d'or, d'argent ou d'ivoire – *maki* signifie saupoudrer en japonais ; Moune m'en avait offert une pour mes vingt ans, elle contient les rares bijoux que je ne porte jamais.

Salim pose une seconde cassette sur la table. Elle est en bois lisse, sans décoration, humble. J'aurais dit pauvre si elle n'était d'acajou. Le contraste entre les deux boîtes est frappant. Je sais d'instinct laquelle appartient à maman, je l'ouvre sans attendre.

La clé du drame est peut-être là, à portée de doigts.

L'intérieur du couvercle est peint, c'est la reproduction d'une célèbre estampe japonaise de Shibata Zeshin, *Héron blanc et corbeau en vol.* La beauté de l'oiseau blanc rehausse celle du noir, le blanc sublime le noir et le noir exalte le blanc. Le fond or et sable – des nuages de tempête ? – donne à la scène une profondeur tragique. Deux plumes grises se détachent des corps et flottent, intemporelles.

Une soie verte dissimule le contenu de la boîte. Je m'apprête à la soulever quand Salim m'interrompt :

— Nous devons procéder à l'inventaire, commençons par la cassette de votre grand-mère, celle de votre maman contient peu de choses.

Je n'ose pas lui dire que, justement, c'est ce peu qui m'intéresse. Je ferme à regret la boîte aux oiseaux. Il ouvre celle de Moune, sort d'un tiroir une liste manuscrite et entame une assommante litanie.

Rivière de diamants Van Cleef, broche Chopard, montre Cartier, modèle or blanc et diamants 1938, bracelet de topazes, boucles d'oreilles Chaumet, œuf de Fabergé turquoise et vermeil…

Au fur et à mesure, il coche sur la liste le bijou cité, me le tend pour vérification puis le dépose sur la table basse. Or, platine, perles et pierres s'amoncellent. La plupart des pièces me sont inconnues, certaines néanmoins sont familières.

J'aimais ce cheval ailé monté sur broche, émeraudes

et rubis : quand Moune se penchait pour m'embrasser le soir, je le caressais, suppliant Dieu d'envoyer un génie exaucer mes vœux. Je m'endormais et rêvais qu'un destrier éblouissant, caparaçonné de cuir et de pierres précieuses, piaffait au pied de mon lit. Il frappait le sol de son sabot ferré d'or pour m'éveiller, je le chevauchais et il m'emmenait dans les airs, loin derrière les nuages, retrouver maman.

J'adorais le lourd bracelet d'or à têtes de béliers, leurs yeux incrustés de bleu me fascinaient. Grand-mère m'autorisait parfois à le porter ; comme il était trop large pour mon poignet, je le mettais à la cheville. « Une vraie petite Berbère de l'Atlas », se moquait Moune.

Sauf que les bijoux berbères sont d'argent et non pas d'or.

Et ce papillon nacré aux ailes en lapis-lazuli…

Je n'écoute plus l'énumération fastidieuse du notaire, je suis dans le pays de l'enfance, celui de l'espoir. Une contrée dévastée au fil des ans par le temps, implacable archer en embuscade.

Quand Salim Cherkaoui me donne enfin la liste rédigée par Moune, je me lève et la mets en pleine lumière, à la recherche d'un filigrane. Le voilà, grand-mère l'a choisi à dessein, c'est un cheval ailé qui s'élance dans les nuages. Message subliminal, clin d'œil complice.

Salim ouvre enfin la cassette de maman, la boîte aux oiseaux.

— S'il vous plaît, dis-je, j'aimerais découvrir moi-même ce qu'elle contient.

Il la place entre mes mains.

Une aile noire et une aile blanche se croisent sur la laque du couvercle, le héron et le corbeau semblent avoir fusionné, ils ne forment plus qu'un oiseau à deux têtes. Je soulève le carré de soie verte, apparaissent alors quelques bijoux d'argent, des bijoux berbères, très simples.

Je les sors un à un : une fibule triangulaire, un collier où alternent boules de corail rouge et boules d'argent, un bracelet incrusté d'émail vert et de corail, un diadème d'ambre, quelques bagues.

Comparés à ceux de Moune, les bijoux de maman paraissent d'une incroyable pauvreté. Je hoche la tête.

— Vous êtes déçue ? interroge le fils du notaire.

— Pas du tout. Ce que révèle cette boîte me rassure à un point que vous n'imaginez pas.

— Vous n'avez pas connu votre mère ?

— Maman s'est volatilisée après ma naissance, je ne sais rien d'elle. Il a dû se passer des choses terribles, personne n'a jamais rien voulu me révéler. J'ignore tout des circonstances de sa disparition. Cette boîte, les bijoux qu'elle contient sont les premières pièces d'un puzzle que je tente de reconstituer depuis trente ans.

— Je peux peut-être vous aider… Marrakech est ma ville et j'en connais tous les recoins.

Il pose la main sur mon épaule. Cette main sur ma peau nue me trouble, ce geste de sympathie me semble ambigu… Mais, à la réflexion, l'ambiguïté vient sans doute de moi.

Le parfum de menthe qui, sournoisement,

s'échappe de la théière altère probablement mon jugement. Salim laisse glisser sa main, lentement, un lent voyage sur ma peau, elle gagne mon bras, m'effleurant à peine, un geste pudique, comme un souffle contenu, le souffle d'un homme aux aguets qui craint d'effaroucher, qui joue l'avenir sur un geste. Son regard est intense, délivrant un message que sa bouche refuse de livrer, presque implorant.

— Acceptez, murmure-t-il, acceptez mon aide.

— Je veux retrouver ma mère, je donnerais tout pour ça !

J'ai parlé avec une telle violence qu'il retire sa main et se lève. Il se dirige vers le coffre-fort encore ouvert, en sort une enveloppe épaisse de papier kraft et la dépose sur les bijoux.

Une écriture qui ne m'est pas inconnue y a tracé mon prénom, un sceau de cire carmin la cachette, trois lettres stylisées s'y enlacent : D d C.

Je me garderai bien de décacheter la lettre afin d'en préserver le sceau. Je vois Daphné écrivant, à la lueur d'une bougie, une lettre à une petite fille qu'elle ne verra plus, une lettre à une enfant abandonnée, car j'en ai désormais la preuve, elle m'a abandonnée. Aurait-elle, sinon, éprouvé le besoin d'écrire ?

J'espérais un autre scénario.

Daphné de Chalgrin écrit pour expliquer l'inexplicable, l'indéfendable, le monstrueux : la crucifixion de sa fille. Elle est déterminée, elle glisse dans l'enveloppe de papier kraft quelques feuillets noircis à l'encre bleue, chauffe le bâton de cire carmin à la flamme de la bougie, le tourne d'un mouvement rapide au-dessus de la flamme orangée, une fumée noire monte vers le plafond, la cire se liquéfie, une goutte brûlante tombe sur le papier marron, une goutte sanglante qui scelle mon sort. Elle extrait de son étui de velours un sceau d'argent et imprime son chiffre, puis souffle sur la cire chaude pour la durcir et, le sentiment du devoir accompli, laisse en évidence sur un coin de table, un oreiller ou un dessus de cheminée ma condamnation au malheur.

Pétrifiée, je suis incapable d'ouvrir cette enveloppe. Je pleure et je me sens stupide, j'ai horreur de me répandre, de donner l'impression de vouloir attendrir. Les pleurs, l'arme des faibles.

— Salim, voulez-vous ouvrir cette enveloppe pour moi ? Préservez le sceau, s'il vous plaît, je souhaite le conserver.

Il découpe la partie inférieure avec des ciseaux et en extrait ce qui ressemble à une cassette audio.

Une minicassette ! Surprenant support pour une confession. Il me faudra encore patienter avant de découvrir le message de ma mère. Je ne suis pas sûre de trouver le lecteur adéquat ni même de pouvoir l'entendre. La bande magnétique a-t-elle survécu au temps ? Ne va-t-elle pas se rompre à peine déroulée ? La voix de maman n'est-elle pas altérée ? Sera-t-elle encore audible ?

Une lettre eût été immédiatement accessible. Je l'aurais lue dès mon arrivée Villa Taylor. Attendre, toujours attendre. Je vis un mauvais rêve, de ces rêves où le but, à peine entrevu, s'évanouit sans cesse.

Je signe les inventaires et demande à Salim de garder les boîtes à bijoux, le temps que je loue un coffre à la banque. J'y prélève juste le collier corail et argent de maman, que je passe autour de mon cou.

— Je l'emporte, dis-je.

— Vous voilà transformée en Berbère de l'Atlas, commente-t-il, amusé.

Je jette un regard à mon image sur une glace et, à ma grande surprise, constate qu'il dit vrai : ce collier m'a métamorphosée en Marocaine, ne manque plus qu'un tatouage en forme de croix centré sur le front.

Salim tient à me raccompagner Villa Taylor. Dans la voiture, la climatisation est à fond.

— S'il vous plaît, coupez l'air conditionné, j'ai froid… Laissez entrer l'air de la ville.

— Mais… il fait au moins 40 !

— J'ai passé une matinée en tête à tête avec la mort, je suis gelée. Je veux sentir les odeurs et la vie… Je veux entendre les bruits du dehors.

— Comme vous voudrez, soupire-t-il en ouvrant les vitres.

Un vent brûlant chargé de vapeurs d'essence et de poussière sature l'habitacle.

— Vous m'assimilez à la mort ?

Je souris :

— Un peu… à cause de votre métier. Pour moi vous êtes Hadès.

— Vous parlez d'un compliment ! Hadès était le dieu des Enfers et Cerbère, son chien, empêchait les morts de rejoindre la rive des vivants… Je fais tout le contraire ! Que faut-il faire pour gommer cette image ?

— Je ne sais pas. J'ai besoin de voyager loin des

souvenirs, ils m'étouffent… J'ai l'impression d'être au fond d'un caveau, je vois le bleu du ciel au travers d'une grille mais, pour arracher cette grille, il faut résoudre une énigme…

— Celle de votre mère ?

— Oui.

— Une des clés est dans votre sac.

— La cassette ?

Il acquiesce d'un signe de tête.

— Vous aurez du mal à l'écouter, reprend-il, c'est un support obsolète.

— Je sais. Grand-mère avait un lecteur, je le demanderai à Halima.

— Si vous n'en trouvez pas, appelez-moi.

Je l'invite à prendre une citronnade sur la véranda. Il gare la voiture dans l'allée bordée de bambous dont les feuilles, agitées par le vent du sud, émettent un bruit de papiers froissés.

Halima nous accueille à l'entrée. Elle a, en me voyant, un léger mouvement de recul, à peine perceptible. Son visage se crispe, elle porte la main à son cou.

Serait-ce le collier ?

Très vite, elle reprend contenance. Nous nous installons sur les rocking-chairs de la terrasse. À gauche de la piscine ondule un parterre de crinums blancs. Un immense cocon s'est refermé sur nous, le monde du dehors est à des milliers de kilomètres et je suis seule avec un homme qui cherche à briser ma carapace. Halima a plongé le bord des verres dans du sucre cristal, il craque sous nos dents comme des grains de sable charriés par les vents du désert. La citronnade coule en nous, glacée. Un frisson hérisse ma peau.

— Vous avez toujours froid ? m'interroge Salim.

Il est à demi penché vers moi, attentif, inquiet presque. Craint-il que l'oiseau ne s'envole ? Il n'a pas apprécié que je l'assimile à la mort. Il cherche à prouver qu'il est la vie, l'avenir – pas seulement un homme qui transmet le passé et les souvenirs, pas seulement un batelier du Styx.

Les cris d'un oiseau attirent notre attention : un chat s'apprête à dévorer un moineau sur la pelouse. Nous assistons à la mise à mort, accoudés à la balustrade.

— On n'imagine jamais les drames qui émaillent la vie d'un jardin, dis-je, tout est beau, serein… et pourtant les prédateurs sont en embuscade, prêts à fondre…

Halima va et vient. Elle dépose sur la table des friandises, puis une carafe d'eau fraîche, essuie la condensation sur le verre glacé qui ruisselle sur le marbre, taille les fleurs de géranium fanées, balaie le sol de la terrasse.

Elle jette sans cesse des coups d'œil furtifs à mon cou. De toute évidence, le collier de maman l'intrigue.

— Tu aimes mon nouveau bijou ?

— Oui, Madame, il est très beau… Il vous va bien.

— Tu l'avais déjà vu ?

Elle bafouille :

— Non… non.

— Il appartenait à ma mère.

Elle détourne les yeux et quitte précipitamment la véranda.

Quand je m'étonne auprès de Salim de l'étrange attitude de Halima, il se lève sans mot dire et prend congé.

Halima a retrouvé le vieux lecteur audio de grand-mère dans la cave. Par chance, les piles avaient été ôtées avant qu'il ne soit remisé, il n'est donc pas rongé par l'acide et semble en parfait état de marche. Je place quatre nouvelles batteries dans le ventre de l'appareil, appuie sur la grosse touche *Eject* de plastique gris. La machine ouvre bruyamment la bouche, j'y insère la cassette de maman puis la rembobine. Un bruit aigu de bande magnétique en rotation rapide puis un *clac* signant la fin du processus s'échappent du lecteur. L'enregistrement est prêt à être écouté.

Il fait nuit, encore très chaud. J'ouvre la porte et les fenêtres – le maître-chien a été engagé hier –, éteins la lampe de chevet, m'allonge sur le lit, le cœur battant, place deux oreillers sous ma tête, pose le lecteur sur ma poitrine comme un nouveau-né, appuie sur la touche *Play* et ferme les yeux. J'entre en moi et ne laisse qu'un seul sens en éveil : l'ouïe.

Une voix grave, déterminée, posée, nullement celle d'une femme aux abois, tourne autour de moi. Je n'entends pas les paroles, juste la musique de cette voix pour laquelle, enfant, j'aurais tout donné. Une voix dont je rêvais qu'elle raconte, chaque soir, tout près de mon lit, des histoires de princesses et de monstres, de princes et de malédictions, de palais et de sorcières. Une voix qui m'aurait bercée jusqu'au sommeil, une voix magique, au merveilleux pouvoir, celui de bâtir des empires, de les anéantir, de dépeindre l'immensité du monde, la noirceur des hommes, le pouvoir de m'entraîner au bout de l'univers, de me terrifier et me rassurer tout à la fois, puisque cette voix, la voix de ma mère aurait été là près de moi, éternelle, soir après soir, un rempart.

Ce rempart ruiné avant même d'avoir été bâti…

Ma forteresse, mes contes et mes légendes, je les ai construits seule.

Force ou faiblesse ? Je ne sais pas, probablement les deux.

Et cette voix que je n'écoute pas, que je ne veux pas entendre, entre grésillement et parfois chuchotement, me conte pour la première fois une histoire particulière, une seule, la première et la dernière, l'histoire d'un abandon, d'une fêlure, le récit de ma défaite. Car en vérité, cette mère que j'ai aimée et que j'aime encore, je n'ai pas su la garder, mon amour d'enfant n'a pas été assez fort pour la retenir.

Mais quel amour, quel autre amour plus puissant que son amour de mère a-t-il pu la détourner de moi ?

J'appuie sur *Reward* puis sur *Play*, augmente le son pour ne pas laisser divaguer mon imagination et me concentre sur le monologue d'une femme engloutie.

Ma fille, entendras-tu un jour cette bande magnétique ?

Cette confession va te choquer, je vais te parler d'amour, de ses multiples formes. Quand j'avais vingt ans, j'ai lu le roman d'une écrivaine chinoise qui s'appelait Multiple splendeur. *Son titre est, je crois, l'exact qualificatif de l'amour.*

Avant toute chose, je t'aime et tu ne dois pas en douter. L'amour peut être doux et pur comme une caresse d'enfant, mais il peut être tout autre chose.

Aujourd'hui – mais quel sens pourra bien avoir ce mot quand tu m'écouteras ? Nous ne serons plus dans le même temps, peut-être plus sur la même terre... Nous nous sommes à peine effleurées, je t'ai seulement donné la vie. Quand, un jour, tu visiteras la chapelle Sixtine à Rome, lève les yeux et tu verras Dieu toucher Adam du doigt... Alors, pense à moi.

Voici ma confession livrée à ce petit appareil, l'instrument gardien de mes secrets, dont la modernité colle si bien à mon propos car ce que je révèle est d'une extrême modernité. Je vais tout lui confier. J'aimerais que tu aies connaissance de ces mots pas trop tôt, mais qui sait ? J'en prends le risque. Pas trop tard non plus... À la réflexion, il ne sera jamais trop tard.

Je veux que tu saches les raisons de mon départ, de ce que ma mère, mon père, le tien, les autres qualifieront d'abandon. Forcément.

Mais s'agit-il vraiment d'un abandon ? Quand le naufrage est proche, qu'une main se tend pour t'extirper d'un marais d'ennui et de poison, faut-il la repousser ?

Doit-on s'interdire l'océan de la vie, son calme, ses tempêtes ?

Ils diront tous que j'arrange les choses à ma manière, que je présente les faits à mon avantage, mais finalement, cela ne regarde que toi et moi ; tu es ma fille, une part vivante de moi, intime. Tu comprendras, je le sais. Je te souhaite de vivre la même expérience, violente et charnelle… solaire…

Car enfin, tout ce qui reste de nos vies, c'est ce feu, cette intensité, cette joie avant la poussière, cet éclair entre deux néants.

Ce récit sera une introduction à ta vie de femme.

Je ne voulais pas m'adresser directement à toi, je voulais conserver la distance de la troisième personne, de la tierce personne, que cette confession soit celle d'une étrangère, la lettre d'une inconnue, devenue si lointaine, et qui se rapproche un instant.

Je n'ai pas pu.

Ce qui va suivre te concerne, toi, mon autre. Toi, cette troisième personne, réelle, tellement réelle, tellurique. Puisses-tu, grâce à moi, aller plus vite dans ta vie, que tu n'aies pas à attendre, ni à comprendre par toi-même. À connaître plus tôt les choses de l'existence, on les maîtrise plus vite. J'aimerais t'apporter la pierre sur laquelle tu bâtiras ta forteresse de femme.

Nous sommes éduquées pour une tâche millénaire, prédéterminée, un avenir tracé : l'espoir d'une rencontre. La rencontre d'un prince vaguement charmant, reproducteur puis producteur d'ennui. C'est si loin de la vraie vie et de l'amour fatal, de cet amour qui balaie tout, qui se moque des codes, les déchire et les transgresse, au mépris des lois sociales qui nous encagent. Je veux que tu saches cela : la seule vérité, c'est la mise en danger. La vie, pourtant, nous l'apprend tous les jours. Elle souligne à chaque instant la fragilité de nos corps, le cours inexorable du temps, l'absurdité de notre passage. Et pour finir, notre devoir de femme accompli, nos enfants mis au monde, la pérennité assurée, elle nous abandonne, nous laisse exsangues au bord d'un chemin de boue.

J'ai refusé la mort avant la mort, j'ai ouvert en grand la porte de l'Amour en cage et l'Amour sage s'est envolé vers le soleil, l'Amour ébloui a décoché une flèche d'or à la pauvre Daphné qui s'étiolait dans son palais et elle l'a rejoint dans la lumière, dans la chaleur d'un jour de printemps.

Peut-être se brûlera-t-elle les ailes comme Icare, qui sait ? Peut-être se consumera-t-elle ?

L'amour a changé ma vie, puisse-t-il changer la tienne. Ce sera ton plus bel héritage.

Un homme, un soir, un homme au visage coutumier m'est apparu soudain étranger, autre, révélé par la brutalité de son désir. Il ne sait pas ce que séduction veut dire, il n'en connaît aucun des artifices. Nous parlons peu, nous n'éprouvons pas ce besoin. Il n'a pas d'éducation, en tout cas pas celle que notre milieu honore, il en a toutefois l'élégance. Nous avons laissé l'amour physique tout envahir, la sensualité prendre toute la place.

Nos corps ont fusionné et plus rien n'a eu d'importance.

Je ne veux pas entamer la chronologie d'une relation, d'autres la relateront. Ragots, médisances, n'y prête aucun crédit.

Je veux te faire sentir ce que j'ai connu et ce qu'il me donne.

Je n'oublierai jamais notre dernière nuit. C'était hier.

Il est entré dans ma chambre, comme à l'accoutumée, en pleine nuit, alors que je dormais déjà. C'est un code tacite, je ne sais jamais quand il vient. Cette nuit, il m'a à peine touchée. J'ai attendu son corps contre le mien. En vain.

D'ordinaire, je m'y réfugie et le monde disparaît, je les oublie tous, je t'oublie toi aussi, pour être seulement une femme dans les bras d'un homme.

Ton père arrivait le lendemain et nous devions partir pour un voyage de plusieurs mois. J'étais désespérée.

Il a penché son visage au-dessus du mien, son expression est devenue suppliante.

Cette supplique affligée, je ne l'avais jamais vue sur ce visage tanné ni sur aucun autre visage d'homme. On ne m'avait jamais fait un tel cadeau.

Peux-tu croire une chose pareille ? Le plus beau cadeau d'une vie : l'expression fugitive d'un visage désespéré.

Cette prière muette, cette prière hurlait : « Reste, ne pars pas ! »

Je ne partirai pas… j'irai ailleurs… avec lui.

Regarde bien, ma fille, regarde bien le visage de tes amants, tu le verras peut-être un jour, ce regard suppliant de l'homme qui aime vraiment. Cherche bien, cherche longtemps, comme on guette le rayon vert qui zèbre la mer quand le soleil s'effondre sur l'horizon, comme on cherche une étoile filante dans la nuit pour un dernier vœu, le vœu qui retiendra le bonheur qui s'enfuit.

Je l'ai vu, ce regard, et ce regard-là tu dois le trouver.

Quand tu l'auras vu dans les yeux d'un homme, tu auras la certitude du bonheur.

Cherche, ma fille, ne cherche que ce regard et, quand il sera sur toi, rien n'aura plus d'importance...

La voix se tait, laissant place à des parasites, au chuintement triste de la bande magnétique, à un silence vertigineux, à la solitude, au désert. Il me semble que le jardin aussi s'est tu.

Il m'est impossible de dormir, je sors dans les allées encore chaudes du parc. Un croissant de lune tremble sur la piscine ridée par le vent, les fleurs des crinums s'étalent, blafardes, dans la lumière de la nuit, les agapanthes et les plumbagos ont perdu leur bleu. Partout le vert s'est mué en noir, la cime des arbres ampute le ciel et ses étoiles, seuls les crapauds de la réserve d'eau remplissent l'air de leurs coassements lugubres. Un violent parfum de menthe guide mes pas vers l'endroit exact de l'agression. J'ai laissé entrouverts les vantaux de la chambre de maman, d'où filtre un rai de lumière. Je l'imagine allongée sur son lit, attendant l'homme qu'elle aime, l'espérant dans son sommeil, dans ses rêves, appelant fébrilement de ses vœux l'étreinte inattendue, animale. Comme celle que j'ai subie dans ce parterre de menthe poivrée.

Au loin, près des bambous, marche un homme en burnous blanc. Je me raidis, la peur tord mon ventre, mes mains se crispent, ma respiration s'interrompt. Quand je reconnais le maître-chien et son dogue en laisse, je me détends et, peu à peu, reprends mon souffle.

Je regagne la chambre, passe une main sur la plante de mes pieds couverte de gravillons, ôte ma djellaba et me glisse nue dans le lit.

Mon désarroi s'estompe, à peine.

Des rêves malsains hachent ma nuit : des hommes au regard implorant se penchent sur mon visage, leurs bouches s'ouvrent sur un gouffre qui m'aspire et je tombe sans fin dans ce précipice sans fond. Je m'éveille, tour à tour brûlante, ruisselante, glacée. Je suis blessée par cette confession, la confession d'une femme qui a perdu toute mesure, obsédée par sa passion. Succomber à un homme fruste dont le corps est l'unique moyen d'expression m'est inimaginable, contre-nature.

Une voix ricane en moi à l'évocation de ces deux mots assemblés par un trait d'union – le terme le plus approprié, susurre-t-elle, serait contre-culture. Car, en vérité, ce que je n'admets pas, c'est la transgression, le viol des frontières, de ces frontières qui nous protègent, nous enserrent, nous emprisonnent, nous isolent. La petite aristocrate de la société postcoloniale n'est pas celle que je croyais.

Sur la table du petit déjeuner, quelqu'un a déposé un bouquet de menthe au parfum entêtant, menaçant.

— C'est nouveau, dis-je en pointant du doigt le soliflore de cristal vert.

— Hassan, le jardinier, l'a cueilli pour vous, répond Halima.

— Pourquoi ?

Elle me regarde, étonnée, et je mesure l'incongruité de ma question. Je bois à petites gorgées mon thé au lait, hypnotisée par le bleu électrique de la piscine.

Je tente une vieille technique de manipulation : interroger l'autre sur un sujet auquel il ne s'attend pas pour obtenir la réponse qu'en d'autres circonstances il rechignerait à donner.

— Halima, te souviens-tu de Guéliz, le perroquet ?

— Bien sûr, votre grand-père le détestait, Dieu ait son âme.

— Il n'y avait pas que lui.

Elle rit :

— Il vous avait arraché une touffe de cheveux… C'est pour ça que Madame l'a donné à une de ses amies.

La question qui me tient à cœur tombe, abrupte :

— À qui ?

Le visage de la gouvernante se ferme :

— Je ne sais plus, Madame avait beaucoup d'amies.

— Sais-tu si l'oiseau vit encore ?

— Je n'en ai aucune idée.

Hassan, le jardinier aveugle, passe en contrebas, tenant un couffin rempli de roses fanées, de feuilles mortes, de sarments de lierre. Il marche à petits pas hésitants, une canne hors d'âge en avant-garde, celle de grand-père, en bois d'ébène. Je l'interpelle, il tourne la tête vers moi, pose sa charge à terre et me fixe de ses yeux morts, à l'indéfinissable couleur d'opale.

— Bonjour, Mademoiselle Diane.

— Bonjour, Hassan, merci pour le bouquet !

— La menthe sait tout et calme tout. Que Dieu vous protège et vous apaise, Mademoiselle.

Il reprend son couffin d'osier et sa marche précautionneuse, sa canne de bois explorant l'allée, tâtonnant à gauche puis à droite. Le vieil homme s'éloigne, marionnette incertaine actionnée par les fils ténus de la vie, fragiles, prêts à se rompre.

Depuis qu'il est aveugle, Hassan vit dans le petit pavillon à l'entrée de la Villa Taylor. Il venait chaque jour de son village à mobylette, jusqu'à l'accident : il avait coupé la route d'une voiture et, renversé, s'était réveillé à l'hôpital. On découvrit que sa rétine était détruite par le diabète. Depuis plusieurs mois il ne distinguait plus que les ombres, néanmoins il s'obstinait à conduire dans sa brume, craignant de perdre son emploi.

Hier, avant la prière du soir, il m'a raconté le déclin de sa vue, comme s'il pressentait mon désarroi à venir, comme s'il savait à quel point j'allais être ébranlée par la confession de ma mère.

Le monde peu à peu s'était éteint. Les couleurs avaient disparu, le rouge d'abord. Les roses, celles qu'il aimait, d'un rouge profond, avaient perdu leur éclat.

— Vous savez, Mademoiselle Diane, les roses qu'on offre quand on est amoureux, quand nos sentiments sont comme notre sang, jeunes, chauds et bouillonnants, eh bien ces roses-là, elles sont devenues grises. J'en ai pleuré, et je pensais que mes larmes laveraient mes prunelles du gris qui ternissait mes yeux, mais non… J'ai tellement pleuré que le jaune est parti lui aussi : les marguerites n'avaient plus de cœur. Comment peut-on vivre sans cœur, Mademoiselle Diane ? Le cœur des marguerites était devenu noir, puis c'est le vert qui s'est effacé. Pour un jardinier, vivre sans le vert, c'est comme perdre le goût pour un cuisinier ou l'odorat pour un parfumeur. Le monde était devenu gris et bleu. Je ne sais pas pourquoi, j'ai longtemps gardé le bleu. Chaque matin était une joie à cause du ciel. Je me disais : « Tant que tu verras le ciel et l'azur, tout n'est pas perdu. » Quand disparaît ce qui faisait la saveur des jours, ce qui nous semblait naturel, quand on perd ce qu'on imaginait donné par Dieu une fois pour toutes, alors on comprend que le bonheur, c'est l'inconscience du bonheur… Ce bleu, vous n'imaginez pas à quel point je m'y suis accroché, à quel point il m'enchantait ! Profitez du bleu, du rouge, du vert et du jaune, Mademoiselle Diane, ne pensez pas que le bonheur est pour demain. Le bonheur c'est aujourd'hui, ne le laissez pas passer, ne le méprisez pas ! Parce qu'un jour le bleu s'en va, le bleu s'en va toujours… Alors le monde devient noir et blanc, et un jour le blanc s'en va aussi et ne restent que le noir et la nuit, une nuit éternelle, affreuse, impénétrable. Ne laissez pas les couleurs s'en aller, Mademoiselle Diane, gardez-les, elles sont précieuses. Ne laissez ni le temps ni la vie les gommer, gardez votre rire de petite fille, ce rire qui colorait les jours de votre grand-mère et nous rendait tous heureux…

La plume détachée du corps d'un d'oiseau envolé flotte sur l'eau de la piscine. Frêle esquif de duvet poussé par le vent à la conquête de mondes imaginaires, elle navigue au gré du souffle saccadé de la brise, indécise, à bâbord, à tribord, tournoyant soudain puis reprenant sa route, incertaine, au bord du naufrage.

Je suis le capitaine de ce navire perdu, seule aux prises avec mes souvenirs et mes fantômes. Des sirènes chantent leurs incantations maléfiques, elles m'entraînent vers des terres de chagrin, de folie et de mort.

Faudra-t-il comme Ulysse m'attacher au mât de ce voilier ténu pour m'éviter de sombrer ? Faudra-t-il m'assourdir ou m'aveugler comme Hassan ?

Restera toujours ce terrible parfum de menthe, plus douloureux que la plus horrible blessure. Les plaies les plus profondes sont, en vérité, celles de l'âme et, sauf à me tuer, on ne pourra pas m'empêcher de sentir ni de souffrir.

Ma mère, pourquoi me torturer ? Pourquoi ce message de désamour ?

Je t'imaginais dévastée par l'abandon. Je ne peux croire qu'à l'instant ultime tu n'aies pas souffert, qu'au dernier regard jeté sur moi tu n'aies pas frémi, que ton cœur ne se soit pas arrêté quelques secondes, quelques pauvres secondes, le prix, dérisoire, de ton amour pour moi.

Si modique qu'il fût, cet amour, j'eusse aimé qu'il existât.

J'allume mon portable, quarante-neuf messages. Je n'en ai rien à faire, Paris est mort et la banque une autre vie, plus la mienne. Tant que je n'aurai pas résolu l'énigme qui gangrène mon existence, rien n'aura d'importance. Ma survie est à ce prix.

Cet enregistrement est peut-être un faux, une machination destinée à salir ma mère ou la confession d'une femme poussée, par une famille diabolique, destructrice, au bout de sa raison, aux frontières de la folie. J'ai fui grand-mère dont je ne supportais plus le silence, et c'est sans doute ce même silence qui a contraint ma mère à l'exil.

J'ai toujours eu l'espoir qu'elle était près de moi, à quelques rues, surveillant en secret mon enfance puis mon adolescence, guettant mes sorties à l'école, au lycée, à l'université, sans jamais oser m'aborder. Un ange gardien invisible. Je n'ai jamais pu admettre l'éventualité de sa mort. J'étais, jusqu'à hier, persuadée que papa et grand-mère lui avaient accordé la liberté à la seule condition qu'elle ne me revoie jamais.

Je compose le numéro du notaire :

— Salim, j'ai besoin d'aide.

— Je suis là.

Ces trois mots me font un bien immense, car je suis désemparée. Depuis la révélation, je me cogne aux murs d'une geôle invisible comme un insecte pris au piège d'un verre retourné. Je veux briser le cristal au risque de me rompre, mais qu'importe, je dois savoir !

Il me rejoint Villa Taylor et son visage brun encadré de boucles noires m'évoque celui d'Antinoüs, un Antinoüs de quarante ans, la même tristesse, la même moue désabusée d'adolescent. Il s'installe près de moi sur la terrasse et, fasciné par le bouquet de menthe, parle en caressant des doigts les feuilles d'un vert profond :

— Mintha, la nymphe du fleuve des Enfers, était la maîtresse d'Hadès, le roi du royaume des morts. Perséphone, l'épouse d'Hadès, surprit les deux amants en pleins ébats. Ivre de jalousie, elle piétina Mintha à mort. Le dieu des Enfers ressuscita la nymphe et la transforma en une plante odorante, la menthe… Cette menthe qui, à peine foulée, exhale un parfum si pénétrant. Les anciens pensaient qu'elle apaisait les passions.

— Je n'ai pas de passion à dissiper, dis-je, troublée. Seulement des doutes.

— Je ne vous crois pas, nous sommes tous en proie à des passions inavouées !

Sa phrase est d'une véhémence inattendue, je suis déconcertée.

— Ma mère m'empêche de vivre. Tant que je n'en saurai pas plus, je serai un bateau ivre, sans attaches. Aidez-moi… s'il vous plaît.

— Je pensais que la cassette aurait donné quelques réponses.

— Elle pose plus de questions qu'elle n'apporte de réponses. Écoutez, dis-je en pressant sur la touche *Play* du lecteur.

La voix de ma mère s'élève dans l'air chaud saturé de menthe.

Salim parcourt du regard la haie de thuyas. Il voyage, un périple intérieur, lointain. Quand la voix se tait, il reste longtemps les yeux posés sur les arbres, clignant à peine les paupières. Le retour à la réalité semble difficile, douloureux.

Qu'a bien pu évoquer en lui le discours exalté d'une inconnue ?

Le grésillement de la bande désormais muette m'est insupportable, comme s'il soulignait l'absence de réponse, la vacuité du discours. J'interromps l'enregistrement.

La voix venue du passé a dévoilé une fois de plus sa vérité, implacable, brutale, dévastatrice, et je livre à Salim les raisons de ma colère.

J'ai été sacrifiée, abandonnée pour l'amour d'un homme, l'amour d'une aristocrate pour un homme simple, sans culture, un homme brut. Son amour maternel a été balayé par le sexe. L'indécence de cette confession me révolte et si je pleure, ce n'est pas de désespoir mais de fureur.

Quel message pour une enfant !

L'apologie de l'étreinte sauvage sans fioritures ni préliminaires, l'apologie de la saillie ! Car j'aurais pu avoir cinq, dix ou quinze ans. Elle ne pouvait pas savoir quand cette cassette me parviendrait. À trente-cinq ans, j'ai les armes ; enfant, je ne les possédais pas. Et c'est pour elle que montent ces larmes, pour cette petite fille brisée par l'absence d'une mère, cette petite fille romantique qui l'imaginait bannie par une famille inflexible, monstrueuse, pour un forfait sans importance, une vétille, un crime de lèse-aristocratie. Je ne parvenais pas à mettre un nom sur ce délit, il était vaporeux, éthéré, insaisissable, absous d'avance par mon amour d'enfant, un méfait dont il était impossible que je fusse la victime.

Une mère peut-elle attenter à sa fille ?

Et voilà que ce crime se vêt soudain d'horribles oripeaux : luxure, adultère, abandon.

Et voilà que la mère conseille à l'enfant de suivre sa voie !

Je suis révoltée, je n'imaginais pas des retrouvailles d'une telle violence…

À peine ai-je terminé ma diatribe que Salim serre ma main.

Daphné, selon lui, parle d'elle et non de moi. C'est ce qui gêne l'enfant gâtée que je suis. Je pense être le centre de l'univers et ne vois pas plus loin que mon égocentrisme. Je ne perçois pas le désarroi de cette femme qui n'avait trouvé qu'un bébé à qui se confier, car les autres, sa mère, sa famille, ses amis étaient inaccessibles. Elle était coupable d'un crime impardonnable : la transgression. Un véritable suicide social. Ne suis-je pas émue qu'une mère désemparée, à la veille de sa fugue, décide de s'adresser à moi, sa fille ? Car enfin, avant de fuir, c'est à moi qu'elle a pensé, pressentant qu'on m'arracherait à elle, l'épouse indigne, la nymphomane, la femme perdue. Salim ne croit pas qu'elle m'ait abandonnée. Si elle l'a fait, c'est sous la contrainte. Cette confession est une leçon de vie, un message d'amour intemporel. Ma mère a choisi la passion pour survivre. Elle me presse d'emprunter sa voie pour que je m'éveille enfin. Sa confession est puissante et riche, c'est le miroir qu'une femme tend à une autre femme.

Il se lève sans lâcher ma main :

— Venez, dit-il, venez avec moi, j'ai quelque chose à vous montrer.

Salim conduit très vite dans la ville saturée de lumière. Arrivés à destination, nous descendons de voiture et faisons quelques pas vers un portail surmonté de lettres hébraïques et de chiffres arabes : 5297/1537. Le portail d'acier gris, très simple, est entrouvert ; au-delà s'étend un immense champ de tombes ceint de murailles ocre. Des herbes brûlées par l'été poussent çà et là. Les sépultures les plus anciennes sont étroites, triangulaires ou arrondies, beaucoup sont anonymes. Ocre, grises ou blanches, elles sont en harmonie avec la terre. Ce lieu éveille en moi des sentiments contrastés : apaisement, tristesse. C'est le témoignage bouleversant d'un monde disparu. Un paysage minéral : il n'y a pas d'arbres entre les tombes, seuls quelques acacias poussent aux lisières du cimetière, taches vertes sur les murailles orangées au faîte ruiné. Sol, corps enfouis et tombeaux, poussières d'hommes et poussière de terre sont intimement mêlés. Salim murmure la phrase de maman qui l'a bouleversé, sa phrase sur l'amour :

— Car enfin, tout ce qui reste de nos vies, c'est ce

feu, cette intensité, cette joie avant la poussière, cet éclair entre deux néants.

Il m'entraîne vers une tombe très simple, couverte de caractères hébreux et latins :

Hadra Haïm, décédée à Casablanca le 28 février 2008

— Ma mère repose là, commente Salim en serrant mes doigts. Je me croyais musulman, mais par elle je suis juif. Je l'ai appris peu avant son décès. À l'hôpital de Casablanca, elle nous a fait promettre de l'enterrer ici, dans le cimetière juif de Marrakech, dans le carré familial. Elle ne m'avait jamais parlé de ses origines, je pensais qu'elle était orpheline. J'ai découvert lors de ses obsèques des oncles, des tantes, des cousins dont je n'avais jamais entendu parler, venus de partout… États-Unis, Canada, France, Israël… Mon père s'est installé définitivement à Marrakech pour être près d'elle. Il se recueillait tous les jours sur sa tombe.

Nous nous abritons du soleil sous un acacia et Salim raconte sa mère, cette inconnue, ces bougies qu'elle allumait les vendredis quand il était petit et ce chandelier qu'une année elle avait remisé après une dispute avec son père, ces lettres qu'elle recevait en poste restante, lues en cachette, ces photos secrètes dissimulées sous des piles de draps, ces pleurs incompréhensibles.

— Pourquoi, avait-il demandé à son père, pourquoi m'avoir caché ça ?

— Pour te protéger…

Salim lui avait longtemps reproché cette vie de

mensonge. Il en voulait à ses parents d'avoir tenté de le réduire, de l'avoir amputé. Il avait été révolté, comme moi.

Pour surmonter sa colère, il avait essayé de comprendre, il était parti en quête du passé, de sa mère, de ses racines. L'apaisement était venu, doucement.

— Je vous comprends, Diane, j'ai vécu la même chose. Ce passé qu'on nous vole pour soi-disant nous protéger, ce passé qui fait honte à ceux qui prétendent nous aimer, qui blesse leur vanité, leur amour-propre. Ce passé, justement, nous allons le chercher. Nous sommes frère et sœur d'abandon.

Nous croisons de toutes petites tombes, des sépultures d'enfants. Ces vies si brèves, sans but, absurdes comme ce cimetière déserté sans morts à venir, cette relique de temps à jamais révolus, m'émeuvent. Salim pose ses lèvres sur ma main mais, comme pour atténuer la portée de son geste, me met en garde :

— Je suis insaisissable. Je ne peux pas rester plusieurs semaines en un même lieu. J'ai besoin de bouger… peut-être pour m'étourdir, peut-être par peur de la mort : je me dis qu'elle ne me prendra jamais en voyage, qu'un voyage est un morceau d'immortalité, de temps suspendu. Je sais, c'est stupide, mais je ne me vois pas mourir ailleurs qu'à Marrakech, là où sont ma mère et ma famille. Quelle autre terre voudrait de moi ? Parfois, je m'imagine enfoui dans un sol glacé d'Europe, et je suis terrifié. L'idée de reposer dans la terre brûlante de Marrakech m'est presque agréable. Ici, je n'aurai jamais froid. Je sais que ma mère m'attend et ça me rend serein.

Je ne suis pas surprise du discours de Salim sur son impossibilité à s'ancrer. Nous sommes frère et sœur, mais pas seulement d'abandon.

Sur le chemin du retour, j'essaie de trouver des pistes pour approcher ma mère. Les gens vus aux obsèques de Moune la connaissent peut-être, ils détiennent sans doute quelques parcelles de vérité, quelques souvenirs vagues ou précis, des confettis de mémoire qui, juxtaposés, dresseront un portrait.

— Ma grand-mère avait quelques amis, dis-je à Salim, certains ont sûrement rencontré maman. Peut-être savent-ils ce qu'elle est devenue…

— Diane, je les connais tous, la colonie étrangère n'est pas si nombreuse, du moins celle que fréquentait votre grand-mère. Ces gens sont installés à Marrakech depuis moins de vingt ans et il est peu probable qu'elle ait révélé le drame de sa vie à qui que ce soit. Elle n'aurait pas pris ce risque, elle voulait vous protéger. À tort ou à raison.

— Churchill lui avait offert un cacatoès, elle l'avait confié à une de ses amies après qu'il m'eut attaquée. Ne connaîtriez-vous pas une vieille dame à perroquet blanc ?

Il réfléchit quelques instants :

— J'en connais une, effectivement, mais je doute qu'elle soit d'une quelconque utilité, elle n'a plus toute sa tête.

— Qu'importe, je dois la rencontrer !

Le riad d'Agathe Varsano est à quelques centaines de mètres de Bab Doukkala, une des portes de la Médina. Un jeune garçon envoyé par sa gouvernante nous attend près de la pharmacie. Pour la circonstance, Omar porte un chèche rouge à pompon, en signe de reconnaissance.

— Son chèche de circoncision, précise Salim. J'avais le même.

L'enfant nous guide dans un dédale de ruelles aux murs lézardés et décrépis. Nous croisons des hordes de chats efflanqués. Un chaton se frotte à mes mollets en miaulant, quémandant d'une voix éraillée sa pitance ; je m'accroupis pour le caresser mais, voyant ma main s'approcher, il crache et s'enfuit. Les chats de Marrakech n'ont pas le cœur à la tendresse, ils sont dans la survie, comme nos jeunes de banlieue.

Les pavés disjoints gênent la marche. Salim, attentif, me surveille, prêt à m'accueillir dans ses bras au moindre faux pas. Incongru, un impromptu de Schubert s'évade d'une fenêtre. L'Europe a pénétré le fin fond des médinas, comme le raï a gagné l'Occident.

Métissage… J'aime ce mot, j'en suis un des porte-drapeaux. À Paris ou ailleurs, je fustige les tenants de la pureté culturelle et raciale, les adeptes de l'entre-soi, de la consanguinité sociale, des murs de Berlin, des œillères mentales et sexuelles. La gérontocratie occidentale jette au visage de l'Orient nos racines gréco-latines, judéo-chrétiennes, oubliant ce que nous devons à l'Égypte, à Babylone, à Sumer, à Istanbul et à l'Islam.

Au bout d'une impasse se dresse une bâtisse à l'ocre impeccable. Omar pousse la lourde porte entrouverte et nous pénétrons dans une cour pavée de marbre blanc. Un jet d'eau anémique tente de s'élever d'une vasque de jaspe couleur sang, un énorme jasmin exhale un parfum entêtant, les murs sont tapissés de zelliges verts.

L'enfant nous conduit à l'étage, dans le séjour. À peine en ai-je franchi le seuil qu'un tonitruant « Sale bête ! » m'accueille. Glacée par une crainte venue de loin, une peur irraisonnée de petite fille, je me blottis contre Salim. L'oiseau est là dans la pénombre, sur son perchoir de bois clair, me fixant de son œil rond et mobile.

— Sale bête, sale bête ! éructe-t-il en tentant de s'envoler.

Par bonheur, sa patte droite est enchaînée. J'ai la sensation désagréable de remonter le temps, mes mains sont moites. Salim s'en amuse :

— La femme impitoyable aurait-elle peur d'un malheureux perroquet ?

— C'est plus fort que moi… une ancienne terreur.

C'est bien Guéliz, le perroquet de grand-mère. Je le reconnais, et il ne m'a pas oubliée non plus.

Une très vieille dame au bras d'une Marocaine s'approche de nous. Elle est vêtue d'un peignoir de soie jaune très élégant et de mules de la même couleur. Un turban chamarré savamment noué cache ses cheveux. Elle avance à petits pas, le buste voûté. Arrivée près de nous, elle lève la tête ; ses yeux d'un bleu très pâle fixent Salim. Elle éclaircit sa voix puis s'exprime, hautaine, détachée :

— Bonjour, monsieur, que me vaut l'honneur de votre visite ? Selon Fatéma, vous seriez notaire. Je n'aime pas les notaires, tous des escrocs… Je n'ai pas besoin de vous. J'ai déjà rédigé mon testament… Guéliz hérite de tout.

Elle a parlé énergiquement, en total décalage avec la fragilité de son corps cassé par l'arthrose. Sa main, couverte de bagues trop grandes pour ses doigts décharnés, se crispe sur le pommeau d'une canne au vernis écaillé.

Salim sourit :

— Je ne suis pas venu pour ça, madame, la jeune femme qui m'accompagne souhaitait vous rencontrer. Vous l'avez connue il y a bien longtemps.

Je n'ai aucun souvenir d'Agathe, pourtant ses yeux transparents auraient dû me marquer. Elle me scrute de longues minutes, son visage exprime une indifférence qui touche presque au mépris. Notre intrusion dans son monde d'ombre et de silence la perturbe. Tout dans cette maison est figé dans le passé. Sur une table, des gloires disparues font la une d'anciens magazines jaunis au milieu de photos éparpillées d'hommes, de femmes des années 1950. Une odeur de vieux meubles, de vieux tissus imprègne l'air. Ce lieu a le charme d'un passé qui s'éteint.

La lèvre inférieure de la vieille dame s'affaisse soudain, ses yeux s'inondent et se muent en deux lacs clairs, ils débordent et des larmes coulent sur la peau ridée d'Agathe. Surprenant contraste que ce visage massacré par les ans et ces larmes pures, translucides, intemporelles. Je suis troublée par ce chagrin inattendu, cette douleur muette. Elle me prend dans ses bras et je sens son corps frêle agité de sanglots, ses bras fluets, ses mains noueuses qui me serrent, sa tête qui se pose sur mon épaule et ses larmes irrépressibles.

Elle se redresse au bout de quelques secondes et s'écrie d'une voix lumineuse :

— Daphné, ma chère Daphné, enfin tu es revenue !

— Daaaaphné, renchérit Guéliz le perroquet.

Agathe Varsano s'affale dans un fauteuil de cuir havane et nous invite à faire de même. Elle paraît toute petite dans ce siège profond. Elle se ressaisit :

— Fatéma, offrez-nous quelque chose à boire… Un thé à la menthe mais sans sucre, ceux qui en voudront en ajouteront.

Elle s'intéresse à Salim, qu'elle étudie minutieusement :

— Ce garçon est très beau, il n'a pas le physique d'un notaire, s'exclame-t-elle enfin. Je suppose que c'est ton fils, je vois qu'il ressemble beaucoup à son père… C'est bizarre, j'étais persuadée que tu avais une fille… Quel âge avez-vous, jeune homme ?

Je suis sur le point de la contredire quand Salim, d'une moue et d'un froncement de sourcils, me fait taire.

— Je suis tellement heureuse que tu sois là, Daphné, reprend-elle sans attendre la réponse, je pensais ne jamais te revoir. Moune était si mal après ton départ… De ce jour, elle n'a plus parlé de toi. On peut la comprendre… Comment va-t-elle ? Cela fait si longtemps…

Un léger parfum de menthe gagne la pièce. Quelques instants plus tard, Fatéma surgit de l'ombre, les bras chargés d'un plateau d'argent aux anses torsadées.

Salim a compris avant moi tout le parti que je peux tirer de la confusion d'Agathe. Son esprit embrumé sera ma planche de salut. Sa mémoire défaillante m'aidera à retrouver le passé perdu. Je ne poserai aucune question, je laisserai dire, laisserai courir le fil ténu de ses souvenirs tel un pêcheur qui, prudemment, abandonne au courant le fil de sa ligne de peur de le tendre et de le rompre. Je ne ferai rien qui puisse perturber les faibles connexions de son cerveau déficient, rien qui puisse la détromper. Fatéma ne la contredira pas puisque, de toute évidence, elle n'a pas connu maman.

Agathe, toute à la joie de retrouver ma mère, aspire bruyamment son thé. Elle est intarissable, son élocution parfaite contraste étrangement avec sa mémoire emmêlée. Elle déplore sans cesse que Moune ne lui rende plus visite, elle la comprend néanmoins.

— Tu vois, Daphné, ce vieux perroquet offert par ta mère, je suis comme lui, je répète toujours les mêmes choses. Je suis aussi vieille que lui, un peu déplumée aussi, mais j'ai encore du panache. Nous sommes d'un temps où les gens de notre milieu avaient de la tenue. Aujourd'hui, je ne comprends plus grand-chose au monde. Comme Guéliz, j'ai la mémoire saturée, rien de neuf ne peut y pénétrer. J'oublie tout, sauf le passé flamboyant où je côtoyais les grands de la terre, Roosevelt, Churchill, Kennedy, l'Agha Khan, rois, princes et généraux… Ne t'offusque pas, ma chérie, si je répète souvent les mêmes histoires. Je radote, paraît-il… Ça énerve Moune mais seul le passé m'intéresse. À quoi cela servirait-il de regarder devant moi, de me préoccuper du présent ou du futur ? Je ne vois que bêtise et médiocrité autour de moi. Je suis un anachronisme à bout de souffle… Je réserve mes dernières inspirations, mes derniers soupirs au temps d'avant.

Agathe ne se doute pas du bonheur que ses paroles me procurent. Les clés sont à portée de main, comme posées sur le guéridon près de sa tasse de thé. Agathe est une pierre précieuse, une galène, ce cristal qui permettait d'entendre le monde dans les très vieux postes de radio, un cristal qui bientôt me révélera d'une voix hésitante la sombre histoire de ma famille dévastée.

Nous sortons dans le soleil et la chaleur. Des mouches tourbillonnent, leurs ailes irisées reflètent une lumière inondée de poussière. Des enfants jouent au foot avec un sac plastique, un coup de pied malencontreux le déchire et la terre rouge de Marrakech s'épand sur le sol. Les gamins invectivent le coupable puis partent en quête d'un nouveau ballon. Des boutiques de téléphonie aux couleurs criardes succèdent aux échoppes de DVD à dix dirhams pièce, dont les murs sont tapissés de photographies de stars américaines, de gloires bollywoodiennes.

Comme il paraît loin le temps d'avant, celui du Marrakech d'Hitchcock et des aquarelles de Churchill, cet homme qui lui aussi en savait trop !

Salim m'entraîne dans les dédales de la Médina. Une succession de senteurs, de couleurs innombrables sature les sens : tapis, foulards, monceaux d'épices, babouches, vêtements. Des essaims d'abeilles tourbillonnent autour de pyramides de gâteaux ruisselants de miel. Une foule bariolée déferle, des Marocaines voilées côtoient dans l'indifférence des Européennes dénudées.

Cette multitude me donne le vertige. L'argent et le pouvoir m'ont exilée aux lisières du monde, dans un univers feutré où seules les plus et moins-values témoignent des éclats du dehors. Un monde factice aux sens affadis par l'air, les lumières et les sons artificiels. Dans les souks, tout me blesse, les odeurs, les gens qui bousculent, les couleurs, les vendeurs qui interpellent, les mobylettes qui frôlent.

— Rentrons, s'il vous plaît.

— Diane, la vie vous gêne.

— Je n'ai plus l'habitude…

— Laissez-la vous saisir !

Nous marchons longtemps, jusqu'au parc électronique, un jardin aux grands arbres ordonnés. Des bornes Internet jalonnent les allées, de jeunes hommes agglutinés autour d'écrans dialoguent avec le monde, de toutes jeunes filles, tête couverte, déambulent nonchalamment en se tenant par le bras et jettent aux garçons des regards furtifs.

Je retrouve le calme après le bouillonnement de la Médina.

— La vie, c'est aussi cela, dis-je à Salim.

— Non, juste un intermède. La vie, la vraie, nous la retrouverons ce soir.

À 22 heures, nous franchissons le seuil d'un bouge enfumé, au fond d'une ruelle jonchée de détritus. D'après Salim, la vraie vie s'est réfugiée ici. Les tables sont à touche-touche, les plafonds et les murs couleur chocolat. Les fumées de milliards de cigarettes ont patiné les peintures originelles du cabaret. Je m'agrippe à son bras, terrifiée à l'idée de le perdre, même dans cent cinquante mètres carrés. J'avais oublié à quel point un visage, un être peuvent rassurer.

Une estrade domine les consommateurs assis ou debout. Le bruit est assourdissant. Hommes et femmes hurlent pour s'entendre. Une table miraculeusement vide nous attend. Nous jouons des coudes et des hanches pour l'atteindre ; arrivés au but, il manque les chaises. Salim fait un signe au serveur qui s'affaire derrière le comptoir, il arrive quelques minutes plus tard en brandissant deux sièges au-dessus des têtes. Les foules m'angoissent. Pourtant, lorsque j'étais enfant, j'adorais les souks, leur foisonnement, leur humanité fourmillante. Le pouvoir rend agoraphobe.

Les conditionneurs d'air peinent à rafraîchir l'endroit. Une odeur improbable, mélange de sueur, de parfums bon marché, de cigarettes américaines, de cigare imprègne l'atmosphère. Je transpire sur la peau de Salim ou peut-être est-ce lui ? Sensation inédite, troublante. Je n'ai jamais connu une telle promiscuité.

Deux hommes montent sur l'estrade, deux musiciens. L'un joue de l'oud et l'autre de la flûte. Une mélopée douce nous enveloppe, le silence s'installe, les lumières baissent d'intensité. Une chanteuse les rejoint, une femme aux traits lourds, très maquillée, à la voix éraillée par la cigarette, le whisky, les innombrables nuits de veille ou simplement les blessures de la vie. La vie qui, pour une nuit, a élu domicile dans cette taverne glauque de Marrakech. La voix de la femme s'élève, célébrant l'amour, la nuit, la chaleur, le désir, le manque, et je sens la peau de Salim qui colle à la mienne. Le tempo s'accélère et mon cœur suit son rythme. Brûlante sensation que cette voix qui s'étend comme un voile, que cette peau d'homme qui, contrainte par l'espace, me touche et qui, par la magie du chant, s'aimante à la mienne.

Les femmes de l'assemblée reprennent en chœur le refrain qui célèbre la chair et le doigt qui la frôle, le bonheur fugace du geste qui bientôt ne sera plus qu'un souvenir plus puissant encore que la sensation. Salim chuchote la traduction de la chanson arabe et le souffle chaud de sa voix au creux de mon oreille est d'une sensualité inquiétante.

Je titube jusqu'à la voiture sous l'emprise d'un cocktail tequila-citron vert. L'air brûlant du dehors paraît moins torride. Lorsque je prends place sur le siège de cuir frais, ma peau est en éveil, guettant le moindre geste de Salim, le moindre frôlement, droguée par les deux heures passées au contact de la sienne.

Il met en route l'air conditionné, dont le souffle glacé m'agresse. J'appuie sur le bouton d'arrêt, je veux garder le plus longtemps possible la chaleur de sa peau imprimée sur la mienne, de peur que très vite ne survienne le manque.

Un amas de poubelles éventrées vomit ses déchets sur le trottoir, une odeur de pourriture pénètre dans l'habitacle par les vitres baissées. Je ferme les yeux, la tête me tourne, je les ouvre, et aussitôt la nausée disparaît. Salim actionne le levier de vitesse, sa main heurte mon genou, mon cœur s'emballe ; je bloque ma respiration, il ralentit, mais à peine ai-je expiré qu'il reprend sa course. Ma peau dicte sa loi, elle sait.

Le gardien ouvre le portail d'entrée de la Villa Taylor, nous nous engageons dans l'allée bordée de ficus et de bambous. Salim roule très lentement, comme s'il craignait d'atteindre son but. Ma main se pose sur son bras, il se raidit. Le parterre de menthe exhale son parfum délétère. Je saisis son poignet, la voiture s'arrête ; il ne bouge pas, ne me regarde pas, les yeux rivés sur le pare-brise. Je perçois la tension de son corps. D'interminables secondes s'écoulent. Il parle enfin :

— Vous ne descendez pas ?

Je caresse sa main. Il est pétrifié sur son siège, de la sueur coule sur sa tempe.

— Venez, dis-je.

Les yeux noyés dans le noir du parc, il se dérobe :

— Non… Laissez-moi partir… À demain…

Allongée sur mon lit aux draps tièdes, le désir exacerbé par la frustration, je ne parviens pas à trouver le sommeil. Le vent s'est levé, il cogne aux fenêtres. Des branches mortes se brisent, luttent contre la chute en grinçant puis tombent à terre. Une odeur de terre sèche, d'herbes brûlées s'insinue dans ma chambre.

Je me caresse jusqu'à l'apaisement.

Je m'éveille avec une migraine effroyable – maudite tequila !

J'ai rencontré à New York, voici quelques mois, le docteur Doug, dermatologue des *golden boys*, des jeunes et vieilles lolitas. C'est une caricature sans âge aux cheveux teints, aux traits figés par le Botox, aux rides comblées d'acide hyaluronique, habillé comme un *teenager*, jean couture, Converse, tee-shirt Versace. Le prototype parfait de la fausse valeur, le représentant exact de celles d'aujourd'hui. Il injecte, injecte jusqu'à bouleverser les traits, outrer les volumes sans se préoccuper d'esthétique : son ennemi c'est la ride, la lèvre plate, la joue affaissée. Dans les soirées new-yorkaises, il faut les voir, ses victimes, bec en avant, pommettes prêtes à la saillie, des monstres ! Elles ont toutes le même look extraterrestre, elles sont l'humanité de demain. Je pense à grand-mère, à son amie Agathe. Il faut profiter des beautés fanées encore en vie, elles sont en voie de disparition.

Il existe, d'après lui, un remède imparable à la gueule de bois : l'oxygène. Il recommande à ses patients l'achat de bouteilles du gaz miraculeux et les incite, au lendemain d'une beuverie, à en respirer pendant quelques minutes. Radical pour gommer les méfaits de l'alcool.

À défaut d'oxygène, j'avale deux aspirines.

Salim appelle sur mon portable. Sa voix est chaude, il en émane de la tendresse :

— Je passe vous prendre dans une heure. Agathe Varsano souhaite vous voir, elle a retrouvé des photos.

Je suis face à la glace, nue, le soleil du matin éclaire ma chevelure. Une araignée a tendu sa toile entre deux murs, elle attend sa proie ; je souffle en sa direction, l'écheveau ténu tremble, l'insecte se tasse sur lui-même. Il attend la fin de la tempête.

J'examine mon corps sur le verre en quête du défaut rédhibitoire, de la disgrâce insurmontable. Quelques rides sur le front, deux autres au coin des lèvres, le docteur Doug n'y touchera jamais ! Mes seins sont petits, c'est vrai, mais pas au point de repousser un homme. Mes cuisses, mes jambes sont bien proportionnées, mes mollets galbés, je me hisse sur la pointe des pieds et conviens n'avoir rien à envier aux mannequins perchés sur leurs talons stratosphériques. Mon ventre est plat, mes épaules modelées par des heures de natation. Miraculeusement, mon obésité transitoire n'a laissé aucune trace ; l'ensemble est harmonieux et, pourtant, depuis hier soir, une question m'obsède : pourquoi n'ai-je pas séduit ?

Me revient en mémoire la fameuse scène du *Mépris*

de Godard où Brigitte Bardot détaille son anatomie : « Mes mollets, mes chevilles, mes pieds, tu les aimes, mes pieds ? »

Et je souris, comprenant soudain que le problème est ailleurs.

Peut-être n'aime-t-il pas les femmes ?

Impossible, j'aurais perçu la faille.

Alors pourquoi ?

Une mouche s'est laissé prendre dans la toile. Elle se débat, et plus elle se débat, plus elle se piège. L'araignée se dirige vers elle lentement, inexorablement. Elle prend son temps. Comme moi, comme Salim peut-être, elle a la certitude tranquille des prédateurs.

Trente minutes de voiture entre la Villa Taylor et la maison d'Agathe Varsano, trente minutes de silence. Une gêne. Après tout, quelle importance si nos désirs ne concordent pas ? J'avais envisagé une relation, je m'étais trompée. Salim reprendra sa place de notaire, d'homme que je paie. Au fil des kilomètres, le soulagement. Les sentiments sont illusion, ils affaiblissent et j'ai besoin de force.

Passé la porte du riad d'Agathe, ma détermination fléchit. Encore quelques mètres et l'histoire d'une vie amputée sera peut-être dévoilée, l'histoire de Daphné qui, par la magie des souvenirs morcelés d'une vieille dame, est devenue moi. J'ai peur tout à coup car cette maison envahie d'ombre, d'oubli, de mémoire ondoyante, cette maison du souvenir s'ouvre tel un abîme.

La main de Salim serre mon bras ; je me tourne vers lui, vers son visage pur à la barbe naissante, et j'y vois aussi de l'inquiétude, presque de la crainte.

À peine Guéliz m'a-t-il aperçue que l'insulte fuse :

— Sale bête !

Agathe sourit :

— Bienvenue, ma chère Daphné, pardonnez à l'oiseau, votre mère l'a mal éduqué. Il me fait honte parfois. Il ne voit plus personne, alors il se déchaîne à la moindre visite, un vrai misanthrope… Asseyez-vous, venez près de moi, j'ai retrouvé quelques vieilles photographies et j'ai pensé que cela vous ferait plaisir de les voir.

Elle ouvre sur ses genoux un album suranné et tourne les pages lentement à la recherche de Daphné la fugitive, fronçant les sourcils, s'approchant des clichés puis s'éloignant en hochant la tête. J'ai toujours été surprise par la lenteur des personnes âgées : elles devraient se hâter car le temps leur est compté mais non, elles s'attardent, gaspillant ainsi le peu qu'il leur reste.

— Ah, s'écrie-t-elle, passant du vouvoiement au tutoiement, te voilà !

Villa Taylor, une jeune femme en maillot de bain s'apprête à plonger dans la piscine de faïence bleue.

— Tu te souviens, c'était en 1977 ?

— Êtes-vous sûre que c'est moi ?

— Évidemment, même si on ne te voit que de dos, ça ne peut être que toi ! Cette silhouette magnifique, ce corps… Tu étais si belle, nulle ne rivalisait avec toi. C'est étrange, tu n'as pas changé… Le temps n'a eu aucune prise sur toi… Sûrement l'amour…

Elle me fixe, surprise. Je suis le grain de sable qui grippe un instant les rouages bien huilés de sa démence. Mais non… elle se concentre à nouveau sur l'album, qu'elle feuillette avec application. Soudain apparaît le portrait d'une femme portant le collier berbère que j'ai autour du cou. Une femme qui est moi ! Je comprends la méprise d'Agathe, la ressemblance avec ma mère est surprenante. Ma peau est plus sombre mais je suis elle, trait pour trait. Je passe un doigt sur mes lèvres, mon nez, mes yeux... C'est incroyable.

Un malaise m'étreint : une disparue a usurpé mon apparence et me dévisage d'une vie qui n'est pas la mienne. Un visage si diaboliquement proche et si radicalement étranger. La voix de Daphné qui m'exhortait voilà peu à la sensualité, à l'amour, à la rupture cogne dans ma tête. Cette voix échappée d'un corps jumeau pourrait aussi être la mienne.

— Fabuleux, renchérit Agathe, tu n'as pas pris une ride !

La folie de cette femme a ceci de cruel qu'elle jette un regard distrait, amusé sur les choses, passant d'une photo à l'autre sans se soucier de la violence des images, de l'émoi qu'elles suscitent.

Agathe dévide son écheveau, les photos défilent, grand-mère, mon père, des inconnus, des scènes de chasse au sanglier dans l'Atlas, des pique-niques à la campagne et, sur un dernier cliché, le dernier de l'album, ma famille, Villa Taylor, sur la véranda.

— Superbe, celle-ci, c'est moi qui l'ai prise, dit-elle en refermant l'album. Nous la verrons après le thé...

Des fenêtres étroites du salon on aperçoit des palmiers ; leurs palmes vert-gris impriment le bleu délavé du ciel d'été de Marrakech. Agathe aspire son thé brûlant à petites gorgées, sa bouche se contracte autour du verre et chuinte. Le temps m'est insupportablement long. La vieille dame a perçu mon impatience mais n'en a cure, elle a le pouvoir et en abuse. Reléguée dans une maison que personne ne visite plus, elle déguste les rares visiteurs. Elle feint d'oublier l'album et nous livre ses souvenirs pêle-mêle, sans chronologie.

Le séjour de trois semaines que fit Churchill Villa Taylor, en décembre 1943, après une alerte cardiaque.

Lors d'une visite au grand homme souffrant, ce dernier lui confia, malicieux, que Tito, le communiste yougoslave, et Franco, l'Espagnol fasciste, avaient envoyé leurs vœux de prompt rétablissement. Roosevelt, l'ayant appris, lui avait enjoint de les convier pour le réveillon de fin d'année, de les enfermer sur la deuxième terrasse de la tour berbère et de guetter, perché sur la troisième, lequel du noir ou du rouge jetterait l'autre par-dessus les créneaux.

Elle raconte ensuite la visite de Churchill et Roosevelt à Marrakech après la conférence de Casablanca, en janvier 1943. Épisode mille fois entendu de la bouche de Moune et de grand-père.

Elle évoque La Mamounia d'avant, cet hôtel mythique où elle dînait tous les samedis avec grand-mère, son allée d'oliviers, ses orangers en fleur, les horloges de la réception qui indiquaient les heures de lointaines capitales, le hall parfumé, une empreinte inimitable, disparue, elle parle et parle encore de sa jeunesse perdue, des premiers baisers dans les fabuleux jardins de l'hôtel Es Saadi envahis d'oiseaux, de ses amours éphémères, de sa passion pour cette ville chatoyante de couleurs et de sensations dont l'âme, bradée par les promoteurs et le progrès, s'étiole chaque jour un peu plus…

— Malgré tout, je n'ai jamais voulu partir, poursuit-elle, je mourrai là. La terre, la vraie, c'est celle des souvenirs. C'est dans celle de Marrakech que je veux être enterrée… Ta mère disait : « Sa couleur ocre sera belle à mon corps. »

Je me lève, ramasse l'album posé à terre et le lui tends :

— Vous deviez me montrer une dernière photo.

— Ah oui, la belle photo prise Villa Taylor… la veille du drame.

Je l'aide à installer l'imposant album sur ses genoux. Salim esquisse un sourire, le peu qui reste d'Agathe est écrasé par ce gros volume relié de cuir noir.

Nous pensons probablement la même chose. La vieillesse réduit les corps, l'espace et le temps. Les souvenirs prennent toute la place et, faute de pouvoir bouger, entreprendre et construire, les personnes âgées calées dans leur fauteuil ou leur lit se réfugient dans le passé. Elles y retrouvent la jeunesse, les bonheurs d'avant et revivent leur vie. Elles échappent ainsi à la prison d'un corps déchu. C'est sûrement ça la nostalgie, le regret d'un temps où les images étaient plus nettes, les sons plus aigus, les parfums plus forts, la peau plus belle, un temps où tout avait saveur de première fois.

La dernière photo de l'album occupe toute une page.

— C'est moi qui l'ai prise, commente Agathe. Je n'imaginais pas qu'elle serait si belle !

En noir et blanc, centrée sur deux visages, c'est une photo parfaite, pyramidale, construite comme un tableau de maître. À l'arrière-plan, la piscine brillante de soleil, à la surface étincelante de milliers d'étoiles. Le rideau de verdure qui tombe de la véranda donne à la scène une intensité théâtrale. Un serviteur en habit traditionnel, prodigieusement beau, une main gantée, l'autre non, tend une tasse de thé à une femme coiffée d'une capeline vaporeuse qui me ressemble étonnamment. Elle est éblouissante, heureuse, épanouie, infiniment plus belle que moi. Il y a dans le regard qu'elle porte à l'homme qui la sert une telle intensité, un tel désir que j'en suis troublée. Ce regard passionné transcende le temps et l'espace, il éclabousse tout et, durant de longues minutes, rien n'existe plus que cet instantané miraculeux. Il éclaire le salon sombre d'Agathe d'un clair-obscur surnaturel.

L'homme, déférent, baisse les yeux, tout à sa tâche domestique. La femme, Daphné, ma mère, a un geste incroyable, que je n'avais pas immédiatement remarqué, un geste déplacé. Scandaleux ? Un geste d'une infinie sensualité, décuplée par la fulgurance du regard. Elle effleure de sa main nue la main dénudée de l'homme qui tend la tasse.

Elle touche l'homme de sa main, elle le touche de ses yeux.

Il a déposé son gant blanc sur la balustrade de bois noir, peut-être à dessein.

Face à cette photo, tout paraît dérisoire et j'entends les paroles de ma mère délivrées par la cassette audio… *Regarde bien, ma fille, regarde bien le visage de tes amants, tu le verras peut-être un jour, ce regard suppliant de l'homme qui aime vraiment. Cherche bien, cherche longtemps…*

Salim est surpris, lui aussi. Cette photo est indécente, c'est le cliché d'un voyeur aux aguets. Le cliché d'un détective, certes inspiré, mais payé pour confondre.

Agathe caresse de son index déformé le visage de l'homme :

— Il était beau, n'est-ce pas ?

— Pourquoi était ? dis-je d'une voix glacée.

La vieille dame lève vers moi des yeux soudain vides. Elle hésite puis bredouille :

— Mais enfin, Daphné, tu sais bien…

Je sors détruite du riad d'Agathe Varsano.

Le regard de ma mère sur un étranger, quelques jours avant sa disparition, la veille du drame selon Agathe – mais peut-on se fier aux divagations d'une démente ? –, ce regard me révolte. Née quelques semaines auparavant, je me trouvais forcément Villa Taylor cette après-midi-là, mais je n'existais pas, seul l'homme occupait l'espace. Où étais-je ? Dans quelle chambre Daphné m'avait-elle reléguée, la sienne ou celle d'une servante ? Probablement la chambre d'une employée afin que, nuit après nuit, elle puisse vivre sans entrave sa passion ancillaire. Et ce gant blanc, abandonné sur la balustrade, l'homme l'avait-il vraiment ôté à dessein, afin que maman puisse toucher sa peau ? J'en suis convaincue !

La complicité que ce geste suppose m'exaspère.

Je me surprends en flagrant délit de jalousie, une jalousie dévastatrice. Je n'ai jamais connu une telle violence ; la jalousie, pour moi, était un sentiment veule, un sentiment de faible, voilà pourtant qu'il m'envahit.

Jalouse de l'homme ou de la femme ? Jalouse du

bonheur de ma mère ? Jalouse d'un bonheur vieux de trente-cinq ans ? Jalouse d'un bonheur qui a fait mon malheur ? Jalouse d'un bonheur inconnu, du bonheur auquel j'aspire ?

Nous regagnons la voiture et je ne prête aucune attention à l'air conditionné qui glace ma peau en quelques minutes. Je n'en ai rien à faire, je suis murée dans ma rancœur.

Salim conduit très vite, nous sortons de la ville et, bientôt, des terres brûlées, décharnées nous environnent, envahies de pierres grises et d'herbes sèches.

— Où allons-nous ?

— Au bord d'un lac. Rien de tel qu'une vaste étendue d'eau pour noyer son mal-être.

Bientôt apparaît un long ruban bleu métallique qui baigne le bas de collines pelées. Quelques arbres sur ses berges adoucissent à peine un panorama austère et minéral. Au loin, au travers d'un brouillard de chaleur teinté de pollution, émergent les sommets de l'Atlas, blêmes, sans neige. Ce paysage est l'exacte réplique de mon humeur : submergée par le ressentiment et l'amertume, je suis desséchée, stérile, incapable d'empathie.

Nous descendons de voiture et nous installons sur la terrasse d'une guinguette au bord de l'eau. Une brise légère ride la surface du lac. Un thé à la menthe brûlant fume à peine dans la chaleur démesurée de midi, une chaleur qui blanchit tout, le ciel, les montagnes et les végétaux.

Salim entame un long monologue. Il dit qu'il me comprend, qu'il comprend ma colère, qu'il a eu la même quand il a découvert ses origines. Cette photo l'a perturbé lui aussi, beaucoup. Cette femme qui me ressemble étonnamment, son bonheur insensé, sa beauté radieuse, il conçoit que cela me bouleverse. Elle m'apostrophe du passé et me donne une leçon de joie. Cette joie, il sait qu'elle m'a brisée, mais pourquoi ne pas en tirer un enseignement ? L'héritage de ma mère est là, sur le papier un peu jauni d'une photo magnétique, plus riche et plus exaltant que le plus fabuleux des héritages. Une leçon de vie. Il comprend ma rancœur, ma jalousie, ma détresse d'avoir si peu compté à l'heure du choix.

Mais qui prouve que Daphné m'a abandonnée ? La cassette expose seulement les raisons de la fugue, pas ses modalités.

J'interroge Salim, et la voix qui sort de ma bouche est celle d'une petite fille qui soudain a retrouvé l'espoir :

— Vous pensez qu'elle aurait pu m'emmener avec elle ?

Je vois enfin le visage de Salim après l'avoir occulté plusieurs heures, rendue autiste par la révélation. Il n'a pas la perfection irréelle de l'homme du cliché, sa peau n'a pas la patine subtile conférée au papier par les années, ce lissé qui gomme les imperfections, ce grain argenté qui illumine. Il est naturellement beau et, dans la lumière crue d'un début d'après-midi marocain, la cicatrice au-dessus du sourcil droit, les rides au coin des yeux, la discrète amertume des lèvres, les quelques cheveux gris, la douceur des paroles, la subtilité du discours donnent à ses traits une densité fascinante.

Par la magie d'une interrogation, il m'a rendu l'espoir et je ne condamne plus sans appel cette femme éperdue d'amour, cette femme qui est ma mère.

Il a pardonné à la sienne, elle lui a laissé une famille en héritage. Son univers s'est élargi, depuis il correspond avec le monde. Il est convié partout, il ne se passe pas un jour sans qu'une tante, un oncle, une cousine ne prenne de ses nouvelles, ne s'inquiète de son père malade. Il n'est plus jamais seul.

Je découvrirai bientôt l'héritage de ma mère, il en est presque sûr !

— Allez, dites-moi, vous pressentez quoi ?

— Non, c'est à vous de le découvrir. Patience…

Doucement, imperceptiblement, la lumière baisse d'intensité ; doucement, imperceptiblement, sa voix baisse d'intensité.

Les contrastes renaissent, les serveurs se succèdent, le vin gris monte à la tête. C'est peut-être ça le bonheur, une après-midi d'été au bord d'un lac en compagnie d'un homme qui parle sans arrêt de vous, parfois de lui, qui vous regarde comme si vous étiez son seul point d'ancrage, son unique horizon.

Quand, brusquement, le jour bascule, il murmure :

— Le Maroc sécrète de terribles venins, le venin du malheur mais aussi celui du bonheur, les deux sont indissociables… Abandonnez-vous, laissez-vous corrompre.

De la fraîcheur monte des eaux, les hautes herbes qui tapissent les berges s'agitent, des centaines d'oiseaux sortent de l'ombre et prennent leur envol, un essaim géant de moucherons s'élève au-dessus du lac et dessine de fluctuantes géométries, un chien s'ébroue en jappant.

C'est l'heure bleue, elle s'écoule… trop vite.

Salim a décliné mon invitation à dîner sous la tonnelle, comme s'il craignait d'abîmer l'après-midi passée au bord du lac.

Je suis seule sous la véranda à l'exacte place où était maman il y a trente-cinq ans, essayant de comprendre cette femme et de saisir la nature du venin instillé par cette terre.

La chaleur qui avait faibli quelques heures flambe, attisée par le vent du désert. Elle souffle en salves brutales. C'est une main implacable, elle touche, caresse, enveloppe, harcèle. Ma seule arme, la nudité.

Le galant de nuit porté par un air brûlant envahit la véranda, son parfum pénétrant enivre comme un alcool. Le ciel se couvre d'étoiles, elles tremblent dans l'immensité noire ; un fin croissant de lune se lève à l'est, barré de nuages effilochés. Des oiseaux réveillés par le vent poussent de petits cris plaintifs, des soupirs presque, les crapauds de la réserve d'eau se taisent et l'on entend par bouffées les éclats de la ville.

J'ai toujours été fascinée par les deux niveaux de bruits de la villa. Au premier plan, ceux du parc, apaisants, donnant l'illusion d'un univers protégé, et au second, ceux de la ville, estompés, lointains, parfois menaçants. Il suffit de si peu pour les masquer, une cigale, un bruissement de feuilles…

Au-delà des murs un homme chante une litanie triste, des chiens aboient, des mobylettes, des voitures passent, des automobilistes klaxonnent, un véhicule de voirie avale les déchets du quartier, un enfant pleure. Les crapauds, sans raison, reprennent leur chœur, couvrant les sons du dehors.

C'est dans le monde clos de la Villa Taylor saturé de sensations que maman a succombé. Si une femme à la dérive, morte de langueur et d'ennui, implorait une magicienne pour survivre, quels ingrédients mettrait-elle dans un philtre de vie ?

Marrakech au mois d'août, quelques feuilles de menthe, du galant de nuit, un peu de terre ocre, un chant d'amour dans une ruelle, un bout de ciel étoilé, le désir d'un homme.

Je m'endors en pensant à maman, à l'inconnu qui abandonne un de ses gants sur la balustrade puis pose une main nue sur la poignée encore chaude de la porte dérobée de sa chambre, prêt à entrer.

Le vent tombe avec l'aube, le ciel est limpide, il a la transparence d'une aigue-marine. La chaleur s'est dissoute avec la nuit, il fait bon, presque frais. Le parc fourmille de bruits, je n'entends pas Marrakech.

Les arbres sont démesurément grands. Halima me presse chaque jour de les faire tailler mais je ne m'y résous pas : cette maison lutte comme elle peut contre le monde hostile du dehors, ce monde qui la cerne chaque jour un peu plus, prêt à la dépouiller, à la raser. Plus la ville s'étale, plus la ville l'opprime, plus le jardin de la villa croît vers le ciel, comme une muraille, comme une supplique.

J'entends les crissements du vieux moulin électrique aux hélices rouillées. Halima prépare le petit déjeuner, une odeur de café fraîchement moulu se répand, de galette cuite sur le *kanoun*, de pain grillé, puis de café chaud. Bientôt j'entendrai : « Madame, tout est prêt. » Alors, j'enfilerai ma robe de chambre de soie bleue et j'irai dans la lumière éblouissante de la véranda. L'ombre du feuillage de la tonnelle dansera sur la nappe au chiffre de maman impeccablement blanche et je m'assiérai.

Halima est inquiète.

— Quelque chose ne va pas, une mauvaise nouvelle ?

— Non, non, Madame. Quelqu'un a téléphoné, très tôt ce matin, vous dormiez encore.

— Qui était-ce ?

— Une amie de votre grand-mère, Mme Varsano.

— Agathe ?

— Oui, elle voulait passer vous voir ce matin.

— Et qu'as-tu répondu ?

— Rien… J'ai dit que vous vous reposiez, que je ne savais pas.

— Rappelle vite et dis que je l'attends.

— Mais…

— Mais quoi ?

— Cette femme est folle, elle raconte n'importe quoi. Elle dit des choses terribles.

— Justement, ce sont ces choses que je veux entendre, Halima. Rappelle-la, s'il te plaît.

Agathe, tassée sur sa canne, avance à petits pas, les yeux rivés au sol. Elle s'arrête au milieu du salon, se redresse et embrasse la pièce d'un lent regard circulaire. Elle hoche la tête. Fatéma, sa gouvernante, l'assoit sur le canapé tout près de moi. La vieille femme est vêtue d'une robe de soie bleue ; sur l'épaule gauche, une broche, un papillon aux ailes incrustées de saphirs. Elle a maquillé de khôl ses yeux et le bleu de ses iris fait écho aux ailes du papillon.

Cette femme au terme de sa vie m'émeut. Quel motif impérieux l'a poussée à venir ?

J'imagine le colossal effort pour choisir la robe, les bijoux, les chaussures, le combat désespéré contre la vieillesse et le lâcher-prise pour tenter de faire illusion quelques heures. Je la vois scrutant son visage ridé sur le miroir, accrochant d'un geste tremblant des boucles à ses oreilles. J'imagine la somme de souvenirs remuée par ces brillants vestiges. Je la vois Bab Doukkala, une des portes de la vieille ville, blessée par le soleil, trébuchant sur les pavés mal ajustés au bras de Fatéma, traînant son pauvre corps jusqu'au petit taxi moutarde qui les attend.

— Que de souvenirs dans cette maison !

Elle prononce cette phrase d'une voix ténue, comme si le poids du passé coupait son souffle. Son regard de vieille dame, ranimé par les images d'antan, s'enflamme et le temps d'avant revient, au rythme de sa voix étouffée.

— Oui, murmure-t-elle encore en se levant, que de fêtes et de bonheur dans cette villa !

Dans la salle à manger attenante, elle caresse le bois de l'immense table où dînaient les grands de ce monde, évoquant les amis de Moune enturbannés, en sarouals et chemises brodés d'or et de perles. De sa voix saccadée, elle décrit des personnages excentriques, se trompant parfois de mots, s'interrompant quelques instants pour fixer le sol puis reprenant soudain...

Agathe m'entraîne dans le passé et j'imagine ces hommes chinant les tissus de leurs habits bariolés dans les obscures boutiques des souks de Marrakech, Fès ou Tanger ; de leur ombre poussiéreuse, ils extrayaient de la lumière et s'en vêtaient.

Je vois, les soirs de fête, les bijoux des femmes étoiler la pénombre, une débauche d'émeraudes, de rubis, de diamants, de saphirs, d'or et de platine.

— Toi seule, ma chère Daphné, ne portais jamais d'or ni de pierres, l'argent et le corail de tes colliers berbères étaient ton seul luxe. Tu les exhibais pour lui... pour Messaoud. Il te les avait offerts. Il était pauvre, jamais il n'aurait pu te parer comme les reines de Marrakech. Et pourtant tu étais la plus belle...

Agathe s'interrompt, laissant libre cours à ma mémoire.

Moune, en tailleur blanc, ordonnait, agençait, plaçait. On la surnommait la Brindille blonde tant elle était mince. Elle semblait si fragile ! Elle jouait de cette apparence mais tenait bien son monde. Elle exigeait des serveurs qu'ils fussent été comme hiver en Tuxedo, chemise blanche et nœud papillon. Mouloud, son maître d'hôtel préféré, ne supportait pas d'être chaussé : il marchait pieds nus et cela lui donnait une classe folle. Il était grand, altier, presque noir, magnifique. La nudité de ses pieds instillait de l'étrangeté, et ces dîners que Moune voulait si français ne l'étaient plus vraiment. L'atmosphère de la Villa Taylor était celle des grandes plantations de Louisiane, d'Alabama ou de Virginie, avant la guerre de Sécession. Il y faisait sûrement aussi doux et l'air se chargeait probablement de tous les sucs du parc…

— Il y avait ici un parfum, reprend Agathe en fronçant les sourcils, mais il a disparu. Il était l'esprit de cette maison, son âme… Les lieux ont une odeur mais elle peut mourir, comme les hommes. Le parfum de La Mamounia d'avant s'est évanoui, tout comme le monde qui se pressait ici.

Elle évoque, un peu confuse dans ses propos, le dernier grand dîner Villa Taylor, quelques semaines avant la disparition de maman, quelques jours après ma naissance. Il y avait foule, de nombreux vases étaient chargés de tubéreuses qui se dressaient, menaçantes. Leur parfum suffocant submergeait tout, il avait chassé celui de la villa. Agathe le sent toujours, il s'entête, il détruit l'autre… Elle y avait vu comme un présage, un mauvais augure. Les invités lui semblaient décalés, presque des fantômes, des ombres échappées du passé, de ce brillant passé d'avant-guerre. C'était, avait-elle pensé, les dernières lueurs du monde insouciant des Années folles. Elles avaient encore brillé à Marrakech, miraculeusement, mais bientôt elles s'éteindraient. La villa était le dernier rivage…

Elle avait le sentiment d'être au cinéma, calée dans le fauteuil de velours rouge près de cette fenêtre, là-bas.

— Il est à la même place, Daphné, tu le vois ?

Elle suivait avec tristesse et nostalgie le ballet des serveurs, les conversations futiles des hommes et des femmes qui ne pressentaient pas la fin des jours heureux.

Maman avait fui quelques semaines plus tard, emportant avec elle les fêtes de la Villa Taylor. Et ce monde qui avait survécu plus de cinquante ans fut englouti à jamais.

Elle me scrute de ses yeux d'un bleu presque d'eau.

— Après ton départ, ma chère Daphné, rien n'a plus été pareil. Plus de fêtes dans cette belle maison, la joie s'en est allée… avec toi. Quand je pense à tout ce que j'ai vécu ici, à tous ces gens foudroyés… j'ai mal. Oh…

Elle pointe du doigt un masque sur une console :

— Te souviens-tu de cet objet ?

— Je l'ai toujours vu là…

— Ta mère ne t'a jamais appris d'où il venait ?

— Non.

J'aimerais soudain lui faire comprendre que je ne suis pas Daphné et que Moune n'est pas ma mère. Je manque de la corriger, je me retiens cependant de crainte de la contrarier et de tarir la source.

— Winston te l'a offert quand tu étais petite, pour le carnaval, c'est un masque que portaient les équipages de tanks pendant la Première Guerre mondiale. Il protégeait leur visage.

Je déteste cette horrible chose qui ressemble à un masque funéraire aztèque. C'est une plaque d'acier couverte d'un épais cuir marron, avec des lamelles de métal ajouré qui barrent les yeux et une voilette en cotte de mailles qui, fixée par de solides crochets, pend au bas du dispositif.

— Les premiers tanks ont été construits sur son ordre, poursuit Agathe, il en était très fier ! Quand il a essayé de poser ce masque sur ton visage, tu as poussé des hurlements…

Cette confusion avec ma mère me met mal à l'aise, car cette terreur était aussi la mienne…

Une seule question m'obsède : qui est l'homme sur la photo prise par Agathe ? Qui est ce Messaoud ?

Je m'abstiens de la poser de peur de briser le fragile édifice de sa mémoire. Elle saisit mes mains :

— On disait que tu étais morte, mais non, tu es là, bien vivante. Ce n'étaient que des racontars, des médisances… Tu ne peux pas savoir le bonheur qu'il y a à te retrouver après toutes ces années… Et lui, dis-moi, qu'est-il devenu ?

— De qui parlez-vous ?

— De cet homme, de l'homme sur la photo, enfin tu sais bien… Messaoud.

— Je ne sais pas, un jour il est parti et je ne l'ai plus jamais revu.

— C'est étrange… Vous vivez près des gens, vous pensez les connaître, vous croyez qu'ils vous aiment et puis, un soir, un matin, ils s'en vont pour toujours, sans raison… Tous ces hommes, toutes ces femmes qui ont déserté ma vie… Ta mère aussi… Je pensais la retrouver aujourd'hui et puis non, elle a disparu, comme les autres, sans rien dire, sans explication, c'est affreux…

Et la vieille dame se met à pleurer, un vrai chagrin de femme délaissée.

Fatéma la prend dans ses bras :

— Allez, Madame Agathe, il faut rentrer, vous êtes fatiguée, vous n'avez plus l'habitude.

— Oui, Fatéma, oui… Daphné, ne t'en va pas toi aussi, reviens me voir, ça me fait tellement plaisir, je suis si seule… Laisse-moi le privilège de t'abandonner un jour, laisse-moi cette initiative…

Elle ouvre son sac et en sort un petit paquet.

— Tiens, un cadeau, le film que j'avais tourné Villa Taylor avant ton départ… Tu verras, tu es si belle… Une vraie star de cinéma.

Il me semble entrevoir une ombre bouger derrière le moucharabieh du premier étage.

Halima, probablement.

Dans le jardin, la silhouette de Hassan…

Grand-mère l'idolâtrait et chaque soir, avant le coucher de soleil, avant la prière du soir, le jardinier aveugle venait saluer Moune.

Je me souviens de ces crépuscules magiques. Grand-mère s'installait sur la véranda, sortait une Benson & Hedges de son paquet doré, l'allumait avec son briquet chalumeau en or massif cannelé et soufflait de la fumée bleutée entre ses lèvres maquillées de rouge à lèvres Orlane, de ces rouges qui s'impriment longtemps sur les joues après un baiser et dont j'arborais fièrement l'empreinte en cuisine : « Voyez combien grand-mère m'aime ! » J'acquérais ainsi, du moins le pensais-je, un peu plus d'aura et de pouvoir sur les domestiques.

Hassan arrivait alors, vêtu de sa gandoura grise, un petit couffin à la main rempli de fleurs de saison, et les répandait sur la table à thé de Moune.

De quoi parlaient-ils ?

De ces maudits pucerons qui avaient envahi les rosiers et qu'il fallait éradiquer.

— Surtout pas d'insecticide, scandait Moune. Un peu d'eau savonneuse fera bien l'affaire.

— Vous avez raison, Madame, il ne faut tuer ni les abeilles, ni les fourmis, ni les coccinelles. Les insectes sont une des joies du jardin. Comme nous, ils sont indispensables à l'harmonie du monde et peut-être plus encore…

Mon esprit divague, et je suis du regard le vol erratique d'un papillon, la horde compacte d'un bataillon de moucherons, le battement d'ailes d'une libellule au-dessus d'une rigole d'eau rouge et mousseuse.

Combien de générations d'insectes depuis la mort de Moune, de papillons éphémères bleus ou blancs, de scarabées, de sauterelles ?

— Et cette attaque de cochenilles, poursuivait Hassan, les cactées en sont couvertes !

— De l'huile, badigeonnez-les d'huile, c'est radical, rétorquait Moune.

La lumière déclinait, le soleil couchant illuminait le visage de grand-mère, Hassan rejoignait sa natte dans le petit pavillon à l'entrée de la villa pour la prière du crépuscule. La nuit tombait et, dans le noir, rougeoyait la Benson & Hedges de Moune au filtre arraché du geste sec qui n'appartenait qu'à elle. Enfant, je cherchais fébrilement ces filtres au pied du fauteuil d'osier et les entreposais dans une boîte métallique rouge et or de pastilles Pulmoll.

Assise dans le fauteuil grinçant de Moune, face au jardin, je pense à Hassan, aux teintes qui ont déserté sa vue, à la douleur de perdre les couleurs de cette ville aux mille nuances, à ces lumières qui se sont éteintes une à une jusqu'à la nuit éternelle, à cette allégorie de la vie, car enfin la mort est l'extinction des sens et la vieillesse son avant-goût tragique, semé de dernières fois : le dernier bain de mer, la dernière nuit avec l'amour de toujours ou celui d'un soir, le dernier bal, le dernier voyage, le dernier rire et l'ultime coucher de soleil.

Je pense au film tourné par Agathe dans cette maison, aux dernières images de maman. Ont-elles gardé leur éclat ou s'éteindront-elles en pleine lumière comme ces fresques antiques imprudemment exposées au soleil et à la pollution ? Ont-elles survécu à trente-cinq années d'oubli, à trente-cinq étés brûlants ?

Hassan s'approche et parle, comme si rien n'avait changé, comme si j'étais Moune.

— Comme vous lui ressemblez, Mademoiselle Diane, c'est incroyable. Quand vous êtes revenue et que j'ai entendu votre voix, j'ai retrouvé la vue quelques heures, toutes les images du passé se sont bousculées… Je l'ai vue accoudée à la balustrade de cette véranda, je l'ai vue marchant dans les allées, les bras chargés de fleurs, je l'ai vue nager… Elle était splendide. Vous avez la même voix, cette voix qui envoûtait, la voix du bonheur. Il y a des gens comme ça, Mademoiselle, des gens qui, par leur seule présence, rendent heureux.

— Je ne pense pas avoir ce don, Hassan, mais tu as raison, grand-mère rendait beau tout ce qu'elle approchait.

— Je ne parlais pas de Madame, Mademoiselle Diane.

Ses yeux délavés brillent et une goutte s'écoule sur sa peau craquelée par le temps.

— Je parlais de Madame Daphné, votre mère.

Il tourne le dos et s'en va à petits pas retrouver sa natte pour la prière du soir. La voix millénaire du muezzin s'élève lentement dans l'air pesant, elle peine à gagner le ciel puis, libérée de ses attaches terrestres, s'envole au-dessus de la ville, chantant la foi en un Dieu unique, en son prophète Mohamed. Elle se perd dans les dédales de la ville et, promettant une vie meilleure ici ou ailleurs, franchit les portes et les fenêtres en instillant l'espoir et le réconfort.

Le monde du dehors se rappelle à moi par intermittence.

Mon portable, débranché le plus souvent, déverse, à peine allumé, d'innombrables messages écrits ou vocaux. L'inquiétude des nantis est à son comble, ils sont consternés par l'inefficacité d'un gouvernement qui tergiverse puis renonce. L'inversion de la courbe du chômage, que le président agite comme un hochet, est une incantation pathétique. Le plus novice des économistes sait qu'il faut au moins deux points de croissance pour redresser l'emploi.

De nombreux politiques sont adeptes de la théorie du nénuphar : ils glissent avec élégance à la surface des eaux en passant d'une feuille à l'autre, d'un maroquin à l'autre. Leur pied effleure le végétal, on le voit frémir à peine. Un léger déplacement latéral, un subtil tremblement. Ils ne s'attardent pas de peur qu'une station prolongée, une action intempestive ne fasse sombrer le frêle esquif. Surtout ne rien faire et fuir avant que l'incompétence ne devienne évidente. Ils gravissent ainsi les échelles de la vie politique sans jamais rien tenter de peur d'être engloutis ou démasqués. Durer, faire illusion, tel est le but. À quoi bon se presser, le temps résout tout…

J'ai rencontré beaucoup de politiciens, de droite comme de gauche, leur manque de culture m'a souvent frappée.

Quand on demanda à Winston Churchill de couper dans le budget des arts pour soutenir l'effort de guerre, il répondit :

— Alors pourquoi nous battons-nous ?

Les politiques sont des *serial killers* engagés dans une implacable chasse à l'homme. Tuer l'autre, le rival, ils consacrent leur vie à ça. Peu de temps pour la littérature, le théâtre, le cinéma, la musique, pour ce qui émeut, éclaire et grandit.

Churchill, peintre et prix Nobel de littérature, disait : « Le monde d'aujourd'hui est dirigé par des politiciens harcelés, uniquement préoccupés d'arriver au pouvoir ou d'en chasser leurs rivaux, de sorte qu'il ne leur reste plus guère de temps pour s'occuper convenablement des questions importantes. »

Moune, à propos de Sir Winston, citait souvent ses biographes : « La clé de son succès ? Un quart de volonté, un quart d'imagination, un quart d'humour et un quart de whisky. »

Cette analyse me consternait car je déteste le whisky et l'humour n'est pas ma qualité première. Il y a dix ans, je doutais de mes capacités à atteindre les sommets ; j'avais bien tenté l'alcool mais, dès les premières gorgées, une irrépressible envie de dormir me gagnait. Quant à l'humour…

Winston Churchill me déconcertait, il avait un talent inaccessible. Son charisme était tel qu'il pouvait se permettre toutes les excentricités vestimentaires, tous les excès alimentaires.

J'avais dû, pour être crédible, maigrir de cinquante kilos et me travestir chez les plus grands couturiers et chausseurs parisiens. Chez les hommes, le vrai talent se passe d'artifices. À l'inverse, les cercles de pouvoir ne tolèrent en leur sein que des femmes à l'élégance agressive et dont la taille ne dépasse pas le trente-huit.

Les deux domaines d'incompétence de Sir Winston étaient l'amour et l'économie. Cela me réconfortait ; si en amour je n'avais rien à lui envier, l'économie était ma valeur ajoutée. Il me semblait d'ailleurs impossible qu'un homme politique du XXIe siècle fût un piètre économiste.

Dans une Europe paisible soumise aux marchés financiers, un Winston Churchill n'aurait plus sa place. Le 16 mai 1945, huit jours après la fin de la guerre en Europe, il se moquait :

— Quand les aigles se taisent, les perroquets se mettent à jacasser.

Les puissances de l'Axe vaincues, il fut remercié. Il commentait l'événement avec ironie :

— Après la guerre, deux choix s'offraient à moi, finir ma vie comme député ou comme alcoolique. Je remercie Dieu d'avoir si bien guidé mon choix : je ne suis plus député !

Je ne réponds plus à personne, pas même à Faber, le président du conseil d'administration. Je suis en retraite, en exil intérieur à la recherche du temps perdu, le temps que j'ai gâché parce qu'il fallait tuer.

J'essaie de maîtriser mon désir de plus en plus violent pour Salim. Je me raisonne : nous vivons à des milliers de kilomètres l'un de l'autre, quel avenir pour une relation ? Je ne sais rien de cet homme, je m'en rends soudain compte. Dans ma quête frénétique du passé, je ne me suis pas vraiment intéressée à lui. Je suis restée à la périphérie : apparence physique, parfum, regards...

J'ignore tout de son enfance, de ses goûts, de ses peurs. Je suis autocentrée, comme ces écrivains adeptes de l'autofiction qui ne s'intéressent qu'à leur misérable ego. Autocentrée comme les politiques, prédatrice comme eux. Étonnante, cette propension à scinder l'humanité en deux groupes : les proies et les inutiles.

Les inutiles ne servent aucun de nos projets ; ils n'existent pas, nous ne les voyons pas, ils sont transparents, des non-êtres. Les proies se divisent en deux catégories : les proies à tuer et celles à séduire. J'ai appliqué à Salim les règles de la finance et de la politique.

Peut-on mener une idylle comme une OPA ou une campagne électorale ?

Je caresse d'un doigt l'icône de Radio Bach sur ma tablette et, miraculeusement, un concerto brandebourgeois s'en échappe, il gagne la cime des arbres et le ciel chargé des sables du désert.

La musique élève, elle donne l'illusion de tutoyer les dieux.

Les turpitudes du monde paraissent soudain dérisoires, rien ne compte plus que les notes, qui s'écoulent, limpides et sans méandres, oscillant entre joie et nostalgie – avec, parfois, la note qui fait mal. Quand papa écoutait Bach, il m'appelait, je m'asseyais près de lui, il prenait ma main et nos doigts enlacés rythmaient la partition.

Très haut, de grands oiseaux volent avec lenteur ; portés par le vent, ils semblent immobiles. Ils composent un parfait décor d'opéra. Les notes, une à une, sortent du piano, détachées, solitaires en apparence. Elles se marient pourtant en une mélodie joyeuse qui bondit d'arbre en arbre. Les alstroemerias aux pétales d'un mauve délicat s'agitent dans la musique. Certains jours, Moune en faisait de somptueux bouquets, elle appelait ces jours « mes jours violets ». Elle disposait sur la table du dîner une nappe et des serviettes brodées de violettes, des verres de cristal mauve et des assiettes en porcelaine de Limoges décorées de fleurs de chardon. Pour le plaisir. Elle avait l'art d'illuminer la vie en toutes circonstances.

Je n'ai pas trouvé de projecteur Super 8 Villa Taylor, alors j'ai appelé Salim à l'aide, une fois encore. Il a promis de chercher dans sa remise. Son père, fan des scènes de la vie quotidienne, en possédait un. Sonore, si ses souvenirs sont exacts.

Avec ou sans projecteur, j'ai invité Salim à dîner ce soir.

Je cueillerai un bouquet d'alstroemerias du Chili, ferai dresser une table violette et ne parlerai pas que de moi.

Salim a retrouvé le projecteur dans la chambre de son père qui, d'un doigt malhabile, avait désigné l'endroit où il était entreposé. À peine franchi le seuil de la Villa Taylor, il brandit l'appareil enveloppé d'une housse de plastique noir, heureux d'avoir une nouvelle fois relevé le défi. Il sourit comme un enfant, faisant avec ses bras le V de la victoire, dans une main le projecteur, dans l'autre un bouquet de roses rouges.

Je prie Halima de tendre un drap blanc dans le séjour.

Moune n'avait pas de projecteur mais, de temps à autre, faisait venir M. Mariano, un vieil Italien, qui projetait des films de Charlot ou des dessins animés de Tex Avery pour les enfants riches de Marrakech. J'adorais ! Grand-mère ne prévenait jamais. Quand Halima gagnait le salon en début d'après-midi, un drap plié sous le bras, je sautais de joie et j'applaudissais, comprenant que le projectionniste en complet gris défraîchi, au chapeau melon de guingois, aux *r* roulés, arriverait bientôt.

Halima sait que je veux visionner le film d'Agathe.

— Ce n'est pas bien de remuer le passé ! maugrée-t-elle, inquiète.

Elle s'exécute de mauvaise grâce comme si elle dépliait un suaire. Je m'assois sur le canapé écru, Salim hisse l'appareil gris au design vintage des années 1970 sur une table de cuisine, y installe le film, presse un gros bouton latéral. Les bobines se mettent à tourner, une lumière violente inonde le drap, des cercles blancs impriment le tissu, des lignes, des stries et soudain, miracle, le temps d'avant défile en grésillant.

Travelling tressautant sur le parc et la piscine.

Le film est muet, dommage. Les arbres sont moins hauts, les massifs mieux taillés, les faïences bleu outremer qui bordent le bassin sont intactes. Gros plan sur un gâteau, on fête un anniversaire, quatre bougies et, inscrit sur la génoise en lettres de chocolat :

Happy Birthday Joy

Joy était le beagle de grand-mère.

Un jour, ce devait être celui de mes dix ans, Moune m'avait raconté qu'autrefois elle fêtait les anniversaires de ses animaux de compagnie. « Pourquoi plus jamais ? » avais-je demandé. Son regard s'était dérobé et elle n'avait pas répondu.

La caméra oblique sur Joy, qui comprend qu'on va le nourrir et aboie impatiemment en agitant la queue.

Nouveau plan : maman est vêtue d'une robe légère, vaporeuse, en mousseline. Elle rayonne, elle fascine. Salim est subjugué. Ma mère est diaboliquement belle, notre ressemblance éclatante, mais sa peau est plus claire, lumineuse. Elle irradie de bonheur, ce qui, à l'inverse de moi, la rend magnétique. Elle tend une ardoise, comme on tendait un carton au temps du muet. Y est inscrit : *Anniversaire de Joy.* Les lèvres de maman bougent et sur sa bouche on devine : « Joyeux anniversaire, mon chéri. »

Sur le plan suivant, une jeune employée, vingt-cinq ans peut-être, yeux baissés, visage fermé, triste, présente à la caméra une autre ardoise. Je reconnais l'écriture de Moune, elle y a tracé à la craie rose :

Villa Taylor = Villa Bonheur

Quelques amis, en habit d'apparat, souriants ou hilares, heureux d'être là, sablent le champagne. C'est la fête insouciante d'une société oisive, où la moindre futilité est prétexte à mondanités. Dans le Maroc pauvre d'alors, ce gâteau offert à un chien me semble déplacé. L'assemblée chante, sûrement « Happy birthday to you ». Cette jeune servante qui tend un couteau à maman, sa silhouette m'est familière. Elle tourne la tête, et son visage dont la tristesse m'avait frappée est en complet décalage avec la liesse ambiante. Elle fixe l'objectif quelques secondes et je reconnais ce visage.

Son regard vert le trahit.

Je ne laisse rien paraître de ma surprise. Halima me scrute, elle n'a pas assisté au visionnage et ne sait donc pas ce que j'ai pu voir. Elle essaie de percevoir l'indice, la moue révélatrice – en vain, je suis imperturbable. Ma sérénité la rassure, elle se détend et se laisse aller à sourire quand Salim la complimente sur la qualité du dîner.

Je suis partagée entre deux sentiments : la colère d'avoir été trahie si longtemps et la joie de savoir si proche le dénouement.

La gouvernante, la femme de confiance de Moune, sait tout !

La prédatrice s'éveille en moi : Halima est à ma merci. Elle me ment depuis trente-cinq ans. Hier encore elle affirmait n'avoir jamais connu maman. Je saurai bientôt la cause de sa tristesse, cette tristesse qui déchire le drap qu'elle a tendu ce soir. Elle parlera quand je l'aurai décidé. J'ai tout mon temps, je ne veux pas gâcher cette soirée.

J'ai fait disposer des bougies partout, nous dînons en clair-obscur. Les flammes colorent d'orange le visage de Salim, elles jouent sur les murs, les meubles, les bibelots. Je pense à Marisa Berenson dans *Barry Lyndon*, à la scène de séduction. Halima n'a pas décroché le drap de projection, nos ombres démesurées s'y projettent, esquissant un étrange duo. J'étends parfois la main et son ombre approche l'ombre du visage de Salim. Il ne se rend compte de rien et ces caresses virtuelles, impalpables, prodiguées à son insu me procurent un plaisir secret. Il parle de son enfance, de sa mère qui se disait orpheline, de sa famille maternelle prétendument décimée par le tremblement de terre d'Agadir. « Bizarre, s'étonnait-il à l'époque, ils ont tous disparu ? Vraiment, maman, il ne reste pas la moindre petite cousine, ni oncle, ni tante ? Ils sont vraiment tous morts ? »

Toutes ces bougies… elles lui rappellent un épisode douloureux. Son père voyageait, Salim était seul avec sa mère à Marrakech où ils résidaient l'hiver. Elle avait sorti d'une vieille malle un chandelier d'argent à neuf branches et une toupie de bois à quatre faces. Il se souvient de neuf bougies, dont l'une servait à allumer les autres. Il devait avoir dix ans et, comme tous les enfants, était fasciné par le feu. Sa mère avait placé le chandelier près d'une fenêtre. Il voit encore le reflet des flammes sur le verre. Le premier soir, elle avait allumé une bougie, en murmurant des paroles qu'il ne comprenait pas, le deuxième soir deux, et ainsi de suite. Le huitième soir, alors qu'elle s'apprêtait à enflammer les huit bougies, son père, censé revenir le surlendemain, avait surgi inopinément. Voyant le chandelier, il l'avait jeté à terre, furieux. Sa mère avait pleuré. Ses parents n'avaient pas fourni d'explication. Quant à la toupie jaune couverte de signes dont il ignorait le sens, elle lui avait été reprise le soir même, malgré ses protestations.

Peu après son décès, Salim avait compris que sa mère célébrait Hanoucca, la fête hébraïque des lumières. Depuis lors, chaque année, il perpétue le rituel en sa mémoire. Je l'interroge :

— Et la toupie ?

— Le premier jour de Hanoucca, après avoir allumé la première bougie, je la fais tourner quelques minutes puis la range dans la vieille malle. Je pense qu'elle me porte bonheur. D'année en année ma vie s'éclaircit, comme si les lumières de Hanoucca guidaient mon destin.

— Votre père ne proteste plus ?

— Non, il sait trop ce dont je suis capable.

— Que voulez-vous dire ?

— Quand j'ai tout découvert sur ma mère, j'ai fait un terrible scandale, ça l'a effrayé.

— Pendant vingt ans, j'ai refusé de venir à Marrakech pour des raisons équivalentes. Moune refusait de me parler de maman…

A-t-il une femme dans sa vie ?

Je questionne Salim abruptement. Interroger son interlocuteur sur un sujet qui n'a rien à voir avec la discussion en cours le décontenance et le contraint souvent à donner la vraie réponse. Endormir sa méfiance et fondre sur lui au moment où il s'y attend le moins. Encore un enseignement de mes maîtres.

Salim répond, ironique :

— Peut-être un jour... mais quelqu'un de moins intrusif que vous. Quelqu'un qui n'usera pas de vos techniques de manipulation. Vous êtes à Marrakech, Diane, pas à Paris.

J'ai honte, je rougis, il m'a démasquée. Je ne peux m'empêcher de manipuler, le cynisme chez moi est consubstantiel. Je n'arriverai jamais à le séduire si j'ai la sensualité d'un serpent.

Nous nous installons sur le canapé. Halima sert le thé à la menthe, un long ruban de liquide sombre coule bruyamment du bec de la théière dans des verres colorés, les flammes des bougies dessinent sur les murs des fantasmagories mouvantes. Salim me fixe intensément, je lève la main et la dirige lentement vers sa joue. Au moment où elle va toucher sa peau, il la saisit d'un geste sec et la repousse.

— Le moment n'est pas venu, dit-il en se levant, raccompagnez-moi.

Je le conduis à la porte ; il pose sa main sur ma bouche, la retire et embrasse ses doigts. Il hésite quelques secondes puis s'en va.

Salim est déroutant, je n'ai jamais eu ce type de relation avec un homme, d'ordinaire c'est moi qui fixe les règles. Il l'a bien compris et n'entend pas se laisser prendre au piège. Il veut jouer sa partition, pas la mienne. Ça ne me déplaît pas, c'est inédit ; c'est peut-être le prix à payer pour le futur auquel j'aspire. Cet homme a découvert les codes qui verrouillent ma citadelle.

Un air lourd, chargé des senteurs du jardin m'enveloppe.

Je regagne le séjour, où Halima s'apprête à décrocher le drap. Je l'en dissuade :

— J'aimerais revoir le film avec toi.

Elle m'implore du regard, je la sens perdre pied.

— Pourquoi, Madame ? Ce n'est pas nécessaire.

— Pour toi peut-être, pour moi c'est important. Assieds-toi, j'aimerais que tu m'expliques certaines choses…

Elle se recroqueville sur le canapé, comme pour se protéger d'un danger imminent. Elle m'émeut. Je ne veux pas la torturer, j'ai juste besoin de savoir, et pour assouvir ce besoin de vérité qui me taraude depuis l'enfance je suis prête à tout.

La pellicule tourne. Quand elle se voit sur l'écran, Halima couvre son visage d'un pan de sa djellaba et sanglote. Je pose la main sur son épaule en signe d'apaisement.

— Pardon, Madame, je vous ai menti… Quand vous saurez tout, vous comprendrez.

Elle se lève.

— Où vas-tu ?

— Je vais me coucher, je vous raconterai tout demain, ce soir je n'ai pas la force.

Je peine à trouver le sommeil, les pales du ventilateur n'arrivent pas à contrer la chaleur mais, plus que la canicule, ce sont les combats à mener qui me tiennent éveillée.

La soirée a été trouble, le passé et le futur sont

désormais face à face. Salim détient les clés du futur, il s'engagera peut-être quand j'aurai soldé le passé.

Halima détient celles du passé, je ne comprends pas son obstination à les dissimuler. Une promesse faite à grand-mère, probablement.

Pourquoi était-elle si triste dans le film tourné par Agathe ?

Sa peine jette une ombre sur la fête. Il y a un tel décalage entre l'ardoise qu'elle tend et son désarroi ; pour elle, à l'évidence, la Villa Taylor n'était pas la Villa Bonheur.

Il fait très beau, il n'y a pas un nuage dans le ciel et la chaleur a faibli. C'est une journée bénie des dieux, comme aurait dit papa, pure et limpide, de celles qui rendent cruelle l'idée de la mort. Les fenêtres sont grandes ouvertes, la lumière, les sons et les parfums du jardin entrent dans la villa à profusion. Je suis assise sur le canapé. Safia, la seconde de Halima, me tend une enveloppe blanche.

— Halima m'a demandé de vous remettre ça.

— Je ne l'ai pas vue au petit déjeuner, où est-elle ?

— Elle est partie au village très tôt ce matin, sa tante est malade.

Je suis contrariée : ce n'est qu'un prétexte, Halima a fui.

L'enveloppe exhale un parfum de vieux papier, de vieille bibliothèque. J'en extrais quelques photographies. Défile alors la dernière année de vie de Moune.

Moune épuisée, au terme de son existence, avec ses servantes, ses dernières compagnes. Elle semble heureuse, toutes ces femmes prennent soin d'elle, elle est élégante, coiffée, maquillée, les ongles faits, impeccable, digne. Ces femmes sont un rempart de vie, elles sourient, rient parfois, et grand-mère déjeune, dîne ou se repose.

Moune était-elle vraiment heureuse ?

Non, son regard est triste, absent, vidé de sa substance par les drames de l'existence, par l'absence des êtres chers dont seul le souvenir meublait son interminable vie. Sur ces photos, il n'y a personne d'autre que ses domestiques : ni famille ni amis.

Où donc était Diane, la petite-fille adorée ?

Diane courait les capitales du monde après l'illusoire, la vanité, le pouvoir. Diane aurait dû être là, près d'elle, simplement là. Elle aurait pu donner un peu de son temps, ne serait-ce qu'une fois, apporter l'étincelle de jeunesse, celle qui fait comprendre aux vieux parents qu'ils n'ont pas vécu en vain.

« Jamais plus je ne viendrai à Marrakech ! »

J'ai honte de ce serment inepte, je me suis entêtée comme une stupide enfant gâtée. Je reçois ma dureté comme une gifle en plein visage alors qu'il est trop tard.

Moune était de plus en plus fatiguée, selon Halima, mais je ne voulais pas entendre, j'avais tellement de travail, et puis grand-mère semblait immortelle, elle avait toujours été là, pourquoi cela devait-il changer ?

Quand je l'avais au téléphone, elle n'osait pas se plaindre, elle ne demandait rien, j'étais si occupée, elle comprenait. « Prends soin de toi, ma petite-fille, ne t'inquiète pas pour moi, je mourrai centenaire, je nage encore tous les jours, pas longtemps, mais je nage. »

— Dites-moi, Safia, Moune nageait toujours, la dernière année ?

— Pensez-vous, elle était bien trop fatiguée, elle tenait à peine debout. On devait la soutenir quand elle se déplaçait. Elle ne voulait pas du fauteuil roulant.

Voilà l'ultime photo d'elle sur son lit de mort, les ongles peints de rouge, élégante comme à l'accoutumée. Au-dessus de la dépouille est accroché un tableau fin XIXe, une danseuse enveloppée de mousselines vaporeuses y esquisse un pas. Le contraste est effarant entre la rigidité de la mort et, quelques centimètres plus haut, une ballerine sur pointes pleine de grâce et de vie, aérienne.

Je sors une dernière photo de l'enveloppe. Au premier plan grand-père et grand-mère, derrière eux une petite fille pouffant de rire, mains sur la bouche. Peut-être moi ? Je lui ressemblais. Mais non, mes grands-parents étaient beaucoup trop jeunes. Je tourne le cliché et, au verso, inscrite au crayon de papier, une date : 1960.

Halima n'a pas voulu m'affronter, mais ces photos délivrent un message clair. Elle a assuré une vieillesse digne à grand-mère, elle était là, elle l'a aimée, elle a assumé. Mieux que moi, sa petite-fille, sa seule famille, son indigne héritière.

L'avant-dernière photographie est une photographie de mort.

Sur la dernière, trois disparus dont deux morts : grand-père et Moune. La petite fille – maman – est-elle morte aussi ?

Impossible, son rire est trop éclatant, il inonde de joie et de vie le noir et le blanc du cliché.

Comme souvent, Hassan me rend visite sur la véranda, avant la prière du soir, alors que, plongée dans un passé fragmenté, je tente de recomposer le puzzle de ma famille déchirée et l'image de cette mère qui oscille entre indignité et rébellion. Ce soir, de gros nuages blancs venus de l'ouest traversent le ciel, un vent frais souffle. Je rajuste un châle de lin noir sur mes épaules. Je pense à grand-mère, à sa douleur si violente qu'elle l'a murée dans un silence de trente-cinq ans, si ravageuse qu'elle m'a privée du socle sur lequel j'aurais pu me construire, m'abandonnant aux sables mouvants de l'incertitude et de l'espoir. Je pense à l'absence de mère, à cette malédiction qui, j'en suis convaincue, m'interdit d'être mère à mon tour. Je pense à Halima, à ses mensonges, ses omissions, à la vérité qu'elle n'a pas eu le courage d'affronter, à sa fuite.

Hassan répand le contenu de son petit couffin sur la table à thé de Moune et un parfum sucré, charnel nous enveloppe.

— Des fleurs de camélia ? dis-je. Mais d'où

viennent-elles ? Celles du parc ont été brûlées par le chergui[1] depuis longtemps.

— Le feu ne détruit pas toujours tout, Mademoiselle Diane, il se peut que, parfois, certaines choses soient épargnées, Dieu seul sait pourquoi. Un camélia a échappé à la fournaise de l'été, il était bien à l'abri dans un coin retiré du jardin. Son parfum m'a guidé. Au début je n'étais pas sûr, ce n'était pas possible, il n'y a jamais de camélia en fleur au cœur de l'été, mais plus j'avançais, plus l'odeur gagnait en puissance... J'ai pensé que cela vous ferait plaisir de partager ce petit miracle avec moi.

Les fleurs couleur ivoire exhalent un arôme nostalgique, celui des vacances de printemps à Marrakech quand je cherchais les œufs et les lapins en chocolat dissimulés par Moune dans les bosquets pour fêter Pâques. Mes joies étaient simples en ce temps-là, la découverte d'un œuf multicolore me comblait. Moune se souvenait encore de ceux que Sir Winston avait peints lors d'un séjour à la villa et que Lady Clementine, sa femme, avait éparpillés aux quatre coins du parc.

— Dans la vie, poursuit Hassan, il y a toujours un parfum qui nous guide. Tout d'abord nous n'en sentons que des bribes, il faut suivre le vent mais il est souvent trompeur, il nous égare, pourtant il ne faut jamais renoncer car c'est ce parfum qui nous révèle à nous-mêmes. Il y en avait un ici mais voilà bien longtemps qu'il a disparu, c'était celui du bonheur...

---

1. Vent chaud venant du Sahara.

Quand il s'en est allé, ma douleur a été aussi forte que lors de la perte des couleurs. Les senteurs, Mademoiselle Diane, sont les couleurs de nos vies, sans elles tout est terne et gris. Arrivé au terme de mon existence, je m'en rends compte. Quand les gens qui nous entourent disparaissent, ils emportent avec eux leur odeur et ne laissent qu'une empreinte…

Halima a fui depuis deux jours, je n'ai pas de nouvelles. Mon séjour à Marrakech tire à sa fin. Frustrée, j'erre dans la villa. J'imaginais aboutir très vite, percer enfin le mystère de la disparition de maman, mais non, j'ai commis une erreur : je n'aurais jamais dû lui montrer le film d'Agathe en pleine nuit. En journée, elle n'aurait pas pu partir et aurait tout avoué.

Je trompe ma frustration en inspectant le moindre recoin de la villa et découvre dans le salon bleu de la tour berbère, cachée derrière un canapé, une malle remplie de vêtements féminins. Je sors une à une les robes et retrouve celle que maman portait pour l'anniversaire de Joy, une robe Chloé, magnifique, aérienne, encore parfumée, juste à peine, du parfum que Moune portait et qu'un jour, sans raison, elle ne porta plus. Je fais sentir le tissu à Safia, qui n'a jamais connu maman. Elle ferme les yeux, respire longuement la mousseline, et son visage s'illumine.

— C'était le parfum de votre grand-mère, elle le commandait chez un artisan de la Médina. Un jour il est mort, et il a emporté avec lui la recette. Chaque année, début janvier, Madame récoltait des narcisses et les lui faisait porter.

Ainsi, l'extrait de narcisse entrait dans la composition du parfum. Je me souviens de ces narcisses nains qui poussaient près du garage, à droite de la maison. Ils sentaient si bon et si fort qu'un tout petit bouquet suffisait à embaumer une pièce entière. C'était la note qui manquait à la partition olfactive du passé et que je ne parvenais pas à retrouver. Quand j'interrogeais Moune sur le parfum perdu, elle éludait. Je comprends pourquoi : c'était celui de maman, grand-mère l'avait sans doute porté en souvenir de sa fille disparue.

Sous les vêtements, tout au fond de la malle, je découvre une bouteille de parfum au bouchon encore scellé, Joy de Jean Patou. Elle est pleine d'un liquide couleur ambre. Je n'ose pas l'ouvrir, je ne m'en sens pas le droit.

Depuis la fugue de Halima, la mort de maman s'impose presque comme une évidence. Sa photo en compagnie de grand-père et grand-mère a été mise à dessein dans l'enveloppe de papier blanc.

Pas d'espérances démesurées, Diane, surtout pas !

Hassan ramasse les feuilles tombées à terre : il explore les allées avec ses pieds, en zigzaguant, et dès qu'il en perçoit une sous ses babouches, il se baisse et la saisit. Je marche à quelques mètres de lui, son ouïe est si fine qu'il entend le gravier crisser sous mes pas. Il se tourne vers moi en souriant.

— Mademoiselle Diane, vous êtes bien matinale.

— Je n'arrivais plus à dormir. J'ai suivi ton conseil, je cherche le parfum de ma vie et cela m'occupe jour et nuit.

Je parle à Hassan du parfum de Moune, de la robe de mousseline de Daphné, de la fragrance perdue retrouvée hier au fond d'une malle et des narcisses cueillis en janvier pour la composer.

— C'est moi qui m'en chargeais, dit-il, j'avais ordre de les cueillir un jour ensoleillé, en plein midi, à l'heure la plus chaude, quand les senteurs sont à leur maximum. Je les portais immédiatement à un parfumeur du Mellah pour qu'il les distille.

Mais ce n'était pas le seul composant. En mars,

il cueillait des fleurs d'oranger, de bigaradier et de citronnier, en mai des fleurs de camélia et des roses, en juin des cloches de datura et des œillets puis des lys, des crinums, de la menthe poivrée, du galant de nuit, des pélargoniums. Toutes les fleurs du jardin entraient dans la composition du parfum, grand-mère l'exigeait et, au fil des mois, le parfumeur extrayait leurs senteurs. Le mélange des sucs intervenait en juillet, quand la chaleur grillait les dernières fleurs et qu'aucune floraison n'était plus attendue.

— C'était le parfum de ma mère, n'est-ce pas, Hassan ?

Ses mains tremblent et soudain son visage s'altère.

— Oui, répond-il, c'était le parfum des jours heureux.

— Hassan, jamais personne ne parle de maman, pourquoi ?

— Votre mère était ce parfum, quand elle s'est évanouie il s'est évaporé lui aussi, doucement… C'est devenu le parfum de la douleur. Il a fallu des années pour l'oublier un peu. Il ne se passe pas un jour sans que je pense à elle. C'est pour elle que je suis resté ici… Elle aimait tellement ce jardin. Je fais ce que je peux pour le garder tel qu'elle l'a laissé. C'est difficile… Je suis seul, vieux et aveugle.

Ma voix se fait suppliante :

— Raconte-moi son histoire, Hassan, je t'en prie.

— Je ne peux pas… Comme Halima, j'ai juré à votre grand-mère de ne jamais rien révéler. C'est à vous de découvrir le secret de la Villa Taylor. Ne soyez pas trop pressée, les arômes du parfum qui guidera votre vie ne sont pas tous réunis. Patience, Mademoiselle Diane, patience…

J'appelle Salim à l'aide, encore une fois. Ce n'est pas dans mes habitudes. À Paris, je me débrouille toujours, je résous seule. Ici, c'est différent, je ne maîtrise pas les codes, Halima et Salim détestent être manipulés, ils veulent garder l'initiative et cela me déroute.

Je l'accueille au portail. Il est venu à pied, un léger parfum de bergamote l'enveloppe, comme toujours. Nous marchons dans l'allée de ficus qui mène à la villa, ils sont immenses et leurs branches forment un auvent naturel qui cache le ciel et avale la lumière. Quand j'étais enfant, les deux côtés de l'allée étaient bordés d'arbres ; ceux du côté droit sont morts tous ensemble, étouffés par leurs frères de gauche. Moune les a fait abattre et seuls subsistent leurs troncs mutilés. La nature s'est moquée du paysagiste et de son goût pour la symétrie, l'ordre, elle a imposé sa loi. On distingue le soleil au travers d'un massif de bambous entouré d'acanthes, elles ont tout envahi et tissent un tapis vert profond. Des papillons volent dans la lumière d'un parcours erratique. Parfois, ils sont en couple, leur trajectoire est une partition, deux notes blanches ou noires oscillent sur des lignes invisibles ; leurs clés de *sol* sont des fleurs d'acanthe, longues hampes à cloches blanches.

Nous avançons en silence dans le jardin en friche, çà et là des arbres terrassés, leurs troncs obstruent les allées, nous sommes contraints de les enjamber. Il émane du lieu un poignant sentiment d'abandon, d'agonie. Je n'ose pas m'appuyer sur Salim. Les dépendances de la villa, garages, serres, réserves, maisons d'ouvriers, sont en ruine, toits effondrés, murs lézardés, façades pulvérulentes. Je n'imaginais pas l'ampleur des dégâts liés au temps. Au fil des années, son périmètre de marche se réduisant, Moune ne s'aventurait plus à la périphérie du parc, elle n'a pas vu la lente dégradation de la propriété.

— Vous avez vraiment l'intention de garder cette maison ?

— Plus que jamais !

— Vous devriez entamer d'urgence des travaux de restauration.

— J'ai un problème encore plus urgent à résoudre : Halima... Conseillez-moi, que dois-je faire ?

— Attendre qu'elle revienne.

— Elle ne reviendra pas et, même si c'est le cas, je ne peux pas attendre, je dois rentrer à Paris.

— Allons la voir demain ! Je vous emmènerai, elle habite près d'Imlil, un village à une heure et demie de Marrakech.

Il prend ma main et m'entraîne vers les garages, nous grimpons un escalier d'acier et gagnons une terrasse. Face à nous, de l'autre côté de la rue, un cimetière sans arbres, des stèles blanches noyées de soleil et, à gauche, un hôpital. Assises sur des bancs, des femmes en hijab attendent, silencieuses et inquiètes. À droite, au-delà du jardin, se dressent des immeubles coiffés de paraboles pointées vers le ciel ; des enfants jouent sur les balcons, ils crient, ils rient. Sur quelques centaines de mètres s'étale un concentré de vie, comme une allégorie et, en retrait, anachronique vestige de temps révolus, la Villa Taylor résiste.

— Tant que je vivrai, je ne vendrai pas cette maison… Je ne la vendrai jamais.

— Et après ? ironise Salim.

— Après ? À la grâce de Dieu, Lui seul est immortel, paraît-il…

Salim refuse de déjeuner avec moi : une succession à régler d'urgence. La journée s'éternise, les heures s'obstinent à durer. J'essaie d'agencer les maigres éléments en ma possession pour dresser un portrait de maman. Une femme qui a transgressé les lois de son milieu en abandonnant tout pour un homme, un serviteur. Comment a-t-elle pu ? Tout dans son attitude trahit ses certitudes, l'arrogance de sa caste.

Mais non, je juge sans savoir... J'attribue mes défauts à ma mère. Je n'arrive pas à admettre son amour pour un homme du peuple. Ai-je hérité d'elle ? Je suis méprisante, brutale, je balaie les obstacles sans scrupules. A-t-elle exercé sur Messaoud, que je suppose inculte, son pouvoir de maître ? Ma longue pratique de la manipulation ne me permet pas d'envisager les rapports entre deux êtres autrement que sous l'angle de la force. Je réalise qu'en fait, depuis Cédric, je n'ai plus jamais connu l'amour, considérant les hommes comme des pourvoyeurs de plaisir, des trompe-solitude ponctuels. Des objets animés qui, certains jours, finissent bien une maison. Ils en sont l'ultime touche, comme un chat ou un chien.

Je sais si peu de ma mère, je la condamne sans qu'aucune défense puisse tempérer la sentence. Les pièces à charge sont lourdes et celles à décharge maigres. Je n'ai qu'un film, deux photos, un enregistrement audio exalté, un conte pour enfants, une malle pleine de robes, l'ombre de son parfum… J'allais oublier ses bijoux, très simples, qui dénotent et tempèrent sa futilité supposée. Ma mère, plus que jamais, reste un mystère. Halima ne m'apprendra jamais son rire, le regard qu'elle posait sur moi, la profondeur de son amour maternel.

Je suis jalouse de l'homme qui me l'a volée !

J'enfile la robe de mousseline qu'elle portait la veille de sa fugue, on la dirait faite pour moi : j'ai sa taille, sa silhouette. Je me poste face à la grande glace dans la chambre de Moune, celle qui permet de se voir en pied. Je suis troublée, le reflet sur le verre n'est pas le mien. Maman est là, qui me scrute, et son regard est dur, sans complaisance, une apostrophe glacée. Je baisse les yeux et fuis dans le séjour. Je suis assaillie de souvenirs, les objets qui m'entourent sont les indices muets d'un mystère indéchiffrable. La solitude est écrasante. J'ai froid, je sors dans le jardin. Le ciel s'est couvert de nuages, il fait lourd. Le mur qui jouxte la piscine est couvert de jasmin dont les fleurs ivoire légèrement teintées de rose exhalent un parfum puissant qui gagne la véranda par vagues, au gré du vent.

Dans cette grande maison, dans ce parc immense aux senteurs outrancières – « mon jardin d'ombres », disait Moune –, je suis prise de vertige. Je ne pourrai plus vivre ma vie d'avant, cette vie inodore, déserte et sans couleurs. Je suis saisie d'une étrange nostalgie, la nostalgie du futur, d'un futur où moi aussi j'aurai disparu.

Peut-on avoir la nostalgie d'un temps qui n'existe pas encore, d'un temps où plus rien ne subsiste de nous ou si peu, un habit, un parfum sur un foulard, une photographie heureuse ? Assurément oui.

Le soir tombe sur la Villa Taylor. À l'ouest, des lueurs, un orage approche. Le ciel est noir, la chaleur soudain suffocante, le jardin silencieux. Je n'entends plus ni les oiseaux ni les crapauds, les cigales aussi se sont tues. Le vent se lève et de larges gouttes impriment la terre avant de la noyer. Maltraités par le déluge, les arbres grincent ; des branches brisées tombent à terre.

Je suis allongée sur mon lit, fenêtres grandes ouvertes pour jouir de la fureur qui s'est emparée du parc, et des éclairs incessants illuminent ma chambre. Comme avant, je compte les secondes qui séparent la lumière du tonnerre, vingt, quinze, huit, trois. Un bruit énorme, une lumière aveuglante, la foudre a frappé tout près. Je m'assois sur le lit, à l'écoute de la pluie qui bat la terre et les terrasses. Les gouttières submergées débordent et des cataractes tombent des toits, le jardin se mue en un lac immense, rouge, flashé de lueurs. La terre expire une haleine mouillée.

Le bruit des gouttes sur l'eau et les terrasses s'apaise peu à peu, le tonnerre faiblit, l'orage s'en va vers l'est. La température a brusquement chuté, je m'enveloppe d'un châle de maman et m'assoupis.

Nous quittons Marrakech peu après le déjeuner. Les faubourgs où couraient des enfants en haillons, pieds nus, où des femmes déambulaient, écrasées de lourdes charges ou de fagots démesurés, les gourbis de tôles et de branchages ont disparu, remplacés par des programmes immobiliers pour classes moyennes d'Europe, de jolies maisons ocre avec leur bout de jardin, leur tonnelle. Les retraités occidentaux sont plus riches au Maroc, alors ils s'expatrient. Nos pays délocalisent tout, même les vieux. Bientôt apparaissent des golfs puis d'immenses étendues en cours de lotissement. La ville a dévoré la palmeraie, les orangeraies, les oliveraies. L'amour des gens du Nord pour Marrakech est insatiable.

L'Atlas, englouti par les nuages, est invisible. D'immenses flaques d'eau boueuse témoignent de la violence de l'orage d'hier.

Salim me parle de Paris. S'il y venait, aurais-je du temps à lui consacrer ?

La question me surprend. Salim c'est Marrakech, j'ai du mal à l'imaginer autre part. Et si, Villa Taylor, j'ai tout mon temps, à Paris je suis une queue de billard, en constant mouvement, heurtant délibérément les boules rouges qui entravent ma route. Là-bas, je crains qu'il advienne de Salim ce qu'il advient des bijoux, des vêtements rapportés d'Asie ou d'ailleurs, ces choses exotiques pleines de couleurs qui attirent le regard du vacancier et qui, dans la lumière fade de Paris, se révèlent immettables et finissent dans un placard ou une poubelle.

Il perçoit mon hésitation, ma gêne. Il sait comment la contrer : il pose une main sur ma peau nue. Sa paume est chaude, bientôt brûlante. Me reviennent toutes ces nuits à penser à lui, à imaginer son étreinte, ses yeux quêtant l'abandon dans les miens, la pression de sa bouche, de son corps. Son geste a balayé mes raisonnements de pacotille. Je prends sa main et la serre, il ne la retire pas, ne repousse pas la mienne et sourit.

— Vous vous demandez ce que vous feriez d'un adolescent attardé, votre vie est saturée, n'est-ce pas, je risque de l'encombrer ? Pas d'inquiétude, je suis une étoile filante. Quand on pense m'avoir saisi, je suis déjà dans un autre hémisphère.

Il y a un tel éclat dans son visage que je ne peux résister, je caresse sa joue mal rasée.

— Attention, dit-il, vous allez vous brûler !

Nous empruntons une route de montagne bordée des deux côtés par des pins d'Alep puis, au fur et à mesure de notre ascension, par la terre nue, calcinée par le soleil d'été. La route est encombrée de débris, de roches arrachées par la pluie, des langues de terre rouge couvrent le macadam. Un torrent boueux coule dans le lit de l'oued en contrebas. Les Berbères affirment que l'automne débute le 15 août, l'orage de cette nuit leur donne raison. Les bords de l'oued sont tapissés d'herbe tendre, des arbres de toutes essences y poussent, acacias, peupliers d'Italie, bouleaux, frênes, cerisiers, amandiers, néfliers, une diversité incroyable. Une immense oasis serpente entre deux flancs de montagne décharnés. Des villages émergent çà et là, des minarets, des maisons de pierre ou de parpaing toutes coiffées de paraboles. Disparus les villages misérables de mon enfance, les enfants déguenillés qui quémandaient. Le Maroc s'est enrichi.

Salim répond à ma question sur sa vie sentimentale formulée deux jours auparavant. Il est à mon image, incapable de s'attacher, toujours dans l'urgence, il s'étourdit pour atomiser la solitude. Il a aimé, il y a très longtemps, et cet amour extraordinaire a annihilé en lui toute possibilité d'aimer à nouveau. Le premier amour est toujours le dernier. Il espère tout de même, un jour, faire mentir l'adage.

Quand je veux en savoir plus sur ce premier amour, il élude.

Il gagne beaucoup d'argent, il pourrait arrêter, le boom immobilier a été une manne fabuleuse. Mais non, il continue, que ferait-il de son temps ? Pourtant, à l'inverse de moi, il a beaucoup à donner. Je proteste. Il poursuit sans m'écouter :

— Vous êtes fermée, cadenassée ! Vous avez peur des sentiments, peur du flagrant délit de faiblesse. Dommage…

Quand Salim a découvert la photographie de ma mère puis le film, il a été surpris. Notre ressemblance physique est déroutante et pourtant, si l'une irradie, imprégnant de bonheur le papier, la pellicule, l'autre efface toute la lumière tant elle est sombre, torturée. S'il fallait nous définir, Daphné serait un soleil de printemps et Diane une lune d'hiver barrée de nuages.

— De mauvaises fées se sont penchées sur mon berceau, dis-je. Daphné, en m'abandonnant, a éteint la lumière.

On a volé à Salim une part de sa vie, comme à moi, la plus belle part d'un homme ou d'une femme : ses racines. Il en veut à sa mère d'avoir été si faible, de ne pas lui avoir transmis le magnifique passé de ses ancêtres, et à son père d'avoir tenté de l'émasculer. Depuis la révélation de ses origines juives, il ne laisse plus jamais quiconque le manipuler et, ajoute-t-il en souriant : « Surtout pas vous… »

Un damier où alternent vert tendre et vert profond tapisse le fond de l'étroite vallée. Des troupeaux paissent à flanc de montagne, des chèvres escaladent des figuiers sans peur du danger, des enfants insouciants jouent au bord de l'oued. Un paysage biblique. De très blancs nuages masquent les sommets. Soudain ils se déchirent et, face à nous, une barrière montagneuse, une immense muraille au faîte semé de neige surgit comme une menace dans le soleil et le bleu du ciel, voilés par un imperceptible brouillard, presque laiteux. Salim pointe un doigt :

— Le djebel Toubkal, point culminant du Maroc.

— De la neige au mois d'août !

— Quand il pleut en plaine, il peut neiger en très haute montagne, généralement à partir d'octobre. En août c'est rarissime, mais vous avez remarqué comme la température a chuté, de quinze degrés au moins. Cette neige ne tiendra pas, au premier coup de chergui elle fondra.

La chaîne montagneuse qui barre l'horizon semble infranchissable, une frontière. La route s'arrête d'ailleurs à Imlil ; au-delà, ce sont d'autres montagnes puis le désert.

— Nous ne devrions plus être très loin, dit Salim, c'est l'avant-dernier village avant Imlil. Vous l'avez prévenue ?

— Sûrement pas, et j'ai interdit au personnel de la villa de l'avertir.

— Et si elle n'était pas là ?

— Safia l'a jointe ce matin, elle est bien ici.

— Voilà, nous sommes arrivés, c'est ce village à gauche, face au Toubkal.

Halima n'est pas surprise, elle nous accueille sur le seuil de sa maison de pierre.

— Soyez les bienvenus, dit-elle, je vous attendais. Madame, je savais que vous viendriez…

Elle nous installe dans la salle à manger, la pièce réservée aux grandes occasions. Les canapés sont recouverts de housses en plastique qu'elle s'empresse d'ôter.

— Un thé à la menthe ?

Sans attendre notre réponse, elle s'éclipse dans la cuisine.

Les murs sont crépis de blanc ; face à nous, un tableau fluorescent représente La Mecque. Des fenêtres, on embrasse un somptueux paysage. Sur les berges de l'oued en contrebas, au lit encombré de pierres grises couvertes d'algues, des moutons broutent une herbe vert pâle, des frênes argentés tremblent sous la brise et, loin derrière les frondaisons, pointe la barrière du Toubkal à peine teintée de blanc. Il fait frais dans la maison, une odeur de charbon brûlé gagne la pièce et, bientôt, celle de la menthe.

Après avoir servi le thé, Halima s'assoit. Elle est apaisée, son visage détendu.

— Pardonnez-moi, Madame, d'être partie comme ça, mais c'était trop dur, je ne pouvais rien dire, c'était trop brutal. J'ai beaucoup pleuré... Toutes ces années ont été si pénibles pour moi, pour votre grand-mère... Voulez-vous que je parle devant Monsieur ?

J'acquiesce d'un signe de tête.

Moune engagea Halima à l'âge de vingt-cinq ans. Très vite grand-mère s'attacha à elle, en fit sa confidente puis la promut à la tête des servantes de la Villa Taylor. Halima était mariée, chaque fin de semaine elle rentrait au village retrouver son mari et sa fille. Elle aimait la villa, elle aimait Moune mais c'était difficile : son mari ne travaillait pas, il gagnait juste un peu d'argent en convoyant l'été les rares touristes qui escaladaient le Toubkal. À l'époque les gens d'ici étaient très pauvres, le tourisme ne s'était pas encore développé.

Un jour, le majordome de grand-mère mourut, alors Halima proposa Messaoud, son mari, pour le remplacer. Il n'avait pas de références mais il apprenait vite. Il était grand, très beau, d'une élégance naturelle, il plut tout de suite à Moune, qui pria le directeur de La Mamounia de le former. Trois mois plus tard, sachant presque tout du métier, il s'installa Villa Taylor.

La voix de Halima tremble.

J'ai tout compris, inutile de torturer cette pauvre femme plus longtemps. Mon regard erre dans la pièce. Sur un vaisselier de bois clair, une photo encadrée, un visage masculin. Je me lève, saisis le cadre et scrute longuement le cliché. Halima s'interrompt, je me dirige vers elle et lui présente la photographie. Elle porte les mains à son visage et cache ses yeux.

J'ai reconnu cet homme, il servait le thé à maman, Villa Taylor, la veille de sa disparition. J'ai gravé en moi le cliché d'Agathe, à jamais.

L'amant de ma mère était le mari de Halima.

Je dis « était », mais peut-être l'est-il toujours, peut-être va-t-il surgir et surprendre le sosie de celle qu'il a volée ?

— Pardon, Madame, sanglote Halima, pardon pour le mal que nous vous avons fait.

— Tu ne m'as fait aucun mal. Je comprends ton silence, je ne t'importunerai plus. Nous allons rentrer à Marrakech, repose-toi quelques jours et puis reviens, j'ai besoin de toi… s'il te plaît.

J'imagine le calvaire vécu par cette femme bafouée, je la revois, dévastée, tenant l'ardoise *Villa Taylor = Villa Bonheur.* Quel mépris pour sa détresse, quel cynisme effrayant ! Je pense aux chattes dont on noie les petits sans états d'âme. On l'avait assimilée à un animal. C'était donc ça, l'ordre colonial ? Des hommes, des femmes soumis au bon vouloir des maîtres. Des fantômes méprisés, à l'humanité niée. Des esclaves. Je me souviens des disputes avec Moune, qui refusait que l'on m'apprenne l'arabe ou le berbère.

— Tu les parles bien, toi !

— Ce ne sont pas des langues, rétorquait-elle, tout juste des dialectes, des baragouins, des outils sommaires, nécessaires au bon ordre d'une maison. Ne t'encombre pas l'esprit, tu as bien d'autres choses à retenir !

Après l'indépendance du Maroc, grand-mère avait vécu dans l'illusion du passé, protégée des turbulences du pays par les arbres démesurés de la Villa Taylor. Pour elle, le temps s'était arrêté. Elle n'admettait pas les fractures de l'histoire, elle était la gardienne de l'ordre ancien. Et j'en suis, malgré moi, devenue l'héritière.

Halima insiste, elle veut tout raconter, elle a tu ce drame si longtemps. Moune refusait qu'elle l'aborde. Cela fait trente-cinq ans qu'elle vit avec cette douleur sans pouvoir la partager.

Je n'ai pas envie d'écouter une histoire banale, un pâle remake de *L'Amant de Lady Chatterley*, je ne veux pas de sa douleur. La mienne suffit.

Je peux tout imaginer, la première rencontre, l'ennui d'une aristocrate distrait par l'irruption de la sensualité, d'un homme à la beauté stupéfiante, et les sens assoupis par des années de mariage conventionnel s'éveillant brutalement, et les regards furtifs de cette femme troublée à la recherche du défaut rédhibitoire. Mais non, rien, pas la moindre disgrâce, pas le moindre geste déplacé, il avait une élégance innée doublée d'une beauté irréelle… Me reviennent à l'esprit ces tableaux orientalistes où des enturbannés concupiscents jaugent des esclaves exposées nues sur les marchés d'Afrique du Nord ou du Levant. Nos désirs refoulés, inavouables, jetés sur la toile et prêtés aux autres, aux infidèles... Le racisme, la bêtise, l'arrogance du XIXe siècle se paraient des atours de l'Art, de la Beauté pour délivrer leur nauséabond message. Je comprends le dégoût de Salim pour l'orientalisme...

Au fil des jours, les regards de maman, de Messaoud s'appesantissent, les distances s'amenuisent. Bientôt le premier frôlement, le premier émoi...

J'interromps Halima d'un signe de la main.

— Plus tard... à Marrakech. Nous devons prendre la route avant la nuit tombée.

Cette maison m'étouffe, la barrière de l'Atlas m'oppresse, je veux partir, j'en oublie presque le but de ce voyage, le but de ma vie, la question qui me consume depuis l'enfance : où est ma mère ?

À l'instant précis où je vais la poser, la porte d'entrée s'ouvre.

Sur le seuil apparaît une femme d'une quarantaine d'années vêtue d'un hijab. Quand elle nous découvre installés dans la salle à manger, elle a un léger mouvement de recul. Elle a sans doute compris qui je suis et son front s'est plissé, sa bouche s'est crispée, comme se crispe la mienne lors d'une contrariété. Halima nous présente Aziza, sa fille, infirmière au dispensaire d'Imlil. Elle a prononcé le mot « infirmière » avec fierté. Je ne l'avais jamais vue, j'ignorais son existence. Halima ne parlait jamais du monde du dehors, je pensais que sa vie se résumait à la Villa Taylor.

Aziza nous salue, son français est aussi parfait que

celui de sa mère. Sa voix m'est familière, sans que je puisse m'expliquer pourquoi. Je suis mal à l'aise. Salim, qui a perçu mon trouble, sourit étrangement.

— Diane, dit-il, voulez-vous que nous partions ?

— Vous ne pourrez pas rejoindre Marrakech ce soir, l'interrompt Aziza, un éboulement a coupé la route en milieu d'après-midi. Les travaux de déblaiement viennent à peine de commencer, ils ne seront pas terminés avant demain. L'orage a été très violent, je n'ai jamais vu autant pleuvoir en quelques heures. Tout un pan de montagne s'est affaissé.

Je suis prise au piège. L'idée de passer une nuit dans cet endroit ceinturé de montagnes me terrifie. Il y a quelques années, Julien m'avait traînée dans un cinéma du Quartier latin voir *Terre et Cendres*, d'Atiq Rahimi. Ce village martyrisé d'Afghanistan, ces montagnes omniprésentes, gardiennes du malheur, infranchissables, menaçantes, symboles d'un avenir sans horizon, m'avaient impressionnée. Depuis, je rêve souvent de montagnes monstrueuses qui inexorablement se rapprochent puis m'écrasent dans un épais nuage de poussière.

Je pose une question stupide :

— N'y a-t-il pas d'autre route pour rejoindre Marrakech ?

— Non, malheureusement, répond Halima. Vous dormirez chez moi en attendant le déblaiement de la route. Vous prendrez la chambre d'Aziza et Monsieur la mienne.

Je jette un regard désespéré à Salim :

— Nous pourrions peut-être louer un hélicoptère ?

Il sourit :

— Impossible, la nuit tombe. Il faut vous résigner.

Je sors sur le balcon. L'air a fraîchi, il est d'une transparence incroyable. Le soleil couchant irise de rose puis de violet les sommets, des martinets frôlent la terre en poussant des cris aigus, des touches colorées, lauriers roses et blancs, ponctuent les bords de l'oued. Loin, très haut, un aigle tournoie. Un parfum de menthe monte du sol, un plein parterre s'étale au pied de la maison. Salim me rejoint et pose son bras sur mes épaules.

— De quoi avez-vous peur ?

— Je ne sais pas, c'est plus fort que moi.

— Pourquoi n'avez-vous pas écouté l'histoire de Halima ?

— Je n'aime pas les histoires attendues.

— Qui vous dit qu'elle l'est ? Vous vous comportez aussi mal que votre grand-mère. Vous n'avez que faire de la douleur de cette femme, elle gâche la belle ordonnance du monde, de votre monde. Vous ne vous êtes même pas inquiétée du devenir de votre mère et de son amant.

— Aziza ne m'en a pas laissé le temps, j'allais poser la question quand elle est arrivée.

Salim me serre contre lui :

— Posez-la maintenant. Vous n'avez aucune raison d'être jalouse…

Il desserre son étreinte et m'abandonne sur le balcon.

Suis-je jalouse de ma mère, de Messaoud, de leur amour, d'un bonheur que je n'ai jamais connu ?

Je suis troublée, Salim dit vrai ! J'ai peur du bonheur insupportable de ma mère. J'espère qu'un abîme sans fond l'a engloutie.

Je navigue entre l'espoir de sa survie et celui de sa mort.

Les premières lumières s'allument au flanc des montagnes, minuscules témoins de vie, fragiles, tremblantes, les premières étoiles s'allument, fragiles, tremblantes, fanions éternels dans le bleu sombre du ciel qui, à l'est, vire à l'encre. Je pense à grand-mère qui souvent, à la nuit tombée, citait une phrase de son ami Churchill : *« Quand le soleil disparaît… on reste triste et le cœur serré dans le noir, jusqu'au moment où les étoiles s'allument pour rappeler qu'il y a toujours quelque chose au-delà… »*

De retour dans la salle à manger, j'interroge Halima :

— Sais-tu où est maman ?

Elle disparaît dans la cuisine sans répondre.

Frustrée, je propose à Salim de marcher un peu, de profiter des dernières lueurs du jour. Nous empruntons une route empierrée, je manque de me tordre les chevilles à chaque pas. Salim prend ma main. Un vent léger agite les arbres. Je vais mieux, le silence de Halima m'a soulagée. Le dénouement n'est pas pour ce soir. Ma vie ne basculera pas encore, profitons des derniers moments du temps d'avant, imaginons le meilleur, ma mère vivante, quelque part ailleurs. Je la vois près d'une cheminée où brûle un feu, les flammes colorent sa peau, elle sourit à un homme assis près d'elle comme je souris ce soir à Salim.

Les lumières des maisons éclairent par à-coups son beau visage, il semble heureux d'être avec moi. Sa main est chaude, rassurante. L'idée de dormir cette nuit à quelques mètres de lui me remplit d'une joie indécente.

À la sortie du village, une masure environnée d'oliviers dresse ses murs calcinés vers le ciel teinté de rouge. De hautes herbes masquent l'entrée, des chardons ont poussé dans l'embrasure des fenêtres. Je contemple la ruine plusieurs minutes, il émane de l'endroit une grande tristesse. Quelqu'un a déposé un bouquet de fleurs sur le seuil, des fleurs de laurier blanches et roses, elles commencent à flétrir.

Nous rebroussons chemin. Des enfants jouent aux osselets, éclairés par une lanterne de cuivre. Étonnés de voir des étrangers à une heure si tardive, ils suspendent leur jeu et nous dévisagent. Un berger pousse devant lui ses moutons, il nous salue, bâton levé. La nuit tombe vraiment, il fait soudain noir, des cris d'oiseaux s'échappent des toits. Une femme se met à chanter, sa voix s'élève vers le ciel constellé. Nous nous arrêtons pour l'écouter.

— C'est une chanson d'amour, murmure Salim, l'histoire d'un homme parti très loin depuis très longtemps. Sa fiancée n'a plus de nouvelles. Elle demande à Dieu s'il vit toujours. Elle l'espère vivant dans les bras d'une autre plutôt que dans ceux de la Mort. « Je l'aime si fort, dit-elle, que sa trahison m'importe peu, je demande seulement qu'il pense à moi quelquefois. »

— Je suis comme cette femme, dis-je, mais je ne sais pas encore dans quels bras je souhaite que ma mère soit.

— Pourquoi êtes-vous si dure, Diane ?

— L'idée d'avoir été abandonnée m'est insupportable.

— Abandonnée… mais qu'en savez-vous ?

— C'est ce qu'on m'a laissé entendre.

— Les gens ont toujours de bonnes raisons d'accabler ceux qui entrevoient le bonheur.

Nous dînons seuls, servis par Aziza et sa mère. Malgré mon insistance elles n'ont pas voulu se joindre à nous. Les fenêtres sont entrebâillées et l'air frais du dehors chargé de senteurs de basilic pénètre dans la pièce. Des pots de terre cuite posés sur les rebords en sont remplis. Salim en cueille deux brins et les place près de mon verre, il explique qu'en Afrique du Nord l'herbe aromatique est réputée éloigner les moustiques mais qu'en Inde elle est sacrée : les pèlerins la donnent en offrande à Krishna, elle est cultivée autour des temples et glissée entre les mains des défunts pour protéger leur passage vers l'au-delà. J'imagine des processions d'hommes et de femmes vêtus de blanc, cheminant dans le noir de la mort, guidés vers l'autre monde par cette plante au vert si tendre.

Halima sait que je déteste les éclairages artificiels, elle a posé un chandelier sur la table. La lueur des bougies donne à la pièce intimité et chaleur, nos corps sont réduits à deux visages, deux hologrammes. Je me surprends à rêver d'éternité, d'amour désincarné, de portraits distillant leur propre lumière, suspendus face à face dans la nuit, un tête-à-tête singulier, intense, transmutant le noir du néant en un bonheur éternel, à l'image des portraits du Fayoum aux diadèmes d'or à feuilles entrelacées.

— Diane, peut-on avoir la nostalgie d'un passé jamais vécu ?

— Je ne sais pas... mais je trouve l'idée belle... La nostalgie du passé inconnu.

— Toutes les nuits je rêve du Mellah de Marrakech, de ma mère, des fêtes... de cousines qui dansent. Elles transpirent, elles sont splendides, insouciantes, elles ne savent pas que leur monde va être foudroyé. Elles chantent et leurs yeux brillent, elles chantent et leurs corps se déhanchent... Cette bar-mitsva est la plus belle, ce mariage le plus extraordinaire mais... ce sont les derniers. Ce monde que je n'ai pas connu me manque, Diane, il me fait mal. Quand je feuillette l'album photo de ma mère, chaque page est un clou enfoncé dans mes mains.

— Ce monde s'est éteint, le temps a passé... Des mondes s'effacent pour que d'autres surgissent, dis-je. Celui de ma grand-mère a disparu lui aussi, c'est ainsi. Nos familles n'ont pas été décimées, elles ont juste connu l'exil. Cela devrait vous apaiser, Salim. Pensez à l'Europe, au nazisme, aux camps d'extermination. Rien de comparable n'a eu lieu ici.

— Deux mille ans d'histoire ont été gommés, comme si nous n'avions jamais existé.

— Nous sommes des survivants, à nous d'entretenir la mémoire. Je le ferai en gardant la villa, en la protégeant. Les morts comme les enfants meurent d'abandon, c'est un des messages de la Villa Taylor.

— Vous avez raison, Diane. Depuis que j'ai su, pour ma mère, j'essaie de tisser des liens, de montrer à quel point nous les juifs étions le Maroc, l'Algérie, la Tunisie ou la Libye, tout comme les coptes sont l'Égypte. La langue de ces pays, dite « arabe », est probablement issue du punique, du phénicien, de l'hébreu. Je veux le démontrer, ce sera ma contribution, je veux aller à la source, au plus profond de mes racines.

— Vous allez partir ?

— Sûrement... mais pas tout de suite. Avant, nous avons une énigme à résoudre.

Salim sourit et me tend un brin de menthe. Son parfum puissant m'enivre, je souris aussi.

Je m'étonne du bouquet de fleurs de laurier roses et blanches sur le seuil de la maison en ruine, à peine flétri par la chaleur de l'été, sûrement composé le jour même.

— Qui a bien pu le déposer et pourquoi ?

Il ne dit rien, ses yeux sont rivés aux miens. L'absence de lumière dilate nos pupilles et donne à nos regards une intensité inhabituelle. Et, comme s'il avait lu dans mes pensées, Salim prononce deux mots en effleurant ma joue :

— *Bella donna.*

Hasard ou jeu de mots ?

Les femmes de la Renaissance instillaient dans leurs yeux de l'extrait de belladone pour agrandir leurs pupilles et donner à leur regard de l'étrangeté, de la profondeur.

— Vous n'avez pas répondu à ma question, dis-je.

— Je vous répondrai par une autre question. Savez-vous comment les Arabes nomment le laurier-rose ?

— Non.

— *Defla.* Cela vient du grec, *daphné*…

J'ai soudain froid, mon visage se fige.

— Vous ne vous sentez pas bien ?

Je balbutie :

— Daphné… *rhododaphné*… « laurier-rose », en grec…

Je ne parviens pas à dormir, Salim a instillé en moi le poison du laurier-rose. Quand je l'ai questionné sur ses allusions à ma mère, il n'a rien voulu répondre.

— Quel lien entre la maison incendiée et Daphné ?

— Je l'ignore. Vous devriez me connaître, vous savez combien j'aime établir des liens improbables.

— Je ne vous crois pas. Vous ne vous seriez pas risqué à lier ma mère à cette maison si vous n'aviez pas de bonnes raisons pour le faire.

Je suis persuadée qu'il ment. J'essaie de le chasser de mon esprit, j'allume mon portable éteint depuis notre arrivée au village. Aucun message sur le répondeur, aucun SMS, et pour cause, il n'y a pas de réseau. Je suis déçue, je pensais tromper mon agacement avec le virtuel.

J'imagine Salim dormant dans la chambre mitoyenne, et l'idée qu'il puisse s'être assoupi en me sachant près de lui m'exaspère. Je me tourne et me retourne dans le lit sans arriver à trouver la moindre parcelle de sommeil. Cet homme est pervers, il joue avec moi, attise mes sentiments, mon désir, puis se détourne brusquement. Nos rapports sont basés sur la frustration. En fait, je suis sa proie ; dès qu'il se sent vulnérable, il esquive, physiquement ou verbalement.

Une lumière blanche filtre au travers des volets. J'ouvre la fenêtre, un croissant de lune luit au-dessus des montagnes, tout est calme, serein. Un bruit d'eau infiniment doux monte de l'oued en contrebas. Des rafales de vent chaud agitent les frênes et les lauriers, le chergui s'est levé, le vent qui rend fou. Il affole la menthe qui pousse le long des murs et se charge de son parfum.

Demain, les neiges du Toubkal auront fondu.

Cette nuit sera placée sous le signe des muses malheureuses en amour : Mintha, morte piétinée par sa rivale, et Daphné, transformée en laurier par son père pour échapper à Apollon. Faudra-t-il leur adjoindre Diane, la déesse solitaire ivre de combats dérisoires, de chasses factices ?

Non, cette nuit ma chasse ne sera pas virtuelle.

Je sors de ma chambre et gagne celle de Salim, je pousse doucement la porte puis la referme derrière moi. La fenêtre est ouverte, il dort dans la lueur de la lune, le corps à peine couvert d'un drap blanc, ses jambes et son torse nus, offerts. Il est beau, plus beau encore endormi qu'éveillé, toutes défenses annihilées par le sommeil, le visage sans nuages. Il est abandonné, vulnérable. Mon cœur s'accélère, je m'approche de lui et m'assois près du lit sur le carrelage glacé. Je suis vêtue d'un tee-shirt et d'un dessous de soie. Je sens l'odeur de sa peau, le léger parfum de bergamote, j'entends le souffle calme de sa respiration.

Je ne peux résister à l'envie de le toucher. Mon index se déplace à un centimètre de lui, frôlant les poils de ses bras, de son ventre, de sa poitrine, effleurant ses cils. J'ouvre ma main et, à plat, toujours à distance de sa peau, parcours son corps. Je m'approche et ce sont mes lèvres qui, à peine entrouvertes, caressent ses bras, ses cuisses. Sa peau est salée et mon cœur bat encore plus vite, j'embrasse ses épaules, ses mains, ses jambes et goûte chaque parcelle de sa peau dénudée. Il bouge, soupire, je m'arrête quelques secondes puis reprends mon exploration. Je frôle ses lèvres tout en caressant l'intérieur de ses jambes, il fait chaud, je transpire, j'ôte mon tee-shirt trempé, je suis au-dessus de lui, mes seins le touchent, je pose ma tête sur sa poitrine. J'entends son cœur battre, il s'est emballé comme le mien.

Salim ne dort pas !

Je m'assois sur lui et l'embrasse à pleine bouche. Il ouvre les yeux, son regard est une eau sombre, j'y plonge en apnée. Il m'enlace, me plaque contre lui et me serre à m'en faire perdre la respiration. Ses lèvres parcourent mon visage du front au menton, de droite à gauche, comme une crucifixion. Elles m'embrassent et gomment des semaines d'abstinence. Je sens son désir sur mes cuisses, un désir puissant. Il se glisse entre chair et soie et tente de me pénétrer. Sa main s'insinue jusqu'à mon sexe, le va-et-vient de son corps se précipite. Sa sueur se mêle à la mienne, coule sur mon front et brûle mes yeux. Ses doigts s'enfoncent profondément, je gémis, il me serre encore plus fort, pose son visage sur le mien, sa bouche sur la mienne et prend le contrôle de mon souffle : il respire en moi, je suis totalement asservie, totalement à sa merci. Ma dernière parcelle de liberté est ce cœur qui bat la chamade. Salim pourrait l'arrêter s'il le voulait. À cette idée, je m'abandonne. Il me soulève sans desserrer son étreinte, nous sommes debout, mes jambes croisées autour de sa taille, il entre et sort en moi, inspire, expire en moi, nous restons ainsi l'un dans l'autre, hors du monde, fusionnels, un long moment, une parenthèse intemporelle.

Il m'allonge sur le lit, souffle dans mon oreille, un souffle continu, presque un sifflement. Ses mains saisissent mes seins. Je me cambre, il pèse de tout son poids et vainc ma résistance. Une onde partie du ventre m'envahit, il la perçoit, il se déchaîne, m'écrase entre ses jambes et ses bras, mord mon cou et lèche mes lèvres. À demi consciente je suffoque, submergée par la puissance du plaisir.

Un vent brûlant s'est levé qui bat les volets contre les murs de la maison, rythmant l'étreinte. Il charrie soudain une puissante odeur de menthe.

Mon corps connaît ce corps… Mon corps reconnaît ce corps, sa violence. Je me raidis. Salim s'arc-boute et me pénètre encore plus loin. Je me débats, saisis ses cheveux à pleines mains et dégage ma bouche de la sienne :

— Arrête, dis-je d'une voix menaçante, arrête sinon je crie… Arrête, sinon je hurle… Arrête immédiatement !

Il desserre lentement son étreinte et me libère.

J'enfile mon tee-shirt glacé et sors de la chambre.

Anéantie.

Mon corps a démasqué l'homme du parterre de menthe de la Villa Taylor.

Je n'ai plus ni repères ni certitudes, je pense une chose et son contraire, passe de l'abattement à la révolte. Mon cerveau dopé par le manque de sommeil est un ordinateur fou, il échafaude des théories, des lignes de conduite, des machinations puis, l'instant d'après, en démontre l'inanité. Je suis épuisée et n'aspire qu'à étouffer la rage qui me consume, à presser le bouton *off* !

Cette nuit j'ai été foudroyée.

L'homme en qui je croyais est un traître, un menteur. Comment a-t-il pu garder le masque, jouer cette comédie, me laisser entrevoir un avenir commun ?

Tout ce que j'ai bâti des années durant s'est écroulé en une nuit. Mes angoisses enfantines sont de retour : la douleur de l'abandon, la peur de la solitude. La Villa Taylor et Salim ont conjugué leurs efforts pour m'abattre.

Pourtant je n'arrive pas à les haïr, les péripéties de ces dernières semaines ont réveillé mon corps anesthésié par le pouvoir, l'oubli des plaisirs simples de la vie. J'ai retrouvé la petite fille qui courait dans les allées du parc, les sens en éveil. J'ai réappris à voir, écouter, sentir, goûter, toucher. Et malgré ma colère je ne peux renier Salim, ni le goût de sa bouche, ni l'odeur de sa peau. Je ne pourrai jamais oublier le son de sa voix, la chaleur de son corps ni son beau visage d'Antinoüs.

Le jour se lève, le soleil naissant blesse mes yeux brûlants d'insomnie. Dans le lit de l'oued, les moutons ont repris leur place et broutent, impassibles ; ils paissent depuis des siècles, indifférents au cours des choses, au bord de la même rivière, entre les mêmes pierres, sous les mêmes lauriers, indifférents à mon désarroi.

J'étouffe dans cette maison, je m'habille et sors.

Une femme en hijab gris, gants de caoutchouc aux mains, marche au bord de l'oued. Elle approche des lauriers une paire de ciseaux et compose un bouquet rose et blanc. Je crois reconnaître Aziza, elle se dirige vers la maison incendiée.

Je la suis à quelques mètres de distance. Arrivée au seuil de la ruine, elle se baisse, ramasse le bouquet fané et le remplace. Elle semble se recueillir quelques secondes puis se détourne. Elle me voit alors et, d'un geste instinctif, celui d'une femme surprise dans son intimité, joint les deux pans de son voile et cache le bas de son visage, ne laissant apparaître que ses yeux. J'esquisse un sourire :

— Bonjour, Aziza.

— Bonjour... Madame.

Elle hésite à prononcer « Madame ». Sur le chemin du retour, nous formons un couple incongru ; elle, enveloppée de pudeur, et moi, les cheveux en liberté, la peau dénudée.

Une muraille nous sépare.

Le vent souffle, puissant, il ralentit notre marche. Je me hasarde à la questionner :

— Pourquoi ces fleurs ?

— Ma mère vous le dira, répond-elle.

— Vous les changez tous les jours ?

— Oui, chaque matin.

Les mêmes enfants jouent aux osselets. Ils n'osent pas lever la tête, ils nous lancent juste quelques regards obliques lorsque nous passons près d'eux. Aziza est muette. Nous nous quittons sur le seuil de la maison familiale, elle rejoint la cuisine et moi la salle à manger. J'y retrouve Salim, le visage défait. Il n'a probablement pas dormi.

— Bonjour, dit-il d'une voix mal assurée. La route a été déblayée pendant la nuit, nous pouvons rentrer quand vous le souhaitez.

— Partez, je prendrai un taxi.

— Pourquoi ?

— Les dernières pièces du puzzle sont à portée de main, je ne veux pas les laisser échapper. La recherche de mon passé est plus importante qu'un futur équivoque.

— Vous me laissez rentrer seul ?

— Vous ne serez pas seul, vos énigmes vous accompagnent.

Il implore :

— Venez avec moi, il faut que nous parlions.

— S'il vous plaît, n'insistez pas.

— Je vous revois bientôt ?

— Je ne crois pas.

Je le quitte et me réfugie dans ma chambre. Quelques minutes plus tard, j'entends une voiture démarrer.

Je suis apaisée ; désormais, je sais.

Libre comme jamais, je vais à l'essentiel :

— Halima, racontez la maison en ruine, s'il vous plaît…

Je m'assois à même le sol, en tailleur, pieds nus, à la manière des femmes d'Afrique du Nord et, fixant un motif du carrelage, je l'écoute parler de ma mère, de Messaoud, avec pudeur, sans juger, sans rancœur, juste de la tristesse, ponctuant son récit d'une seule et même phrase : « C'était la volonté de Dieu. »

Je pense en l'écoutant que, bien plus que la volonté de Dieu, c'était celle de la Villa Taylor. Quiconque pénètre dans ses jardins est pris au piège. À l'instar du paradis ou de l'enfer, toute intrusion est définitive, la lourde porte berbère ne laisse échapper personne.

Du haut de ses terrasses étagées, on découvre l'architecture de la villa : un huit couché, le symbole de l'infini…

Moune exigea des deux amants qu'ils interrompent leur relation, elle convainquit mon père d'emmener Daphné en voyage en Amérique, en Tasmanie, en

Chine ou au Japon, le plus loin possible, le plus longtemps possible. Elle décida de congédier Messaoud. Le jour où Daphné partirait, il s'en irait aussi.

La veille du départ, prétextant une visite chez une amie, ma mère emprunta la Mercedes blanche de Moune et vint ici avec Messaoud, dans ce village, dans la maison tout en haut, la maison incendiée. Maman m'emmena avec elle. La maison d'en haut étant froide, de peur que je ne tombe malade, elle me confia à la sœur de Messaoud, qui habitait ici avec Aziza. Pour se réchauffer, Daphné et Messaoud allumèrent un feu dans la cheminée tapissée de suie puis s'endormirent. Au matin la maison avait brûlé. On les retrouva morts dans les bras l'un de l'autre. On ne put jamais les séparer, alors on les enterra ensemble, dans le cimetière chrétien de Marrakech.

À la demande de Moune, tous les jours pendant la floraison des lauriers, Aziza ou Halima déposent un bouquet rose et blanc sur le seuil de la maison en ruine en mémoire de Daphné et de Messaoud. Les fleurs roses sont pour elles, les blanches pour lui.

Et une fois par mois, Halima jette des graines sur leur tombe.

Je partirai demain, un taxi passera dans la matinée. Halima n'a pas précisé l'heure. Le chauffeur a dit avant midi, sans plus de détails. À Paris, Londres ou New York, j'aurais exigé une heure précise, mais ici, en quelques jours, j'ai perdu la notion occidentale du temps. Les séquences de la vie n'ont pas besoin d'être rythmées, minutées comme dans un thriller. Un jour, alors que je m'impatientais pour une livraison qui tardait, Hassan avait tempéré mon exaspération :

— Vous avez les montres, avait-il ironisé, et nous avons le temps.

Auparavant, je n'imaginais pas vivre coupée du monde, et pourtant j'ai survécu. Les centaines de mails, SMS, messages vocaux auxquels j'ai échappé ces dernières heures ne m'ont pas précipitée dans le marasme. Je n'en prendrai jamais connaissance, j'appuierai avec gourmandise sur la touche *Delete* de mon smartphone, ils resteront à jamais prisonniers du *Cloud*. Quand j'ouvre la fenêtre de ma chambre, de gros nuages blancs défilent lentement, réels et beaux, sans messages ni données numériques dans leurs pommelures.

Je passerai une dernière nuit ici et fleurirai demain la maison en ruine. De la fenêtre, je vois toujours la lune et sens toujours l'odeur de la menthe charriée par le vent. Je suis délivrée, je peux enfin aimer ma mère sans restriction. Elle ne m'a pas abandonnée, je n'ai plus aucun doute sur son amour maternel. Toute mon amertume s'est dissipée et j'entrevois le monde autrement.

Je pense à Salim. Ce sera, je crois, la dernière énigme à résoudre.

Deux prédateurs peuvent-ils avoir un avenir commun ?

Le feu qui alimentait ma rage s'éteint, comment survivre ?

Le sommeil vient doucement ; bercée par le bruit des pierres charriées par l'oued, le bruissement des feuilles de frêne et les cris plaintifs des oiseaux, je m'endors.

Au lever du jour, j'accompagne Aziza dans le lit de la rivière, je veux cueillir le bouquet. Je porte une de ses djellabas, un foulard enserre mes cheveux, je suis plus en adéquation avec elle, avec le village. Elle me tend d'horribles gants de ménage de couleur verte :

— Mettez-les, le laurier-rose est toxique.

Il fait frais, le vent du nord a chassé le vent d'est, les montagnes se dressent, bleutées, dans l'air translucide débarrassé des sables du désert. Les neiges du Toubkal ont disparu, liquéfiées par le chergui. Le vieux berger pousse son troupeau vers l'herbe tendre et joue du bâton dès qu'une bête tente de s'échapper.

J'ai du mal avec les ciseaux, ils ne sont pas affûtés, les gants me gênent et l'écorce est dure ; elle s'effiloche, laissant apparaître des plaies claires sur le bois. Je compose malgré tout un très beau bouquet. Aziza me tend un bout de ruban blanc pour lier les tiges.

— Si vous étiez restée chez nous après la mort de nos parents, je vous en aurais donné et vous en auriez mangé, assène-t-elle.

Je la fixe, stupéfaite. Elle poursuit :

— Je vous ai tout de suite détestée. Je me souviens de votre arrivée ici, vous étiez un bébé et moi j'avais cinq ans. Mon père disait qu'il fallait que je sois très gentille avec vous, comme si vous étiez ma petite sœur. Pour moi c'était terrible, je pouvais accepter un frère mais pas une sœur – surtout pas une sœur comme vous… Avant de partir, il vous a embrassée, pas moi.

Il avait une tendresse à mon égard qu'il n'avait jamais eue pour elle, comme si j'étais un fruit exceptionnel. Je suis troublée. Nous marchons vers la maison sans plus parler. Arrivée sur le seuil, Aziza ramasse le bouquet de la veille et je dépose le mien. Nous restons là, côte à côte, plusieurs minutes.

Je prends sa main :

— Vous me haïssez toujours ?

— Non, bien sûr, je n'ai plus de raisons. Ils sont morts depuis si longtemps…

— Vous avez réellement pensé que j'étais votre sœur ?

— Je l'ai pensé et, aujourd'hui, je le sais.

— Vous parlez sérieusement ?

— Votre mère était mariée à votre père depuis dix ans, ma mère était la gouvernante, elle savait tout… Votre père et votre mère faisaient chambre à part. Vous êtes née un an après l'arrivée de mon père Villa Taylor… Hier, dès que je vous ai vue… dès que je vous ai entendue, je n'ai plus eu de doute.

Après les paysages grandioses et minéraux à l'horizon barré de murailles de roche, voici les contreforts de l'Atlas brûlés par le chergui. Des troupeaux çà et là, accablés de soif et de chaleur, s'accrochent à la moindre parcelle d'ombre et broutent avec nonchalance une herbe jaunie par l'été.

Au terme d'un voyage de deux heures, je retrouve ma Villa Taylor et ses arbres immenses. À Imlil, j'avais la nostalgie de son jardin fabuleux, de ses essences enchevêtrées, du bruit de l'eau dans les rigoles, du foisonnement de la vie, de la profusion.

Je dépose mon sac sur le seuil de la maison et marche dans les allées. Chaque parcelle est attachée à un souvenir, le premier arbre escaladé, mes chutes à bicyclette dans les buissons de ronces ou d'orties aux confins du parc, le rire de Moune, ses soixante longueurs quotidiennes, été comme hiver, pour se convaincre de l'impuissance du temps.

Comment ai-je pu songer à vendre ? Ce lieu est ma mémoire et ma force.

La porte de l'appentis, près de la réserve d'eau, est

ouverte. Enfant, j'aimais m'y réfugier, je me racontais des histoires pour tromper l'ennui, je m'imaginais prisonnière, un prince charmant, un voyou merveilleusement beau me délivrerait bientôt, il m'entraînerait vers le ciel sur une Harley-Davidson aux chromes tachés de boue. « S'il vous plaît, lui disais-je, emmène-moi voir maman. » Je l'attendais des heures, assise dans la pénombre sur mon trône d'osier, mais seuls les chiens de Moune me rendaient visite, parfois des chats. Un jour, en guise de prince charmant, un énorme rat me terrorisa et me dissuada à jamais de revenir.

Un bruit attire mon attention, comme une respiration. Surmontant ma terreur enfantine, j'entre dans la cabane de bois. Hassan est assis sur mon vieux fauteuil en osier.

— Que faites-vous dans le noir ? dis-je sans réfléchir.

— Bonjour, Mademoiselle Diane. J'attends que le jour se lève, mais comme celui du dehors ne se lève plus jamais pour moi, j'attends celui du dedans ! Il ne va pas tarder, il vient tous les matins, pas toujours à la même heure, il est capricieux mais il est aussi beau que son frère… J'espère qu'un jour vous le trouverez aussi, Mademoiselle Diane. J'ai mis du temps mais j'ai fini par le découvrir. Depuis, je suis en paix.

Il se redresse, saisit sa canne et s'appuie de tout son poids sur le pommeau ; sa main blanchit sous l'effort. Ce qui lui reste de vie se concentre sur ses doigts, sur cette canne, et son vieux corps soutenu par le bois mort s'affranchit des maux de l'âge qui clouent et crucifient. Il avance à pas comptés dans l'allée accablée de chaleur, digne, presque droit. Il veut montrer qu'il vit encore, qu'il peut encore travailler. Il touche une fleur, la caresse longtemps, elle est fanée, il a senti son parfum altéré, il hésite un moment. Comme lui, pense-t-il peut-être, elle est au terme de sa vie et mériterait de vivre encore un peu. Il la saisit tendrement puis, comme à regret, l'arrache et la laisse tomber à terre. Il se tourne lentement vers moi et me regarde de ses yeux éteints :

— Le parfum est l'âme des fleurs, dit-il en souriant. Il persiste après leur mort comme la lumière des étoiles disparues. Les hommes, les femmes se sont emparés des parfums sans doute à cause de ça, pour exhaler leur âme, pour laisser une trace dans leur sillage, et une empreinte après leur mort, plus puissante que les souvenirs, plus vivante que les images… Il y avait un parfum ici, je vous l'ai déjà dit, mais il a disparu. Parfois il me semble le respirer, il est là, je suis le cours du vent, je cours à sa recherche… Mais il s'évanouit très vite. C'était une illusion. Cherchez-le, Mademoiselle Diane, et quand vous l'aurez retrouvé, vous aurez peut-être enfin l'illusion du bonheur…

Il trébuche, je me précipite pour le soutenir, il entend le bruit du gravier sous mes pieds, il tend un bras pour m'arrêter. Non, il n'a pas besoin d'aide, il tient encore debout, c'est sa raison de vivre.

Je regarde s'éloigner le poète, silhouette fragile au bord de l'abîme, écrasée par l'ombre des arbres de la Villa Taylor.

La femme qui franchit la lourde porte de la Villa Taylor n'est plus la même. Elle est à la fois plus dense et plus légère. Elle a besoin de temps pour agencer les dernières pièces de son passé, pour être en paix, elle aussi.

Dans la bibliothèque, sur l'étagère « Romans du XIXe siècle », un livre mal rangé attire mon attention : *Notre-Dame de Paris*, de Victor Hugo. Je le feuillette, quelqu'un – Moune ? – a souligné à l'encre rouge les dernières phrases de l'ouvrage :

> *On trouva… deux squelettes dont l'un tenait l'autre singulièrement embrassé. L'un de ces deux squelettes, qui était celui d'une femme, avait encore quelques lambeaux de robe d'une étoffe qui avait été blanche, et on voyait autour de son cou un collier de grains d'adrézarach avec un petit sachet de soie, orné de verroterie verte, qui était ouvert et vide. Ces objets avaient si peu de valeur que le bourreau sans doute n'en avait pas voulu. L'autre, qui tenait celui-ci étroitement embrassé, était un squelette d'homme… Quand on voulut le détacher du squelette qu'il embrassait, il tomba en poussière.*

Je me réfugie dans la musique de Bach, j'essaie de tout oublier au son du *Clavier bien tempéré.* Le jeu arithmétique de Glenn Gould, sa voix surimposée s'accommodent à merveille de mes obsessions, il semblerait même qu'ils les exacerbent.

À peine ai-je retrouvé ma mère qu'un père surgit.

Maman, que je connais si peu, je m'apprêtais à t'apprivoiser, à t'assembler pièce par pièce, à t'aimer sans restriction, et voilà qu'un séisme plus violent encore que ta disparition me fait vaciller.

Je suis le fruit d'un amour fatal et mon père n'est plus mon père. Inconsciemment, tout au long de ma vie, j'ai bâti des murs pour me protéger des passions, éviter toute dérive, tout risque d'embrasement.

Mon père est marocain, et j'ai une sœur !

Je m'imaginais seule au monde et un sang étranger coule en moi. Mes racines plongent dans la terre du Maghreb et l'Atlas n'est plus seulement une montagne de carte postale, il est mon berceau. Désormais, je ne pourrai plus contempler ses cimes enneigées sans imaginer ce feu qui, non loin d'Imlil, a dévasté ma vie.

Je suis africaine, je comprends la couleur de ma peau. Je suis fière de mes convictions, en accord avec mon métissage ; je les défendrai avec plus de véhémence !

Messaoud, mon père, il me faut partir à ta recherche, peindre jour après jour ton portrait, te construire, t'extirper du néant, car sans toi je n'existe pas.

J'allume mon mobile et, comme prévu, une avalanche de messages, textos, fichiers PDF et autres attributs dérisoires de la nouvelle communication me submerge ; je pense aux nuages d'Imlil.

Le président veut me parler d'urgence, les actionnaires sont inquiets, les dividendes ne sont pas à la hauteur des attentes. À la rentrée, il faudra encore dégraisser.

Ce terme vulgaire me donne la nausée. À mon arrivée, la situation de la banque était catastrophique, j'avais dû licencier plus de cent personnes, seniors, contrats à durée déterminée, femmes à temps partiel, agents au cursus inférieur à bac plus quatre. Depuis la banque se porte bien, nous affichons une croissance de cinq pour cent l'an, j'ai la confiance et la sympathie de chefs d'État, d'oligarques, de magnats et autres rois du monde, je conseille les plus grands. Les contrats pleuvent mais Moloch réclame toujours plus. Le cynisme froid, longtemps ma philosophie, m'est devenu insupportable. Si le conseil d'administration vote un nouveau plan social, ce sera sans moi.

Je coupe mon portable et m'octroie deux jours de répit supplémentaires : mes racines toutes neuves ont encore besoin de la terre du Maroc. Le président et son conseil attendront.

La vie a repris son cours habituel. Je dîne sur la terrasse, dans le pépiement assourdissant des oiseaux. Trois cyprès sont morts près du mur d'enceinte, il faudra les abattre. Quelques faïences manquent sur les bords de la piscine, j'aime leur bleu profond, outremer, mais comment retrouver cette couleur patinée par le temps, la mémoire et les ombres de Marrakech ?

Un artiste saura, peut-être. Installé dans le salon bleu où Churchill se réfugiait pour peindre quand la chaleur sur la terrasse devenait trop forte, il écoutera les sons, sentira les parfums, verra le jour mourir en mille nuances de bleu et, miraculeusement, la couleur du passé renaîtra.

L'antique téléphone geint de sa sonnerie aigrelette, un son d'une autre époque, un refrain qui a le temps, à des années-lumière des timbres branchés sortis des ateliers high-tech d'Asie, de Californie ou d'ailleurs que des armées de designers composent et testent sur des panels de consommateurs *in the mood*. Ce seront probablement les derniers sons que nous entendrons en quittant ce bas monde.

Qui cela peut-il être ? Agathe conviant grand-mère à une partie de bridge ? Mon père du bout de l'univers s'inquiétant de mon appétit ? Un quelconque fournisseur des temps anciens ?

Je laisse sonner et les ombres du passé surgissent,

ranimées par le grelot d'avant-guerre. Un amoureux de quinze ans m'appelait tous les soirs, le petit-fils d'une amie de Moune, une asperge gominée à qui je n'avais rien à dire.

— Diane, c'est Henri…

Je traînais les pieds en maugréant :

— Encore !

Je n'attends aucun appel, les ombres ont été englouties par le temps. La sonnerie s'arrête, mais reprend quelques minutes plus tard, elle insiste. Je décroche de mauvaise grâce et une voix féminine m'apprend le décès de maître Cherkaoui le matin même.

Je crie presque :

— Salim ?

— Non… son père.

— Quand et où auront lieu les obsèques ?

— Demain à 11 heures, au cimetière musulman de Guéliz.

— J'y serai.

— Impossible, Madame, chez nous les femmes n'assistent pas aux enterrements.

— Pourquoi m'avez-vous appelée, alors ?

— Pour vous prévenir, et vous prier de passer à l'étude demain vers 15 heures. Monsieur Salim souhaite vous voir. Des papiers à signer. Il sait que vous partez bientôt.

Salim sourit tristement en me voyant.

Je m'installe face à lui, je suppose qu'il a peu de temps, il réplique que pour moi il a tout son temps. Il parle des derniers instants de son père, de sa respiration chaotique, de son regard étranger, déjà ailleurs. Quelqu'un lui avait dit, voilà bien longtemps, qu'il fallait scruter le visage des mourants car, même dégradés, on y trouvait toujours une étincelle de beauté à laquelle s'accrocher. Cette beauté, il l'avait attendue toute la nuit. Et quand, au petit matin, le soleil levant avait éclairé les yeux de son père, il avait retrouvé un court instant le regard qui avait accompagné son enfance.

Il parle de sa mère. Encore un point commun : nous sommes tous deux orphelins. La Villa Taylor a tué son père, cette maison a un pouvoir, le pouvoir de faire et défaire les vies… Elle ne veut pas être vendue, elle se défend. Elle lui a fait perdre la tête et elle m'a changée. Je ne suis plus la même femme. Elle m'a rendu la part qui me manquait, il suppose que je sais tout désormais.

— Non, pas tout, dis-je en plantant mon regard dans le sien.

Il baisse la tête, il aimerait avoir du temps, un peu de temps pour que je le comprenne.

Je raconte les révélations d'Aziza. Il n'est pas étonné.

— Vous saviez tout, n'est-ce pas ?

— Je ne pouvais rien dire, votre grand-mère l'avait fait promettre. Vous deviez trouver seule. Elle pensait, à juste titre, que cette quête vous attacherait à la maison. Je vous ai guidée, vous étiez si mal. La lettre à la plume blanche, c'était moi.

Il a connu ma mère. Nos mères étaient amies. Daphné était incroyablement belle. Magnétique. Elle s'était prise d'affection pour lui, pour le petit garçon qu'elle n'avait pas eu, l'enfant qu'elle espérait. Quand ses parents partaient en voyage, il venait Villa Taylor, maman prenait soin de lui. Il était petit mais il en a des souvenirs précis. Il y avait un âne à la villa. Au sortir de la sieste, Messaoud le hissait sur la bête et Daphné l'accompagnait dans les allées parfumées de menthe et de roses.

Salim avait une fascination pour maman. Tout se mélange dans sa tête, il était si jeune. Noël, les cadeaux au pied du sapin, la toupie rouge, le kaléidoscope, le culbuto, Pâques et les œufs colorés qu'il cherchait obstinément dans les bosquets, les pleurs quand un chat le griffa et la tendresse de maman, la main sur sa joue, les lèvres sur ses yeux. Le parfum de sa peau, il l'a encore en lui. Il se souvient de moments intenses dans ses bras, chair contre chair, des moments de bonheur incroyable qu'il voulait éternels, qu'il voulait sans cesse. Le premier amour.

— Tout ce que vous n'avez pas eu, elle me l'a donné.

Et puis un jour, elle disparut. Plus rien, plus de Villa Taylor, plus de Noël ni de Pâques, plus de promenades à dos d'âne. Le noir, un long chagrin, un affreux sentiment d'abandon, et chaque nuit, pour elle, ses larmes d'enfant.

Il sort d'un tiroir une photo de maman en djellaba, portant quelques bijoux berbères, les bijoux d'argent qu'elle m'a légués. Elle est au-delà de la beauté. Dans ses bras on découvre un petit garçon brun, accroché à elle. Je me souviens de la phrase de Salim sur la femme du Fayoum : « Elle a la beauté de l'au-delà... »

Toute son enfance, toute son adolescence, il a dévoré cette photo et, lorsqu'il m'a vue à l'enterrement de Moune, il a été bouleversé. Je lui ressemblais tellement, il a été transporté trente-cinq années en arrière.

Certaines rencontres marquent une vie d'un sceau brûlant.

— Au point de tout transgresser ?

— Nul ne parle jamais de la violence des sentiments amoureux des enfants, répond-il, elle explique beaucoup.

Je me lève et vais vers la fenêtre. Les paroles de Salim m'ont ébranlée, je ne veux pas montrer mon émotion. Les palmiers immobiles s'impriment sur un ciel laiteux, une branche de bougainvillée rouge est plaquée sur la vitre. Je pense à celle, immense, du cimetière chrétien de Marrakech, qui couvre de son ombre et de ses fleurs ardentes l'amour foudroyé de Daphné et Messaoud.

— Je dois partir, dis-je d'une voix mal assurée. Passez demain Villa Taylor. Nous prendrons le thé et… apportez les documents à signer.

J'accueille Salim en djellaba, pieds nus : j'ai libéré mon corps de toute contrainte, le tissu flotte librement sur ma peau. J'aime la sensation du carrelage froid sous mes pieds, je frémis à l'idée d'enfiler à nouveau des talons aiguilles et des robes ajustées au millimètre.

Les pales du ventilateur brassent un air tiède. Adolescente, je ne comprenais pas pourquoi Moune refusait l'air conditionné. Pas question pour elle de se séparer des antiques ventilateurs aux pales d'acajou.

— Ils rafraîchissent bien assez, disait-elle, et, avec eux, je n'attraperai jamais de pneumonie. La Villa Taylor n'est ni une banque ni un supermarché.

Salim me fait signer de nouveaux pouvoirs.

Il va voyager plusieurs semaines, il veut connaître ses cousins, ses tantes, ses oncles éparpillés, partir à la rencontre de la diaspora, de cette famille dont il a été privé. Comme moi, il veut retrouver ses racines. Il rêve de Jérusalem, d'Al-Quds, de Yeroushalaïm, des aubes et des crépuscules sur les façades millénaires, des lunes qui baignent d'une même lumière églises, synagogues et mosquées. Il a promis à sa mère qu'il irait, qu'il se recueillerait dans la ville trois fois sainte, qu'il prierait pour elle et qu'entre deux pierres du Mur il glisserait le papier qu'elle lui a confié avant de mourir.

Il a la passion des langues anciennes, il prépare une thèse ; il y a une bibliothèque fabuleuse à Jérusalem, il veut y travailler quelques jours.

Il reviendra bien sûr, il espère me revoir.

Je ne réponds rien, je ne peux pas répondre.

Il dit que nous sommes les symboles du Maroc, de sa diversité. Nous sommes complémentaires, les deux moitiés d'une même sphère.

Je parle de mon père, de l'homme qui m'a élevée et aimée comme si j'étais sa fille, j'en parle avec tendresse. Jamais je ne ferai de tests génétiques, je ne veux pas savoir, par respect pour lui. Je suis heureuse d'avoir deux pères, heureuse du sang marocain qui coule probablement dans mes veines. Je ne vendrai jamais la Villa Taylor.

Tant que je vivrai, les ombres de Marrakech vivront en paix.

Nous parlons longtemps de nos vies, nous n'avons plus rien à cacher. Je l'entraîne dans le jardin, il faut de la menthe pour le thé. Nous marchons dans le tendre soleil de fin d'après-midi d'été, ses rayons obliques sont peuplés d'insectes étoilés, de poussière et de vapeur d'eau. Le jardinier vient d'arroser, le parterre de menthe scintille à nos pieds. Salim est soudain pâle, tendu. Je m'agenouille pour en cueillir une brassée. À l'endroit exact.

— Un des sortilèges de la Villa Taylor, dis-je en lui

tendant un brin. Son parfum est si puissant qu'il fait perdre la tête.

Salim, mâchoires crispées, ne répond rien. Son regard s'abîme, haut, très haut dans le ciel intensément bleu. Une cigogne ondoie dans l'air cristallin, presque immobile.

À la manière des femmes arabes, j'improvise une corbeille avec ma djellaba, j'y dépose le bouquet. Un parfum étourdissant nous enveloppe. Les deux mains retenant le tissu de ma robe, je suis sans défense. Salim est près de moi, si près que sa peau touche la mienne. Nous marchons, silencieux, jusqu'à la villa.

Dans la cuisine, je dépose ma cueillette dans un plat de terre. Safia se précipite pour m'aider, je l'en dissuade d'un geste.

L'air est saturé de senteurs. Salim, assis, me regarde faire, comme un enfant. Deux cuillerées de thé vert, de l'eau bouillante, une théière d'argent. Je mouille le thé d'un verre d'eau brûlante pour en chasser l'amertume, je jette cette première infusion puis en confectionne une seconde, immergeant la menthe en prenant soin qu'aucune feuille n'affleure à la surface, ainsi elle gardera sa belle couleur, ce vert si profond.

— Sucré ou sans sucre ?

— Sans sucre.

Je verse le thé de très haut dans des verres au fin filigrane, des verres de Syrie. Il a une belle couleur sombre et il mousse. Le bruit du liquide fumant qui s'écoule emplit la pièce.

Le thé à la menthe est, pour Salim, la quintessence

de l'hédonisme. Il séduit les cinq sens et, à sa connaissance, il est le seul.

Le champagne ?

Non… comme le thé, le champagne est convivial, mais il ne flatte pas vraiment l'odorat. Le thé met tous les sens en émoi : l'ouïe, la vue quand il bouillonne dans les verres, l'odorat quand il exhale son puissant parfum, le toucher quand, brûlant, il nous contraint à l'attente, et enfin le goût, mélange d'âpreté et de douceur, d'ardente fraîcheur.

Le thé à la menthe est le plaisir simple d'une civilisation sensuelle, du monde de la lenteur. Il est partout, dans les palais, les maisons les plus humbles, les déserts reculés, les villes surpeuplées, les villages, les hameaux, les tentes. Tout est prétexte à le consommer. Il est comme le bonheur, on se brûle à vouloir trop vite en jouir et, une fois dégusté, il laisse au fond du verre quelques gouttes sombres chargées de marc, comme une nostalgie…

Le jour se lève et, ne parvenant plus à dormir, je sors dans le jardin. L'air est encore doux, presque frais. Je m'assois à l'ombre des grands arbres de la Villa Taylor, de la poussière monte du sol, je pense à cet homme que je laisse fuir, qui s'envolera bientôt pour un ailleurs où je ne serai pas, et je ne peux m'empêcher d'évoquer Phèdre et sa passion interdite :

Dieux ! que ne suis-je assise à l'ombre des forêts !
Quand pourrai-je, au travers d'une noble poussière,
Suivre de l'œil un char fuyant dans la carrière ?

J'ajuste les écouteurs de mon mobile, la voix de France Gall s'en échappe. Adolescente, j'aimais les mots de Michel Berger, parfois ils me faisaient pleurer, il savait toucher le cœur des filles :

Je suis si peu habile que demain
Le bonheur passera peut-être
Sans que je sache le reconnaître

Si, maman, si
Si, maman, si
Maman, si tu voyais ma vie !

Même s'il m'arrive de le penser, je n'ai pas ta folie, maman ; je n'aurai probablement pas la destinée qui t'a broyée. À trop vouloir maîtriser sa vie, on finit par l'éteindre. J'imagine ton bonheur, maman, le monde soudain plus beau et cet homme, un archange brun venu du ciel. Comme tu l'aimais ! Tes regards, à jamais fixés sur le papier, en témoignent. Mais le ciel reprend toujours ce qu'il donne.

Si, maman, si…

Ma *playlist* éclectique, où sont enregistrés pêle-mêle musique baroque, jazz et chansons populaires, défile. Après France Gall, *Les Indes galantes* de Rameau, l'« Air des sauvages », une soprano chante « Forêts paisibles » :

Forêts paisibles, forêts paisibles,
Jamais un vain désir ne trouble ici nos cœurs.
S'ils sont sensibles, s'ils sont sensibles,
Fortune, ce n'est pas au prix de tes faveurs.

Dans nos retraites, dans nos retraites,
Grandeur, ne viens jamais
Offrir tes faux attraits !
Ciel, ciel, tu les as faites
Pour l'innocence et pour la paix.

Jouissons dans nos asiles,
Jouissons des biens tranquilles !
Ah ! Peut-on être heureux,
Quand on forme d'autres vœux ?

Dans ces paroles se résume toute ma vie dans la Villa Taylor, isolée du monde et des tentations factices…

Ce matin, la secrétaire de Salim s'est déplacée Villa Taylor pour me remettre un pli et m'informer de son départ pour Rome.

Il me prie de lui pardonner, il voulait me saluer avant de partir mais le temps lui a manqué.

Il a rédigé sa lettre sur un papier ancien, à la manière de Moune. Je le mets immédiatement en pleine lumière et se révèle le filigrane d'un voilier à la voilure gonflée par le vent, à l'étrave battue par les flots, un navire en partance.

Diane,

Quand tu recevras cette lettre, je serai sur la route de Jérusalem. Rome d'abord, Tel-Aviv ensuite, puis la Ville sainte.
J'avais besoin d'une parenthèse.
Il faudra cependant que l'amour naisse, qu'il bouleverse nos vies, qu'il chasse ce qui t'empêche de t'ouvrir, de vivre.
Tu penses qu'à travers toi c'est Daphné que je cherche,

tu as peut-être raison mais, après tout, quelle importance ?
Si, comme tu le dis, les filles naissent avec la fêlure des mères, c'est probablement cette fêlure-là qui m'attire et me séduit.
J'ai retrouvé l'icône de mon enfance.
Comme dans un conte de fées, de longues années de sommeil ont terni son éclat. Son teint est sombre, son rire triste et ses larmes glacées. Elle a oublié le bonheur.
Laisse-moi ôter l'épais vernis qui recouvre ton portrait et, touche après touche, tel un restaurateur, j'aviverai les couleurs de ta vie.
Oublie ma folie et l'acte insensé qui me lie désormais à toi.
Cet acte, je m'en rends compte aujourd'hui, n'était pas seulement guidé par un désir irrépressible, ses motivations étaient plus complexes. Inconsciemment, je voulais te chasser du Maroc, te pousser à vendre la Villa Taylor pour t'éloigner de moi.
Tu étais inaccessible et c'était, pensais-je, peut-être à tort, la seule façon de t'atteindre.
J'ai commis un suicide sentimental.
Suicide raté, nos corps ont parlé.
Ils veulent vivre notre histoire !

Salim

Suis-je atteinte d'aberration sentimentale ?

Un homme m'inflige le pire des sévices et voilà qu'il m'émeut. D'où vient cette attirance malsaine ? Maman, serait-ce ton héritage ?

Cette fêlure, cette faille dont parlait Bergman. *Sonate d'automne*, nous dansons sur ta musique dans la braise d'un été africain.

Quelle perversion inouïe !

Après m'avoir agressée, il a joué le jeu de la séduction. Alors que j'étais prête à céder, il m'a repoussée. Pour mieux m'attacher, pour m'asservir.

Il a menti, il connaissait ma mère et son histoire. Il m'a déclaré son amour pour elle. Il m'a bernée pour assouvir ses pulsions d'enfance.

Cet homme est un poison, il coule dans mes veines comme une lave.

Plus je le vois, plus il m'attire, plus je le crains comme une promesse de malheur.

Je suis folle, amoureuse d'un amoureux d'une morte, amoureuse d'un violeur, d'un nécrophile.

J'ignore ce qui nous unit mais je suis droguée. Toxicomane !

L'amour est un oiseau de proie, il se pare des plumes de l'effroi et me voilà prête à céder.

Oui, je suis folle…

Elles sont sur le seuil, la mère et la fille. Elles n'osent pas entrer, comme si le drame survenu voilà trente-cinq ans et juste révélé pouvait changer le cours de leurs vies.

Elles le pensent, en tout cas.

Elles sont toutes deux en hijab, moi en djellaba, cheveux lâchés, pieds nus, ongles peints, une Occidentale travestie. Un gouffre nous sépare et pourtant, un homme a saisi nos bras par-delà la mort et nous contraint au face-à-face.

Ma sœur soutient sa mère, elle l'enveloppe d'un bras protecteur. Geste dérisoire, comme si le calvaire pouvait reprendre, comme si j'étais encore l'ordre colonial. Dignes dans leur dénuement, elles m'émeuvent. Fallait-il que Halima soit acculée pour rester Villa Taylor ! La pauvreté a ceci de terrible qu'elle réduit à l'impuissance, à la soumission.

Le seuil à peine franchi, Aziza embrasse sa mère.

— Vous ne restez pas ? dis-je.

— Je dois aller au souk.

— Déjeunons ensemble, vous irez plus tard.

— Non, merci…

Je comprends, cette maison lui fait horreur – un lieu maudit, l'antre du malheur.

— Laissez-moi vous accompagner.

Elle me dévisage, surprise.

Je gagne la chambre, couvre ma tête d'un foulard, chausse des sandales, ceins ma taille et jette un châle gris sur mes épaules. Je lance un regard à mon reflet sur le miroir. Je ressemble à la Pudicité, cette statue de femme antique enveloppée de tissus et de pudeur qui, hiératique, toise les curieux dans la galerie des Glaces à Versailles. Venue de Benghazi, de la lointaine Cyrénaïque, elle est décalée comme moi, la fille de Paris qui s'apprête à fouler les trottoirs de Marrakech en compagnie d'une sœur étrangère.

Nous marchons jusqu'à la Koutoubia. Il fait une chaleur insupportable, je suis trop couverte, je ruisselle. Sur la place Jemaa el-Fna, bruyante et envahie, je manque de chuter et m'accroche à son bras.

— Vous ne vous sentez pas bien ?

— Je dois m'asseoir…

Elle hésite puis m'entraîne à l'intérieur d'un café. Ce n'est sûrement pas dans ses habitudes, j'apprécie la transgression. Elle m'installe à une table isolée, au fond de la salle. Le monde autour de moi est blanc, la tête me tourne, je pose mon front sur le bois de la table et ferme les yeux. J'ai la sensation d'être sur un radeau et de tanguer, au bord du naufrage. Aziza, toujours debout, pose une main sur mon bras.

— Voulez-vous boire quelque chose ?

Elle a parlé avec douceur, comme si le malaise me donnait de l'humanité.

— Une menthe à l'eau avec beaucoup de glaçons, dis-je sans lever la tête.

J'ai peur d'ouvrir les yeux, peur du vertige qui me saisira paupières à peine ouvertes, peur d'affronter Aziza... Elle s'éloigne, parle en arabe avec le serveur puis revient.

— Buvez, ça ira mieux ! dit-elle en posant le verre près de moi.

Ma tête est toujours collée à la table :

— Avez-vous ajouté des fleurs de laurier au sirop de menthe ?

Elle caresse mes cheveux :

— Non. Je vous l'ai déjà dit, je n'ai plus de colère.

Je relève la tête :

— Est-ce que vous m'aimerez un jour ?

Elle s'exclame, étonnée :

— Mais... je ne vous connais pas !

— Nul besoin de connaître les gens pour les aimer. Je n'ai aucun souvenir de ma mère et pourtant un lien puissant m'unit à elle.

— Aimez-vous aussi votre père ?

Je ne sais que dire, la question m'a décontenancée : de quel père s'agit-il ?

Évidemment du nôtre. Je finis par répondre :

— Depuis l'enfance je me suis inventé une mère, j'ai vécu à ses côtés, j'y ai pensé chaque jour. Mes sentiments pour elle viennent de là. Ils sont plus profonds depuis quelques jours, elle ne m'a pas abandonnée comme je le supposais... Le père que je découvre n'a pas la même présence, il n'existe pas encore, c'est une abstraction.

— Vous voyez, vous ne l'aimez pas...

— Je ne sais rien de lui, comment aimer un fantôme ?

— Pour moi c'est la même chose, je ne vous connais pas, je ne peux pas vous aimer... Pas encore.

Enfant, Aziza ne comprenait pas pourquoi Halima était malheureuse, sa mère ne se plaignait jamais. Les derniers mois, Messaoud ne venait plus au village. Les samedis, Halima descendait seule du bus, chargée de couffins, les anses d'osier blanchissaient ses doigts. Elle déposait sa charge sur le macadam, saisissait sa fille par la taille et l'embrassait en pleurant. Elle ne souriait plus.

Quand Daphné vint à Imlil, sa beauté ne laissa aucune place au doute. Messaoud la fixait sans cesse, des regards qu'il n'avait jamais eus pour personne. Malgré son jeune âge, Aziza devina tout. Elle n'avait jamais vu pareille femme. Quand Messaoud me prit dans ses bras, un détail la frappa : j'avais des chaussures alors qu'elle était pieds nus dans la boue et, quand il m'embrassa, la joie de revoir son père s'évanouit aussitôt.

Après l'incendie, je sortis de sa vie. Quand elle me revit, il y a quelques jours, ce fut un choc, je ressemblais tellement à Daphné. Elle fut transportée des années en arrière. Elle se souvint des cris des villageois et de ce mot prononcé, hurlé mille fois : *Aman, aman !*, de l'eau, de l'eau ! en berbère. De l'eau pour éteindre l'incendie. Les hommes étaient dérisoires avec leurs seaux, leurs bouteilles, leurs gargoulettes, on voyait les flammes emplir la nuit et des brandons monter vers le ciel, à croire que l'eau alimentait le feu.

Le lendemain, quand on retrouva dans les décombres les corps des deux amants, les youyous perçants et les pleurs désespérés des femmes glacèrent le silence. Aziza n'oublierait jamais la civière recouverte d'un linceul taché de cendre avalée par la camionnette noire des pompes funèbres.

Je comprends son absence de sentiments pour moi. Comment pourrait-elle en avoir ? En si peu de jours... Elle a besoin de temps pour éteindre l'incendie qui brûle encore en elle. En Europe, nous sommes tellement pressés... pressés d'aimer, de posséder, de passer à autre chose. Nous n'avons pas la même échelle de temps.

Elle s'est assise près de moi et je suis comme face à un miroir tant ses mimiques sont semblables aux miennes. Ces rides sur le front, cette fossette qui se creuse sous la lèvre à l'évocation du malheur.

— Aziza, parlez-moi de Messaoud.

Elle réfléchit, la joue appuyée sur sa paume.

Lorsqu'une question m'embarrasse, j'adopte la même attitude. De longues minutes s'écoulent, je vois ses yeux briller dans la pénombre. Elle parle enfin, avec ses mots simples de femme du peuple :

— Je cherche mais je ne me souviens de rien...

Je ne le vois que le jour de l'incendie. Il était beau… beau comme un homme qui va mourir.

Le drame a tout balayé dans sa mémoire, seuls restent les moments qui l'ont précédé, l'image d'un homme à la beauté tragique, subjugué par une femme suprêmement belle et son bébé.

Après avoir évoqué les derniers instants de son père – notre père, devrais-je dire – et de ma mère, Aziza prend congé : notre halte imprévue l'a mise en retard. Elle doit acheter des épices au souk puis courir à la gare routière pour ne pas rater le bus d'Imlil. Je n'ai pas le courage de l'accompagner à la gare près de Bab Doukkala. Nous hélons un petit taxi jaune, je l'embrasse et monte dans la voiture.

J'ai déjà envie de la revoir.

Je retrouve l'ombre et le silence de la Villa Taylor.

La matinée m'a épuisée. Après un déjeuner léger, je m'affale et m'endors très vite. Je rêve, un rêve en noir et blanc.

Je suis au bas d'un immense escalier, les dernières marches se perdent dans la brume. Tout près du brouillard, deux hommes en noir, debout, ponctuent la pierre blanche.

Ils font de grands signes, je les rejoins lentement.

Je distingue leurs visages, Messaoud et mon père.

Ils me pressent d'avancer, le brouillard va bientôt les engloutir.

Ils parlent :

— Tu cherchais une mère, tu as trouvé deux pères. Tu devras vivre avec nous désormais…

Je les interroge :
— Est-ce le prix du bonheur ?
Ils sourient sans répondre et se dissolvent dans la brume.

Je pars bientôt, plus rien ne me retient ; l'énigme résolue, je vais enfin pouvoir vivre. Agathe Varsano souhaite me voir, elle m'a fait appeler hier soir par Fatéma, sa gouvernante. Je passe chez elle en début d'après-midi.

Elle est allongée sur le canapé du salon, amaigrie, la respiration rapide. La fièvre colore sa peau. Elle rejoindra bientôt les ombres de Marrakech. Je suis triste, les témoins du passé quittent un à un la scène, emportant avec eux des pans du monde d'hier. Dans peu de temps la mosaïque aura perdu toutes ses tesselles.

— Daphné ! Tu es là, je craignais que tu ne viennes pas… Je ne suis pas comme les autres, tu sais, je n'ai jamais dit de mal de toi, je t'ai toujours défendue. Tu étais si malheureuse… Ton mari était sympathique et drôle tant qu'il n'avait pas bu. Je me souviens, ton père faisait la tournée des bars de Marrakech pour le récupérer. Il me faisait penser à Winston errant dans Londres à la recherche de Sarah, sa fille… Tu ne le supportais plus. Quand Messaoud est arrivé chez vous, j'ai pensé : voilà son sauveur. Comme tu le regardais ! Un messie envoyé par Dieu, il était si beau, si élégant, une distinction innée… surprenante pour un homme du bled.

Papa, lui, n'avait aucune prestance. Il ne s'habillait pas, se couvrait de vêtements dépareillés, hors d'âge, et n'en avait que faire. Il ne se souciait plus de rien hormis de moi. Je savais qu'il buvait mais il ne le faisait jamais en ma présence. J'étais persuadée qu'il avait sombré à la disparition de maman. Agathe m'apprend qu'il était alcoolique bien avant la trahison…

Elle poursuit de ses mots hachés, à peine audibles :

— Cet homme t'apaise… Avant qu'il ne vienne Villa Taylor, tu étais une bête traquée, tu ne tenais pas en place, tu t'étourdissais pour oublier. Voyages, tennis, golf, soirées. Regarde comme tu es épanouie, ma chère Daphné. Tu n'as plus cette folie dans le regard, ce désespoir, tu as le visage serein des femmes comblées.

J'ai sans doute le visage serein, mais je ne suis pas comblée.

D'ailleurs, que signifie ce mot ? J'ai du mal à en saisir le sens.

Les jours heureux de Panarea gavés de soleil et d'insouciance me comblaient presque, je me sentais protégée, aimée, mais la nuit des fantômes rôdaient. J'ai aussi le souvenir de cette après-midi avec Salim au bord de ce lac bleu électrique : c'était probablement le bonheur, un moment d'exception volé à la vie.

En fait, depuis ma rupture avec Cédric, j'ai vécu des instants privilégiés mais rien qui puisse me faire dire « Je suis comblée ». J'ai cru l'être avec lui quelques mois ; ce n'était qu'un mirage.

Agathe parle toujours :

— Tu m'as avoué un jour que tu aimais tellement cet homme qu'il était ton squelette… et que l'éloigner de toi te disloquerait… que tu ne pourrais pas survivre… qu'il était ton cœur… qu'il battait en toi chaque seconde… qu'il était ton âme… qu'il animait ta vie… et que sans squelette, sans cœur et sans âme nul ne pouvait exister. On ne m'avait jamais donné une si belle définition de l'amour. Mais dis-moi, Daphné, où est-il ? Pourquoi n'est-il pas avec toi ? On m'a parlé il y a bien longtemps d'incendie et de mort. Mais c'est faux, n'est-ce pas ? Tu n'es pas morte, tu n'es pas un fantôme ?

Elle saisit mes mains, affolée. Je sens ses doigts décharnés et tremblants, brûlants de fièvre.

— Mais non, Agathe, je suis bien vivante, ce ne sont que des racontars. Messaoud est au souk, je le rejoins bientôt.

La vieille dame sourit :

— On m'a dit aussi que tu avais une petite fille. Peut-être l'ai-je connue ? Je ne me souviens plus, tout s'embrouille dans ma tête. Winston t'aimait beaucoup… Il t'avait dit un jour : « Si tu as une fille, tu l'appelleras Diane en mémoire de moi. » Il avait demandé la main de Clementine dans le temple de Diane du palais de Blenheim. Clementine, le seul amour de sa vie… Oui, c'est bien ça, tu as une petite fille… Diane… et c'est à cause d'elle que Guéliz, le perroquet blanc, est chez moi. Il la déteste !

Elle tousse et son pauvre corps secoué par les quintes s'épuise.

Agathe reprend haleine de longues minutes plus tard :

— Ma chérie, ma chère Daphné, dit-elle d'une voix si faible que je suis contrainte de m'approcher pour l'entendre, je vais bientôt partir, mes forces baissent chaque jour. J'ai une requête, promets-moi d'y accéder…

Son regard suppliant m'attendrit, j'acquiesce d'un signe de tête.

— Ta mère m'a confié Guéliz il y a bien longtemps. J'espérais qu'il mourrait avant moi, mais non, c'est moi qui le précéderai. Promets-moi de le recueillir quand je ne serai plus de ce monde.

Je me raidis sur mon siège, Agathe perçoit ma réticence.

— Moune sera heureuse de revoir Guéliz. Je t'en prie, Daphné, accepte, j'ai tout prévu : il sera mon légataire universel et quand il disparaîtra, c'est toi qui hériteras de tout. Je n'ai personne hormis cet oiseau et toi. Le jour venu, tu demanderas à Messaoud de venir le chercher…

Le chauffeur de taxi me dépose dans l'allée de ficus et de bambous. Un appel, la sonnerie du portable heurte la sérénité du jardin. Je fouille dans mon sac encombré de papiers et d'objets inutiles. C'est Faber, le président du conseil d'administration. Il me tance, mais enfin, où étais-je passée ? Cinq jours qu'il tente de me joindre.

— Je suis au Maroc, monsieur le président, je n'avais pas de réseau.

Je dois veiller à être constamment joignable, je suis un rouage capital. Le mot « rouage » me fait sourire. L'esclavage n'a pas disparu, on l'a juste paré de nouveaux habits, je dois être au pied en toutes circonstances.

Il espère ma présence à la banque en début de semaine prochaine, il faut préparer le nouveau plan social.

— Je n'y suis pas favorable, monsieur le président.

— Le conseil d'administration doit le voter bientôt, Diane. Les actionnaires l'exigent.

Je croise une procession de fourmis et les interroge à voix haute :

— Existe-t-il des plans sociaux dans vos fourmilières ? La reine décide-t-elle un jour de mettre au chômage une partie des ouvrières pour réduire la masse salariale et satisfaire une bande d'actionnaires cacochymes ?

— Mais que racontez-vous, Diane ? Pourquoi me parlez-vous de fourmis ? Êtes-vous devenue folle ?

— Pas du tout, monsieur le président, je me demandais seulement si dans les colonies d'abeilles, de fourmis ou de termites on pratiquait des plans sociaux. Car voyez-vous, monsieur le président, les insectes grégaires ont plus d'humanité que nous, ils œuvrent pour le bien de tous et non pour satisfaire les appétits démesurés d'un petit nombre.

— Seriez-vous devenue communiste, Diane ? Je ne vous reconnais plus. Que se passe-t-il ?

— Les ombres de Marrakech, monsieur le président. Les chrysalides éphémères, les libellules violemment immobiles, les abeilles enivrées de sucs et de lumière sont devenues mes proches conseillères.

— Je ne comprends rien à ce que vous dites, Diane… Je vous entends mal. Lundi, à 10 heures dans mon bureau avec les représentants des principaux actionnaires.

Halima revenue, la vie de la maison reprend son cours habituel ; les meubles, les bibelots, les fleurs retrouvent leur place. Imperceptiblement, l'ordonnance de la Villa Taylor avait changé.

La villa a convoqué Halima, comme elle m'a convoquée il y a deux mois. Deux mois, une éternité.

J'ai entre les mains la photo de 1960, celle où une petite fille qui me ressemble rit aux éclats.

— Halima, qui est-ce ?

— Madame Daphné.

Elle a prononcé le prénom de maman avec respect.

— Sais-tu pourquoi elle riait ?

— C'était son anniversaire. Monsieur Charlot était venu spécialement de Suisse pour elle. Madame m'a dit que cela avait été son plus bel anniversaire.

Charlie Chaplin était un grand ami de Moune et de grand-père, un habitué de la Villa Taylor, il avait dû interpréter pour ma mère quelques-uns de ses sketchs.

Sa joie passée inonde mon présent. La force des ombres.

Je m'allonge sur le canapé du salon juste au-dessous du vieux ventilateur aux pales d'acajou. Bercée par son ronronnement, frôlée par des bouffées d'air tiède, je m'assoupis. J'entre dans un rêve confus où tout se mêle, Paris, Marrakech, les échoppes de la Médina, les arcades de la rue de Rivoli un soir de pluie, des taches de couleur sur fond gris trempé. Quand j'ouvre les yeux, je découvre Halima, toute proche, qui m'observe, immobile. La tristesse qui crispait son visage a disparu, les révélations de ces derniers jours l'ont libérée. Elle s'assoit près de moi :

— Je voulais vous demander pardon.

Je saisis sa main :

— Pardon, pourquoi ?

Elle hoche la tête et n'ose pas répondre.

— C'est à toi de pardonner, Halima, ma famille t'a fait du mal.

— Non… Dans cette maison, tout le monde a été gentil avec moi, toujours. Ce qui est arrivé, c'est la faute du destin, du *mektoub.*

Mektoub : ce qui est écrit. Mot terrible, *fatum* des anciens, qui nie à l'homme tout libre arbitre puisque, dès la naissance, son sort est scellé. Des forces supérieures le manipulent, l'exonérant de toute responsabilité.

Quand je lui demande si elle en veut à ma mère, Halima me fixe de ses grands yeux verts, puis tourne la tête de gauche à droite et de droite à gauche, avec lenteur, pour souligner la puissance de sa négation.

— Non… jamais !

Elle implore mon pardon pour ces années de silence, elle ne pouvait rien dire, papa, Moune et grand-père l'avaient interdit. Elle a honte de ses mensonges, de ses omissions. Que de jours elle a jeûné pour que Dieu l'absolve de ces péchés !

Je suis prête à lui pardonner à la seule condition qu'elle me parle de Messaoud, cet autre père dont je ne sais presque rien.

— Tes mots seront des clés, dis-je, et avec ces clés j'ouvrirai des portes. Laisse-toi aller, je t'en prie, même si tu ne comprends pas toutes mes paroles. Ce soir, il n'y a ni maîtresse ni gouvernante, nous sommes deux femmes. Oublie ta pudeur, je veux comprendre son mystère… Parle, s'il te plaît.

Après un long silence, elle se lève, gagne sa chambre puis revient avec un flacon. À peine en a-t-elle ôté le bouchon que le parfum de Moune se répand, le parfum disparu dont j'essayais en vain de retrouver les fragrances. Il envahit la pièce et les souvenirs m'assaillent. Grand-mère va surgir, il la précédait toujours, trahissant sa présence. Le matin, il se glissait sous la porte de ma chambre, annonçant son réveil. Il l'enveloppait, c'était son aura. Je n'imaginais pas qu'un parfum puisse à ce point engendrer de la douleur.

Mais quel rapport avec Messaoud ?

Halima parle enfin, d'une voix à peine audible.

Le parfum de grand-mère était celui de Messaoud. Daphné l'avait fait composer pour lui par un artisan de Marrakech. Elle le portait aussi et avait exigé qu'il contienne toutes les senteurs du parc de la Villa Taylor. Moune l'avait adopté après l'enterrement des deux amants, en signe de deuil.

« Nous avons tellement aimé cet homme, disait-elle, que nos larmes ont pris son parfum. »

— Et toi, Halima, l'aimes-tu toujours ?

Elle l'aime, bien sûr, sa vie de femme s'est arrêtée le jour de sa mort. Elle lui est restée fidèle, aucun autre homme n'aurait pu la toucher, aucun autre homme ne la touchera jamais. Elle a brûlé avec lui, même si aujourd'hui son corps est encore là.

Elle tente chaque jour de retrouver les instants vécus auprès de lui. Elle a deux vies : celle du présent, terne, vide, et celle du passé, lumineuse. La vie d'avant est sa vraie vie, Messaoud l'accompagne, il est là. La nuit, elle l'entend respirer contre elle, elle sent sa chaleur et, parfois, il lui parle. Le souvenir de lui la tient en vie. Cent fois elle a voulu mourir, cent fois il l'a retenue. Quand l'absence est trop violente, elle ouvre le flacon de parfum et il en sort tel un génie bienfaisant. Souvent elle rêve de lui… Pardon pour ce qu'elle va dire, une honnête femme ne devrait pas s'exprimer ainsi… Dans ses rêves, il la regarde, il sourit, il la prend dans ses bras et pose ses lèvres sur les siennes, alors le bonheur d'antan revient, il illumine ses journées.

Ses parents lui avaient accordé sa main avant qu'ils ne se connaissent, elle était terrorisée. Et s'il avait été infirme, difforme, repoussant ?

Quand elle le vit pour la première fois, le jour du mariage, ses craintes s'évanouirent. Messaoud séduisait par sa seule présence, il n'avait guère besoin de parler. Il ne savait rien de son pouvoir, c'était un homme simple, comme elle. Il venait du bled et n'avait rien connu d'autre. Il avait eu faim, souvent. Il ne savait pas ce qu'était un jouet, il avait été élevé à la dure. Elle ne l'avait jamais vu pleurer, on ne pleure pas quand on est pauvre, les larmes c'est pour les riches. Elle pense que sa force, il la tenait de sa douceur. C'était un homme doux mais physiquement très fort. Son charme venait de là, il n'avait aucune méchanceté, à l'inverse de certains amis de Madame qui se moquaient de tout. Il était naïf comme un enfant. Il posait des questions ingénues, des questions de bambin. Les femmes aiment les hommes qui sont restés enfants.

— Vous ne le savez pas encore, Madame, mais la terreur d'une mère est de voir grandir puis partir son enfant. Avec Messaoud, l'enfant était toujours là. Malgré tout, je savais que je ne le garderais pas. Il était trop beau pour moi !

Quand il était dans ses bras, elle le serrait très fort, de toutes ses forces, de peur qu'il ne s'échappe.

Un jour, bien après que Messaoud eut rencontré Daphné, grand-mère avait allumé la radio. Une voix de femme avait rempli le séjour, une voix vibrante qui rappelait celle des chanteuses arabes, de celles qui déchirent. Elle chantait « La vie en rose », en français, avec des mots limpides qui parlaient vrai. Halima s'était mise à pleurer. Moune avait compris pourquoi et, sans rien dire, avait éteint le poste.

Les gens aimaient Messaoud, il ne faisait rien pour ça, il souriait et c'était suffisant. Halima revient sur sa douceur, la douceur de ses mains, de son haleine, de son regard. Tout était doux en lui.

— Même sa trahison ?

— C'était la volonté de Dieu, le *mektoub*.

Elle a été malheureuse mais elle a pardonné.

Les Occidentaux cherchent sans cesse le bonheur. Dans son monde, on ne fait que l'entrevoir. Elle a eu de la chance, elle remercie le Ciel d'avoir connu cet homme, il a ensoleillé sa vie.

Daphné et Messaoud sont sous la terre, on ne peut pas en vouloir à des morts.

Ce serait *haram*, ce serait péché.

Ce matin, sur la table du petit déjeuner, quelqu'un a déposé un panier de grenades dont la belle teinte rouge profond attire le regard. Couleur cinabre, disait grand-père. L'évocation de ce pigment me transporte à Pompéi où il avait été utilisé à profusion sur les fresques des villas : son coût élevé classait socialement les propriétaires. Mes souvenirs de la Villa des Mystères, la plus belle maison de la cité antique, sont teintés de pourpre, de ce rouge si particulier qu'on nomme rouge Pompéi, importé de Colchide, d'Éphèse ou d'Ibérie et qui, selon la légende, noircissait s'il était caressé par les rayons de la lune. Petite fille, j'ouvrais les volets de ma chambre et plaçais dans la lumière blafarde de la nuit une grenade, espérant la retrouver noire au petit matin.

Moune était fière de ses grenadiers, elle en avait fait planter en plein soleil, au fond du jardin. À chacun de mes séjours à Marrakech, elle me faisait admirer la douzaine d'arbres disposés en triangle. Ils fleurissaient en mai et se couvraient de fleurs rouges éclatantes, les mâles en forme de cloche et les femelles en forme de vase. Tout l'été, grand-mère surveillait les fruits dont la couleur changeait au fil des semaines. Dès la fin août, elle priait le Ciel qu'aucune pluie ne vînt altérer leur maturation. Une averse malencontreuse, disait-elle, et la récolte est compromise, les grenades gavées d'eau éclatent et pourrissent en quelques jours.

Contraint par le récent orage, Hassan les a cueillies précocement. Habituellement la récolte intervient en octobre. Grand-mère, aidée de ses domestiques, en emplissait alors de nombreux couffins et entreposait les fruits en chambre froide. Nous buvions du jus de grenade au petit déjeuner jusqu'en février. À la fin de chaque repas, invariablement, Halima déposait à la gauche de nos assiettes à dessert une soucoupe pleine de graines charnues et translucides.

Chaque grenade contient une graine qui vient du paradis, affirmait-elle. Elle m'assurait l'Éden si, sans en faire tomber une, je mangeais toutes les graines d'un même fruit. Toute mon enfance j'ai dévoré des grenades, je m'appliquais à ne perdre aucune de leurs graines et j'ai ainsi gagné le paradis des dizaines de fois, appliquant sans le savoir un des préceptes du soufisme : atteindre l'Un et la Lumière par le multiple.

Fin novembre, le feuillage des grenadiers se teintait de jaune puis d'or, ils étaient splendides dans la lumière. Grand-père avait installé des lampes à leur pied, il les allumait au crépuscule et un massif mordoré surgissait, féerique au cœur de la nuit.

Le fruit du grenadier a la couleur de mon passé, de

ma vie. Sur la grande fresque du monde, où chaque être laisse son empreinte, la mienne sera rouge ou rose.

Rhódos…

C'est sur Rhode Island que la Villa Taylor a été imaginée, c'est dans la Villa Taylor que j'ai été conçue et le laurier, *rhododaphné*, a donné son nom à ma mère, Daphné.

Salim a téléphoné de Rome ce matin, avant d'embarquer pour Tel-Aviv.

Il aurait aimé partager la première grenade avec moi, il aurait fendu le fruit, m'aurait priée de fermer les yeux, d'ouvrir la bouche et, délicatement, y aurait déposé six graines.

— Seulement six ?

— Oui, six ! Avez-vous oublié que je suis Hadès ?

Je me suis souvenue qu'en effet je l'avais comparé au dieu des Enfers.

S'il était Hadès, j'étais Perséphone enlevée à Déméter, sa mère, par une belle journée de printemps. Et il m'a tutoyée pour la première fois :

— Tu étais dans un champ de narcisses, te souviens-tu ?

— Je ne me souviens que d'un parterre de menthe…

— La terre s'est entrouverte. Sorti de ses entrailles, je me suis saisi de toi, t'ai conduite dans le royaume des ombres puis séduite.

— Violée ?

— Qui goûte à la nourriture des Enfers en est à

jamais prisonnier. Hadès déposa dans la bouche de Perséphone six graines de grenade. Dès lors elle lui était liée, irrémédiablement.

Mais Zeus, le dieu tout-puissant, avait permis à Perséphone, sa fille, de retrouver la lumière six mois par an…

J'ai protesté : Marrakech et la Villa Taylor ne sont pas le royaume d'Hadès ni Paris la terre des lumières. Il s'est obstiné, l'enfer des anciens n'avait rien de commun avec celui des juifs, des chrétiens ou des musulmans, c'était simplement la terre des morts, le lieu du souvenir.

C'est vrai, la Villa Taylor est mon royaume des ombres et Marrakech la terre ocre du souvenir.

Nul besoin de six graines de grenade pour me lier à elles.

Salim a murmuré :

— À elles peut-être pas, Diane, mais à moi ?

Hassan sait que je pars dimanche. Tous les vendredis soir son fils l'emmène au village y passer deux jours. Il me rend visite plus tôt que d'habitude, je viens de finir mon déjeuner sur la véranda. Il avance avec peine et s'arrête souvent, les deux mains crispées sur le pommeau de sa canne.

— Tu as mal au dos ?

— Chaque fois qu'il pleut mon dos me fait souffrir, je ne pourrai pas ramasser de feuilles mortes ni arracher les mauvaises herbes pendant une semaine au moins, il ne faudra pas m'en vouloir… Vous devriez changer de jardinier, Mademoiselle Diane, je ne suis plus bon à rien.

— Jamais, Hassan, la Villa Taylor c'est toi !

— Vous vous trompez, Mademoiselle, tant que ses murs tiendront debout, elle restera la Villa Taylor. Les habitations vivent plus longtemps que leurs occupants, nous passons, elles restent, ce sont des coquillages que nous abandonnons sur la plage de la vie. Dans soixante ans, si la villa est toujours là, personne ne saura plus qu'un jardinier aveugle nommé

Hassan a pris soin du parc pendant un demi-siècle. C'est comme ça, l'histoire ne garde en mémoire que les grands noms. Par bonheur, les voies d'Allah ne sont pas celles de l'histoire et ceux qu'Il estime grands ne sont pas ceux d'ici-bas.

Hassan est une superbe leçon de vie. Au crépuscule de son existence, perclus de maux, il poursuit sa tâche sans faillir, en mémoire de Moune et Daphné, porté par l'islam et l'espoir que Dieu, le moment venu, l'accueillera dans Son paradis éternel.

J'aimerais avoir les mêmes certitudes.

Il sort d'une de ses poches une vieille carte de visite et la dépose sur la table :

David Benhamou
Artisan Parfumeur
23, derb El Harath
Marrakech

Au bas de la carte, gravé dans le papier, un *magen David* où subsistent, incrustées dans les pointes de l'étoile à six branches, des traces de poudre d'or.

— C'est la carte du parfumeur qui composait le parfum de votre maman, je l'ai retrouvée hier.

— Comment sais-tu que c'est la sienne ?

— Je déchiffre facilement les lettres avec mes doigts, quand elles sont en relief.

— La parfumerie existe toujours ?

— Monsieur David est mort il y a plus de vingt ans, ses héritiers ont vendu le fonds et les murs, mais il y a cinq ans, d'après votre grand-mère, elle était toujours là.

— Vous pensez qu'ils ont gardé la formule du parfum ?

— Je l'ignore, Mademoiselle, mais ça m'étonnerait, cela fait si longtemps…

La longue plainte du muezzin enveloppe la Villa Taylor. Les oiseaux se taisent quelques instants et les palmiers oscillent doucement, laissant paraître des lambeaux de ciel bleu. Hassan lève la main en guise d'adieu :

— Pardonnez-moi, Mademoiselle, je dois y aller. Vous entendez le muezzin ? C'est l'heure de la prière. Rentrez bien et que Dieu vous garde.

Il s'arrête, tourne la tête vers moi et ajoute :

— J'ai toujours rêvé de voir Paris. Une voyante m'a affirmé, il y a bien longtemps, qu'un jour je ferais le voyage. Alors, je me dis que tant que je n'irai pas, la mort ne viendra pas me chercher !

Le petit taxi moutarde me dépose à l'entrée du Mellah, l'ancien quartier juif de Marrakech déserté par sa population d'origine dans les années 1950. Autrefois, il y avait deux portes que l'on fermait à la nuit tombée, celle où je suis, qui donne sur la place des Ferblantiers, très animée, et l'autre sur le cimetière, comme une allégorie de la vie.

La place est bordée d'ateliers de dinanderie, de restaurants à bon marché et de boutiques d'épices. Une double rangée de palmiers l'agrémente. Elle ne manquerait pas de charme si elle n'était en pleine réfection. Gravats, madriers, planches, parpaings, sacs de sable jonchent le sol. Un mur de béton gris court comme une blessure au pied des murailles ocre. Au sommet des tours de garde, des cigognes, debout sur leurs imposants nids de branchages, claquent du bec. Au centre de la place, ce que je suppose être une fontaine est recouvert d'une bâche de toile verte ; des chats dépenaillés en ont fait leur aire de jeux, ils escaladent les bosses à tour de rôle et, parvenus au faîte, ils roulent jusqu'au fond des creux, s'allongent puis étirent leurs corps et leurs pattes, exhibant sans pudeur leurs ventres pelés. Devant les échoppes, une multitude d'objets en cuivre ou en fer forgé, des lampes ajourées, des plats, des chaises, des appliques. Peu de touristes, il n'y a pas foule comme dans le souk, je peux marcher sans être bousculée, assaillie, les passants ne sont pas dans l'urgence. L'atmosphère est différente, on ne retrouve pas la profusion, le clinquant de la place Jemaa el-Fna, le tourisme de masse n'a pas perverti le lieu.

J'ai mis un foulard sombre, une djellaba passe-partout et des chaussures plates, nul ne me prête attention. Le ciel s'est couvert, il fait moins chaud, des amoncellements d'épices de toutes couleurs égaient la toile gris et ocre de la place. Un adolescent suivi d'une meute de chats pousse des caisses entassées sur un diable. Elles sont pleines à ras bord de boyaux, de têtes et de pattes de poulet. Des mouches ferment la procession. Un groupe d'hommes grille des brochettes de viande et d'abats, une épaisse fumée odorante s'étale au-dessus des barbecues.

Je m'enfonce dans les ruelles désertes du Mellah, le crépi délabré des maisons laisse voir des briques plates liées de terre rouge. Des auvents de bois dentelé protègent les fenêtres. Des édifices effondrés ponctuent les rues, n'en subsistent que les murs couverts de faïences multicolores, poignants témoins d'un passé foudroyé.

Je croise des enfants qui jouent au ballon sur les ruines d'une maison, seul endroit possible dans l'étroit boyau de la rue. Partout des ordures s'amoncellent.

J'erre dans ce dédale de rues vides en quête de signes, de témoins de la vie d'avant. Seules quelques ferronneries en forme de trident, rappelant le *shin* de l'alphabet hébreu, deux étoiles de David et une mezouza attestent de l'ancienne présence.

J'ai la gorge nouée : un passé pluricentenaire réduit à si peu…

Je pense à Salim, à ses origines qu'on a voulu gommer, à la diversité, cette richesse que beaucoup voudraient anéantir de part et d'autre de la Méditerranée, à la vanité, à la fragilité du monde.

Je croise un vieil homme, un couffin chargé de pains à la main, et lui demande le chemin de la synagogue. Il me regarde, étonné tant j'ai l'allure d'une musulmane, dépose sa charge sur le seuil d'une porte et me prie de le suivre.

— C'est shabbat, la synagogue est fermée, dit-il, vous pourrez seulement entrer dans le hall. Si vous voulez visiter, il faudra revenir demain.

Je franchis le seuil du lieu de prière, les murs du hall sont revêtus de zelliges bleus et blancs, il me faut quelques secondes pour comprendre qu'ils dessinent des étoiles juives tant leur agencement est discret, comme si l'artisan avait ressenti une gêne, une réticence. Sur la gauche, avant d'accéder au patio, quatre chiffres arabes : 1492.

— On dit que la synagogue a été construite à cette date, explique le vieil homme, mais je pense que c'était beaucoup plus tard.

1492, année inique, celle où les juifs d'Espagne furent chassés. Elle inspire encore certains qui rêveraient d'expulser les musulmans d'Europe…

L'accès au patio est barré d'une porte d'acier peinte en bleu ; j'aperçois des lettres hébraïques sur les murs chaulés de blanc de la cour intérieure.

— Revenez demain, insiste le vieil homme, je vous ferai visiter.

— Demain, je serai à Paris… Aujourd'hui, j'aimerais que vous me conduisiez Derb El Harath.

Nous marchons dans la ville. Un chaton écaille de tortue, allongé sur un sac de ciment, nous suit de ses grands yeux verts. Nous longeons quelques maisons à balcon de bois, de celles que l'on trouve en Espagne, témoins d'un art de vivre ouvert sur la rue et le monde.

Il fait de plus en plus sombre, comme s'il allait pleuvoir. Un vent tiède se lève, charriant de la poussière et des papiers. Nous atteignons enfin le 23 Derb El Harrath. Un portail de fer couleur rouille ceinturé d'une lourde chaîne cadenassée obture l'entrée, ôtant tout charme à l'endroit. On peine à imaginer une échoppe d'où s'échappaient tous les parfums de l'Arabie.

— N'y avait-il pas un parfumeur à cette adresse ?

— Si, répond le vieil homme, mais ça fait bien longtemps qu'il est mort. D'autres ont repris le commerce mais ce n'était plus pareil. Monsieur David fabriquait des parfums adaptés à la personnalité de chacun, c'était un génie, les gens venaient de partout. Dès qu'il vous voyait, il savait… Ceux qui lui ont succédé n'avaient pas ce talent et, comme il avait tout dans la tête, il n'a laissé aucune formule. Alors les clients, déçus, sont partis ailleurs acheter des parfums qu'on trouve partout et la boutique a fermé. Depuis qu'il s'en est allé, les parfums ont déserté le Mellah. *Allah i rahmou...* Dieu ait son âme...

Dans la piscine aux céramiques bleues, portée par l'eau fraîche, je regarde le ciel au travers des cimes. Je flotte entre deux bleus, l'un sombre, profond, et l'autre très clair, abyssal.

Suis-je française ? marocaine ? fille de Rome ou d'Islam ? Quelles sont mes racines ?

Je flotte entre deux mondes, celui de la lenteur, de la sensualité, infiniment doux, où le temps s'étire comme la pellicule d'un film interminable aux couleurs passées, et l'autre brutal, syncopé, le feuilleton noir et blanc d'une poursuite incessante où chaque heure perdue ne se rattrape jamais.

J'aimerais que ma vie ressemble à la Villa Taylor, une architecture mathématique envahie de frondaisons incontrôlées.

Je voudrais les mêmes patios à la fraîcheur rassurante, les mêmes colonnes sur lesquelles m'adosser, en béton brut ou en marbre torsadé, la même dentelle de pierre des terrasses crénelées pour décorer mes jours et de longues plages de silence, comme des respirations, pour m'oublier.

Je pense à toutes les femmes qui ont foulé le sol de cette maison, au bruit de leurs pas, aux talons aiguilles les soirs de fête, les soirs de joie, aux babouches des femmes arabes glissant sur le carrelage, je pense aux vieilles dames qui ont disparu, à Moune, à Agathe morte avant sa mort, à maman foudroyée par les dieux pour s'en être approchée de trop près. Un tel amour était indigne d'une mortelle, vraiment.

Je pense à ma vie dérisoire, à la femme que je ne suis pas encore, à la femme pas encore née.

Pourquoi ce que l'on nous cache, enfant, est-il si essentiel à nos vies ? Est-ce pour nous empêcher de grandir que ceux qui nous élèvent taisent les vérités ?

La réponse, Hassan me l'a peut-être donnée hier quand je lui ai demandé pourquoi il refusait encore de parler de ma mère :

— Je ne veux pas être l'ange des blessures, l'ange qui parle des âmes éteintes…

Hassan a refusé d'accompagner son fils au village, son dos le faisait trop souffrir. Je lui rends visite au pavillon qu'il occupe à l'entrée de la Villa Taylor. À peine ai-je frappé qu'il m'invite à entrer, il sait que c'est moi, il a reconnu mon pas et, comme s'il avait pressenti ma venue, les deux fenêtres perpétuellement closes de sa chambre sont ouvertes. Quelques rais de lumière, se faufilant au travers des ficus géants, éclairent inutilement le pauvre intérieur de l'aveugle – des murs nus, une table, deux chaises, une armoire. Je ne peux m'empêcher de penser aux mondes intérieurs que ce dénuement invite à explorer.

Tout est impeccable jusque dans les recoins.

Pour contrer les salissures de la pauvreté, les intérieurs modestes de ce pays sont d'une extrême propreté. C'est, dans l'esprit de leurs occupants, l'expression d'une pureté morale sans faille, un signe ostentatoire d'intégrité.

Hassan est à demi assis sur son lit, le dos calé par un oreiller.

— J'ai demandé à Halima et Safia de s'occuper de vous.

— Merci, je préfère me débrouiller seul.

— Qu'elles vous aident au moins pour le ménage…

— Surtout pas, elles changeraient la disposition des meubles et je serais perdu. Il suffirait qu'une chaise soit déplacée, je me cognerais et tomberais. Je n'aime pas aller au village à cause de ça, tout est imprévisible là-bas. Ici, j'ai tout ordonné…

Il parle du jardin où, comme chez lui, tout est à sa place.

Le parc de la Villa Taylor est son monde, il l'a façonné et s'applique à en perpétuer l'ordonnance en mémoire de Moune et maman… Mais pas seulement, avoue-t-il, et il en a honte, car il le maintient en l'état aussi pour lui. Ce jardin, Hassan en a un souvenir visuel précis. Il y travaille depuis des décennies, nul besoin de le voir, il est inscrit dans sa mémoire. Quand il sort du pavillon, à peine franchi le seuil, il recouvre la vue. Un parfum… et une fleur, un buisson, un bosquet apparaissent. Un souffle de vent, un froissement de palmes… et les washingtonias se dessinent. Un frou-frou d'ailes… et des tourterelles se posent au bord de la piscine bleue. Elles s'abreuvent. Le bruit de mes pas… et mon visage, beau comme une icône, s'imprime sur sa rétine.

— Vous comprenez, dit-il, je n'ai pas besoin de mes yeux pour voir combien vous êtes belle.

Il sait que je ressemble à Daphné, Halima et Safia le lui ont dit. Elles ont parlé d'Agathe et de sa méprise.

De mes mots, de mon parfum, de mes gestes qui,

imperceptiblement, rident l'air comme un pétale crée des ondes sur l'eau, il se dégage l'image de ma mère.

Dans cette chambre, point n'est besoin de tableaux, de bibelots, de tout ce qui embellit un intérieur. À quoi bon ? Tout est dans sa tête et, sur les murs, ses rêves ont accroché les plus belles œuvres des peintres les plus fameux, celles vues il y a bien longtemps chez grand-mère, dans des livres d'art ou des magazines. D'ailleurs, si je tourne un peu la tête, je pourrai imaginer l'aquarelle de Sir Winston offerte à Moune. Oui, il l'a dérobée en pensée, il l'aime tant, il l'a accrochée face à son lit, elle éclaire sa nuit. Elle lui rappelle Marrakech, la Marrakech disparue de sa jeunesse où les nomades venaient estiver au pied des murailles ocre de la cité impériale, du temps où Guéliz n'était encore qu'une vaste étendue de friches.

De cette friche, il a fait un jardin, son jardin. Pour rien au monde il ne l'abandonnera, et, tant qu'un souffle l'animera encore, il taillera, plantera, sèmera pour que jamais ne change le parc de la Villa Taylor et qu'il puisse sans risque marcher dans ses allées encombrées d'arbres foudroyés et de réminiscences.

Son handicap le protège, il n'a pas vu s'élever les immeubles bardés de paraboles qui ceinturent le parc, son regard s'est détourné du monde pour cultiver ses souvenirs.

— Grâce aux parfums de la Villa Taylor, conclut-il, je vis mon présent comme le passé, car leurs notes sont éternelles.

Dans la chambre de Moune, je détaille le tableau de Winston Churchill, réplique de celui peint en 1943, à quelques détails près. Il en émane une sérénité surprenante. Le monde était en flammes mais, sur cette vue de Marrakech, rien n'évoque la tourmente. Pas le moindre nuage menaçant, la plus petite fumée d'incendie, le moindre oiseau de mauvais augure. Pendant soixante-douze heures Winston s'était réfugié au cœur de sa toile, une escapade teintée d'ocre, de vert, de bleu et de blanc. Au centre de la peinture, un homme en djellaba rouge illumine la scène comme un rouge à lèvres un visage de femme. Nul doute qu'il y a déposé cette tache de couleur, à la manière de Turner, afin d'aviver la composition.

Je comprends l'effet bénéfique de la peinture sur Churchill, elle l'aidait à vivre, à surmonter les assauts de la dépression, les morsures du « chien noir ». Quand il avait été contraint d'abandonner son poste de Premier lord de l'Amirauté, après la désastreuse défaite de l'Empire britannique face aux Ottomans dans les Dardanelles en 1915, il s'était réfugié dans la peinture.

> *À un moment,* écrivit-il, *où toutes les fibres de mon être aspiraient à l'action, je fus contraint de rester face à la tragédie, comme un spectateur qui, pour comble de son malheur, serait assis au premier rang. C'est alors que la muse de la peinture vint à mon secours, charité pure et sentiment chevaleresque car, après tout, elle ne me connaissait pas.*

Il installait son chevalet sur la deuxième terrasse de la tour berbère et peignait des heures durant, jusqu'à la nuit tombée. Moune ne se lassait pas de contempler le vieil homme assis face à sa toile, elle suivait la valse du pinceau, ses interrogations, ses hésitations, puis brusquement apparaissait l'ébauche d'un minaret, l'ombre d'une cigogne, la silhouette d'un palmier, palmes déployées. L'homme qui tenait les rênes de l'Empire britannique concentrait son intelligence, sa force sur une fine brosse imprégnée de pastels. Il était tassé sur son siège, l'œil froncé, un Romeo y Julieta au coin des lèvres, absorbé par le paysage de l'aquarelle, hors du monde, au cœur du tableau, dans un univers de couleurs. Oubliés les maux de l'âge, les douleurs, les terribles efforts pour parvenir à la terrasse du salon bleu. « Chaque pas, disait-il, est une affreuse souffrance et la dernière marche m'approche un peu plus du dernier soupir. » Le chevalet était sa récompense, comme l'écurie pour le cheval de trait. La peinture l'entraînait vers l'enfance, ce temps béni où son corps bondissait sans entraves dans la campagne anglaise.

J'aime me perdre dans le tableau peint Villa Taylor par Winston Churchill. Je retrouve les deux cyprès, les washingtonias et les oliviers du parc. Des terres vierges entouraient la maison, au loin était l'Atlas couvert de neige. Aujourd'hui, les montagnes sont masquées par des immeubles criblés de paraboles et les reflets rouges du couchant sur les neiges africaines sont invisibles.

Cette peinture est une mise en garde. La Villa Taylor est le dernier vestige d'un temps révolu. Le temps de l'Earl Grey, des chapeaux melons, des lavallières, des chaussures bicolores, des capelines et des voilettes. Le temps de l'insouciance coloniale, de la futilité, des fêtes joyeuses, des garden-partys tapageuses. Une signature au bas d'un acte de vente et ce monde s'évanouira à jamais.

« Si je déprime, disait Moune, j'installe mon fauteuil face à la toile de Winston. La peinture lui a sauvé la vie. Quand il peignait, il oubliait tout. Il adorait le Maroc. À Marrakech, sa dépression, son *black dog*, comme il l'appelait, le laissait en paix. Quand tu as le blues, ma chérie, pense à Winston, pense à la Villa Taylor et tu iras mieux. Cette maison est ton ancrage. »

J'ai déposé sur un guéridon, près du chevalet qui porte le tableau de Sir Winston, le livre d'or de la Villa Taylor. Je l'ai retrouvé dans l'armoire de Moune, dissimulé sous une pile de draps – probablement relégué alors que sa vie sociale s'étiolait et que ne lui rendaient plus visite que les corps de métier, les fournisseurs, quelques rares fidèles encore vivants. Je m'étais jusque-là refusée à l'ouvrir ; il n'est rien de plus triste que ces reliques, souvent reliées de noir, poussiéreuses, elles ressemblent aux registres funéraires signés après une cérémonie. Ces livres d'or ont quelque chose de définitif, d'irrémédiable et tentent de graver pour l'éternité un passage d'exception. Le paraphe, minuscule fragment de notoriété arraché à son détenteur, est pour l'hôte une forme de reconnaissance. Au fil des pages, toute une vie défile, l'ascension sociale, le déclin puis la chute. Ils sont le condensé graphologique d'une existence, agrémentés de textes souvent convenus, de dessins, parfois de photographies.

Celui de grand-mère ne déroge pas à la tradition, épais, noir, sinistre. Page après page, s'étalent les signatures, les commentaires de tout ce qui a compté au siècle dernier, Charlie et Oona Chaplin, Winston et Clementine Churchill, Ali Khan et Rita Hayworth, Malcolm Forbes, Yvonne Printemps, Pierre Fresnay et bien d'autres. Commencé à la naissance de maman, il explose de la fin des années 1940 jusqu'au milieu des années 1970 : des centaines d'écritures, de dédicaces couvrent ses pages et puis brusquement, un abîme de deux années, juste après la disparition de ma mère.

Moune et grand-père ne reçoivent plus, une longue retraite de sept cent vingt jours, un deuil de vingt-quatre mois. Et puis réapparaissent quelques noms connus ou inconnus, Pierre Bergé, Bruce Willis, le comte de Paris, Serge Lutens, une générale au nom imprononçable. Un dessin à l'encre noire attire mon attention, celui d'un homme très maigre, la tête surmontée d'une capeline ; je reconnais immédiatement Adolfo De Velasco, l'antiquaire de La Mamounia. J'en avais peur, ses longs doigts couverts de bagues d'argent ressemblaient à des serres. Quand nous allions déjeuner là-bas, au bord de la piscine, j'imposais à grand-mère des chemins détournés afin d'éviter sa boutique.

Novembre 1980 : une photographie occupe toute une page, Moune et Yves Saint Laurent, tous deux vêtus de blanc, allongés sur des couvertures marocaines pourpres à rayures beiges, le dos calé par des coussins couleur framboise, deux tasses à proximité, pleines d'un café qu'on imagine fumant. Yves, une cigarette à la main, une revue de décoration dans l'autre, sourit. Ils sont détendus, heureux dans la douceur d'une après-midi d'automne, on perçoit une connivence affectueuse. À droite, un oranger chargé de fruits à peine teintés de jaune, les premiers froids se font attendre… À gauche, un paravent vert déplié qui ajoute à l'intimité de la scène, suggérant un conciliabule, des confidences, des secrets partagés à l'abri des regards et des oreilles indiscrets.

Je ne parviens pas à me détacher de cet instantané, de cette parcelle de bonheur arrachée à la vie, mélange d'orientalisme et de modernité. Le vert tendre de la végétation exalte le rouge des tissus et donne à ces deux représentants de l'art de vivre du XXe siècle une élégance intemporelle, immaculée.

Cette photographie est la dernière du livre d'or, quelques pages encore, quelques noms, de moins en moins connus, de moins en moins nombreux, et une dernière inscription deux ans avant la mort de grand-mère, en grosses lettres tremblotantes, qui occupe la moitié de la page :

Hassan, jardinier de Madame, Villa Taylor

Le jour s'éteint.

Isolée du monde par la musique, j'ai Salim en tête.

Quand j'étais petite fille, je m'étendais dans le noir et pensais au bonheur : un voyage prochain à Marrakech, une journée à Panarea avec papa, une promenade à bicyclette sur les bords du canal de l'Ourcq dans l'Oise, Noël… et même s'il faisait froid, même si j'étais triste, les joies à venir me réchauffaient et je m'endormais.

Le souvenir de Salim est bercé de chansons que je ne connais pas, téléchargées sur mon portable par un ami banquier, plus rival qu'ami, dirais-je, un rival donc, brillant, beau, d'une beauté singulière qui ne doit rien à l'harmonie des traits mais tout à l'intelligence, un homme coupant, acéré, passionné de soul, de jazz, de new age, de culture punk. Un homme que j'aurais pu avoir mais, hélas, trop frère, trop glacé, trop moi. Entre deux conseils d'administration, il voyage dans les notes, les voix, les accords, les mélodies. Il m'a dit : « Écoute ça, tu navigueras loin… »

Les chansons défilent, les premières légères, un

envol, puis, très vite, d'autres, insistantes, çà et là des notes douloureuses qui s'impriment, nostalgiques, sur des refrains tristes et soulignent l'absence, la solitude, le futur impossible. Des voix inégales, parfois fausses, souvent éraillées – juste ce qu'il faut pour émouvoir –, chantent des mots qui touchent, des mots qui poussent à la réflexion.

J'aime Salim malgré sa violence ; un amour surprenant, assurément. Avec Cédric, j'avais naïvement l'espoir d'une vie sans heurts jalonnée de maternités, de plaisirs simples, jusqu'à la fin peut-être. J'étais encore pétrie par mon milieu, aux antipodes de ce que je suis désormais.

Le futur avec Salim est imprévisible, dans l'air du temps, comme ces chansons aux mélodies mal assurées.

Comment réagira-t-il en apprenant ma stérilité ?

Cette tare a faussé mes rapports avec les hommes, je ne l'ai jamais avouée à Julien. Il espérait, lui aussi, une famille. Je l'ai poussé à la rupture par crainte d'un nouvel abandon.

Cette stérilité a dressé un écran entre moi et la vie. J'étais inutile et il fallait m'étourdir. Pour oublier, l'argent, le pouvoir, le cynisme furent mes drogues. Le réveil est brutal : je n'ai plus de certitudes, mes racines sont étrangères, ma famille s'est élargie et j'aime un homme qui m'a vandalisée.

L'experte en capital-risque s'interroge : puis-je investir en Salim ?

C'est risque contre risque ! Je mise en permanence

sur l'incertain pour enrichir mes actionnaires, pourquoi ne parierais-je pas sur lui ?

J'ai leur confiance, je ne suis pas sûre d'avoir la sienne, ni d'ailleurs la mienne.

Il faudra composer avec nos ombres, c'est ma seule conviction.

Halima veut m'accompagner à l'aéroport, j'ai tenté de l'en dissuader mais elle a tant insisté que j'ai cédé.

— Je tiens à me recueillir au cimetière avant de partir, dis-je, à court d'arguments, je ne veux pas t'imposer ça.

Sans répondre, elle remplit un sac de graines et cueille des roses. Celles que Moune préférait, très blanches, très parfumées, aux pétales cerclés d'un fin liseré vert.

Halima prie le chauffeur de taxi de nous conduire au cimetière. J'entends le mot *n'sara* qui signifie « chrétien » en arabe, très précisément « nazaréen ».

La tombe de grand-mère, mitoyenne de celle de grand-père, est couverte de poussière ocre, de ce sable très fin arraché au désert par les vents. Nous nettoyons les deux tombes puis déposons les roses sur le marbre gris encore humide.

Je ferme les yeux et vois Moune respirant le bouquet immaculé, Moune sous les grands arbres de la Villa Taylor, très droite, Moune le regard plein de douceur, si vivante qu'il me semble l'entendre murmurer « Merci ». Grand-père est derrière elle, à quelques mètres, il me sourit.

Nous nous dirigeons ensuite vers l'immense bougainvillée rouge qui couvre de son ombre la tombe de mes parents. Elle a été nettoyée tout récemment, les faïences sont éblouissantes, quelqu'un a déposé un bouquet de lauriers-roses, probablement Aziza.

Les fleurs écarlates de la bougainvillée se mêlent aux fleurs un peu flétries roses et blanches, à l'image de Daphné et Messaoud enlacés pour l'éternité. J'essaie de déchiffrer les lettres gravées sur la plaque de fonte, je crois deviner un D et un M.

Halima épand le sac de graines sur la tombe, des dizaines d'oiseaux s'y abattent en pépiant.

Une silhouette vêtue de noir surgit au bout de l'allée, avançant à grands pas – scène incongrue que cette femme en hijab cernée de croix et de statues qui se hâte sous le soleil. Je reconnais bientôt Aziza. Son visage est couvert de sueur, elle a sûrement couru pour nous retrouver. Sa bouche et ses yeux expriment le soulagement, comme s'il était capital qu'elle me voie avant mon départ, comme s'il y avait urgence à me témoigner quelque sentiment après trente-cinq années de haine et de rancœur.

— Dieu merci, vous êtes encore là, dit-elle. Je voulais me recueillir avec vous sur la tombe de notre père et de votre mère. Je me suis mise en retard ce matin, je n'étais pas sûre de vouloir venir… J'ai raté le bus de 6 heures, je me suis précipitée pour prendre le suivant mais j'ai oublié à la maison ce que je voulais vous remettre. Un souvenir… C'est trop idiot, c'était important pour moi… et pour vous aussi, je pense. Je n'étais sans doute pas prête… Je vous l'enverrai à Paris.

Maintenant, elle se tient silencieuse face à la pierre tombale. Quelques minutes passent. Elle s'approche de moi, me serre dans ses bras, m'embrasse plusieurs fois puis s'en va.

Brutal contraste. Après des journées de silence ponctuées du gémissement entêtant des tourniquets d'arrosage et de cris d'oiseaux, voici l'agitation bruyante de l'aéroport. Les bruits m'agressent, j'ai perdu l'habitude. Je redoute la plongée dans Paris, la sarabande hystérique de ma vie d'avant. Je vais devoir poser sur mon visage le masque de la banquière, noircir mes yeux, rougir mes lèvres, figer mes expressions, ne rien laisser paraître. Ne pas montrer la nouvelle humanité de Diane de Verneuil, qui doit son prénom et son existence à l'Amour. Je vais devoir agir comme si rien ne s'était passé, sourire mécaniquement, scruter mes adversaires mâchoires serrées, les brutaliser alors que mon esprit sera ailleurs, errant dans les jardins de la Villa Taylor, scrutant les colonies d'insectes, humant les parfums qui ont transformé ma vie.

Peut-on se battre encore quand ce qui donnait la rage s'est évanoui ?

Se battre mais pour quoi, contre qui et pour qui ?

Au fond de moi, un manque, une brûlure : Salim.

Dans l'avion qui m'exile à Paris, je pense à ma mère.

Je sais désormais son calvaire, elle qui tentait jour après jour d'aider un mari alcoolique, de le tenir dans la vie. Il avait dû jurer mille fois, comme il promettait à Moune. J'entendais parfois grand-mère l'admonester, tout cela me revient à présent :

— Faites-le… au moins pour la petite.

Cette phrase m'intriguait, je ne comprenais pas ce que mon père devait faire pour moi, rien que pour moi.

Le temps passait et rien ne changeait.

En vacances, à Panarea, il buvait la nuit, dans sa chambre, pour me donner, le jour, l'illusion de la sobriété. Je ne pénétrais jamais dans son antre, il me l'interdisait. Une nuit où il avait dû boire plus qu'à l'accoutumée, le concierge avait fait venir un médecin et j'étais restée seule la journée du lendemain. J'avais erré sur l'île, il m'avait retrouvée pleurant sur la jetée peu avant le crépuscule.

— Pardonne-moi, ma chérie, avait-il dit, j'ai eu un malaise. Mais ça va beaucoup mieux… Allons dîner !

Je comprends aujourd'hui ce que mon père alcoolique a fait pour moi, rien que pour moi. Papa n'a pas cessé de boire, mais il n'a pas cessé d'être mon père, alors qu'il savait…

Trente-cinq années durant, j'ai cherché ma mère. J'ai vécu attisée par ce manque, ce vide qu'il fallait combler à tout prix. Mon équilibre en dépendait. En fait, cette absence, ce vide m'ont structurée. Je m'en rends compte aujourd'hui. Je me suis construite autour d'eux. Forte, sûrement trop.

À peine résolue l'énigme de maman qu'une autre surgit. Qui était mon père ?

Je croyais le connaître : un aristocrate européen terne, sans surprise, qui traînait de bar en bar pour tenter d'oublier la fugue d'une femme adultère. J'ai découvert la vraie version : celle d'un alcoolique destructeur qui a poussé ma mère à la trahison, à l'amour salvateur, à la passion.

L'addiction de mon père, la passion de ma mère sont inscrites en négatif dans mes gènes. Je suis dure et froide, peu encline aux débordements.

Qui était Messaoud ? Que m'a-t-il légué ?

La nouvelle Diane, celle qui vient de naître est la fille de Messaoud. Elle a retrouvé les sens, elle a découvert la sensualité.

C'est son héritage.

Je pousse la porte de mon appartement et le désert de ma vie s'étale : une décoration froide, laquée de blanc, des meubles durs, anguleux, des peintures abstraites sans chaleur. Seul le vieux miroir trouvé aux puces, au tain écaillé, donne une touche d'humanité.

Comment ai-je pu vivre dans cet espace inanimé ?

Les sens, Villa Taylor, sont constamment sollicités, les meubles, les objets ont chacun leur histoire, l'air y est d'une densité étourdissante. Mon appartement est vide, d'une vacuité irrespirable. J'y vis depuis cinq années et rien, pas le moindre souvenir heureux ou malheureux n'en émerge. Les jours semblables aux jours, des soirées identiques où les flatteurs s'extasiaient sur mes excentricités, sur mon goût pour les pelures de pomme saupoudrées de poivre.

— Avez-vous tenté celui de Sichuan ? C'est divin !

J'étais merveilleuse, extraordinaire, géniale. Tous les qualificatifs y passaient et je pérorais, sûre d'être la maîtresse du monde. Certaines nuits, dans les bras de corps sans défaut, déshabités, je m'offrais des étreintes mécaniques comme un jogging, un cardio-training, une séance de musculation avec, parfois, un ersatz d'extase. Venait ensuite la douche glacée, purificatrice pour effacer le parfum étranger, la souillure, et affronter le monde pleine d'une force supposée nouvelle, un monde que je voulais à mes pieds, oubliant que j'étais mortelle, fragile.

J'aurais dû poser une vanité grimaçante face à mon lit pour m'en souvenir.

Julien était à l'image du lieu, terne, sans relief. Sa beauté me flattait. Un accessoire de qualité, comme un joli sac ou une bague de prix.

Miroir, miroir…

Les plis d'amertume au coin de mes lèvres se sont estompés, la dureté de mon visage s'est évanouie. Mes yeux sont toujours tristes, mais ce n'est plus la même tristesse.

Ma tristesse d'avant était liée au vide, ma tristesse d'aujourd'hui est liée à un manque, à un homme, à son absence, elle déborde, elle submerge tout.

Bonjour tristesse !

10 heures, je pénètre dans le bureau du président Faber.

Avec lui trônent quatre des plus gros actionnaires de la banque. Je suis vêtue de bleu, un bleu outremer, le bleu de la piscine de Marrakech. À mon cou le collier berbère de maman, sur la peau le parfum de Messaoud. J'ai noué mes cheveux, à peine rougi mes lèvres et juste noirci mes cils.

Ils me dévisagent comme s'ils percevaient l'autre femme, la femme au passé révélé, une femme reconstruite, presque invincible. Ils m'invitent à m'asseoir, face à eux, seule. Je parle sans crainte ni affect.

— Une nouvelle vague de licenciements serait une erreur. Lors du premier plan social, je m'étais engagée auprès des syndicats à ne plus débaucher si nous retrouvions la croissance. Elle est là, cinq pour cent l'année dernière. Peu d'entreprises se targuent de telles performances. Je ne perçois pas l'utilité de dégraisser encore, si ce n'est quelques euros de dividendes supplémentaires. Et des souffrances supplémentaires. J'ai gagné la confiance des partenaires sociaux, il n'est pas question de me déjuger. C'est une question d'honneur, une exigence morale.

« Quand le président m'a convoquée, j'étais au Maroc, dans un jardin. Il n'a pas perçu la pertinence de mes réflexions sur les insectes, il a pensé que je perdais la raison. Eh bien non, j'étais d'une lucidité parfaite. Je contemplais une procession de fourmis. Qui d'entre nous ne l'a jamais fait ?

« Chaque ouvrière a sa place dans la fourmilière ; dans leur monde, les notions de chômage, de profit n'existent pas. Une ruche, une fourmilière ou une termitière sont des modèles d'organisation, des mécanismes aux rouages parfaits dont nos sociétés devraient s'inspirer.

« De temps à autre, cependant, un événement intempestif altère leur ordonnance. Quand j'étais enfant, et vous l'avez été aussi, j'interrompais la marche des fourmis, d'un doigt, d'un pied ou d'une branche. Elles s'affolaient, lâchaient leurs charges, couraient en tous sens, portant l'agitation jusque dans la fourmilière ; la chaîne de production s'interrompait. Le plan social que vous souhaitez aura les mêmes effets sur notre banque.

« Profits à court terme ? Assurément. Mais à quel prix ? Perte de confiance des employés, grèves, baisse des résultats... Ce serait un mauvais coup porté à l'institution et, si vous deviez maintenir cette option, ce sera sans moi.

Ils me regardent, médusés.

Les derniers mots de mon argumentaire prononcés, je les salue, me lève et me dirige vers la sortie.

Mes talons sur le marbre claquent comme un oukase.

J'ai rapporté de Marrakech un échantillon du parfum de Messaoud : Halima a accepté de m'en donner un peu, je l'ai recueilli dans une fiole que je manipule avec précaution – pas question que le trésor m'échappe des mains et se brise, anéantissant un pan entier de mon passé ! En attendant de le confier à un parfumeur, je l'enferme dans le coffre de mon bureau, dont je suis seule à posséder la combinaison. J'ai chargé Françoise de trouver l'artisan le plus doué de Paris pour le reconstituer.

Elle a pris rendez-vous avec un nez, un nez exceptionnel d'après la rumeur. Je me rends dans sa boutique du Quartier latin, une échoppe encombrée de senteurs et de flacons aux étiquettes oniriques. Ylang-ylang, néroli, bergamote, rose de mai, santal, civette…

Un très jeune homme sort d'un bureau.

— Bonjour… J'ai rendez-vous avec M. Jean-Luc Béraud.

— C'est moi, dit-il en souriant.

J'ai un léger mouvement de recul. Un homme aussi

jeune pourra-t-il retrouver la composition d'un si vieux parfum ?

Percevant ma réticence, il plisse les yeux et le front – peut-être pour se vieillir ?

— Que puis-je pour vous ?

Il faut que ce parfumeur sache l'essentiel car, plus qu'une fragrance, ce parfum est une histoire douloureuse. C'est ce qui en fait le prix. Alors, je raconte tout : l'homme simple qui le portait ; sa beauté, irréelle ; Daphné blessée par une flèche d'or ; sa mort dans les bras de cet homme. Je raconte la maison incendiée dans les montagnes de l'Atlas, la tombe du cimetière chrétien de Marrakech où ils sont enterrés, enlacés à l'ombre d'une bougainvillée rouge, le parc de la Villa Taylor et ses senteurs puissantes, ses arbres démesurés, la mère de Daphné, ma grand-mère, qui longtemps porta ce parfum en signe de deuil, jusqu'au décès de l'artisan du Mellah qui le composait, et Halima, la femme de cet homme à la beauté divine, une femme trahie, qui respire encore ce parfum quand l'absence est trop lourde. Ce parfum la garde en vie depuis trente-cinq ans. Cet homme simple existe encore, grâce au parfum respiré par cette femme simple, qui a tout pardonné. Elle l'a tellement aimé que ses larmes ont pris son parfum… Elle m'en a confié quelques gouttes, presque les dernières…

— Vous comprenez pourquoi il est si important que vous réussissiez, que vous ressuscitiez ce parfum… toutes ses notes, sans exception. Je ne dirai pas que nos vies en dépendent, non, il ne faut rien exagérer… Mais des pans entiers, oui, nos souvenirs les plus chers... car, voyez-vous, les parfums de nos vies sont les mots d'amour de nos morts.

Le jeune homme m'a écoutée sans rien dire, sans ciller, le regard aimanté par ma bouche et son discours exalté. Il reste silencieux un long moment, comme s'il agençait déjà les différentes notes du parfum en péril.

Il parle enfin et m'explique qu'il n'arrivera jamais à reconstituer ce parfum à l'identique et que je risque d'être déçue. Il comprend l'importance que revêt pour moi cette fragrance oubliée mais mon espoir est démesuré. Il n'accepte jamais de recomposer un parfum ancien. Il est dans la création, pas dans l'archéologie. Certaines essences ont disparu et les produits de remplacement n'en sont que de pâles reproductions. Même les parfums dont les formules sont connues ont une fragrance qui varie d'un lot à l'autre. Une fleur n'a pas le même parfum de l'aube au crépuscule ; que la pluie survienne et son arôme se dilue, une journée de soleil et ses senteurs sont plus âpres. D'un plant à l'autre, le parfum d'une aromatique diffère. Dans le maquis, un bosquet de romarin n'exhale pas les mêmes notes qu'un bosquet dix mètres plus loin.

— Alors, imaginez un parfum dont nous n'avons même pas la composition précise !

— Je vous en prie, acceptez, la science pourra vous aider. Grâce à elle vous pourrez percer les secrets de ce parfum. La résonance magnétique nucléaire, la spectrophotométrie peuvent décrypter sa formule.

Il sourit : il est artisan, pas ingénieur chimiste.

— S'il vous plaît, dis-je, je paierai ce qu'il faudra. Je veux ce parfum. À tout prix… Au moins, sentez-le.

Je débouche la fiole et la tends, il la prend délicatement et hume en fermant les yeux. Il prend son temps, hoche légèrement la tête comme un mélomane sous l'emprise d'une musique inédite. Il passe le flacon d'une narine à l'autre, il ouvre enfin les yeux, saisit une languette de papier et la trempe dans le flacon. Elle s'imprègne d'un liquide couleur miel, il la sent puis l'agite, la porte de nouveau à son nez, l'agite encore puis la dépose sur une soucoupe de porcelaine blanche. Il saisit un stylo, une feuille de papier et se met à écrire. Je m'approche de lui et lis par-dessus son épaule :

Notes de tête : citron, menthe poivrée, bergamote et…
Notes de cœur : jasmin, rose, narcisse botanique et…

Il hume encore la languette et griffonne :

Notes de fond : ambre gris et ???

— Avez-vous percé le secret ?

— Pas du tout, j'ai simplement jeté sur le papier mes premières impressions. Des dizaines d'essences peuvent entrer dans la composition d'un parfum, je n'ai mentionné que les plus évidentes. Un parfum est à l'image d'une symphonie, la mélodie, les quelques notes que l'on retient ne sont qu'une infime partie de l'œuvre. Si j'accepte de travailler pour vous, j'aurai besoin de plusieurs jours et d'analyses poussées pour déterminer les différents ingrédients et leurs proportions. Vous dites que votre mère est à l'origine de ce parfum ?

— Oui, elle a exigé du parfumeur que toutes les essences du parc de la Villa Taylor y soient.

— Souvent les clients demandent de mettre une touche personnelle dans la composition. Quel était son parfum ?

— J'ai retrouvé parmi ses robes un flacon de Joy intact… J'ignore si c'était son parfum.

— Pouvez-vous m'écrire sur une feuille le nom de toutes les fleurs du parc de la Villa Taylor ?

— Alors c'est oui ?

— Disons que je n'ai pas dit non…

Quelques semaines plus tard, Jean-Luc Béraud appelle. Les parfums sont prêts. Les parfums ? Il m'expliquera, je peux passer à sa boutique vers 16 heures.

Il pleut, l'air est froid, le parfum aura-t-il la même puissance, la même sensualité qu'à Marrakech ? Les parfums sont si délicats. Ils sont fragiles, disait Moune, comme nos vies ; un chagrin, un malheur et ils s'altèrent, ils peuvent même mourir…

Quelle folie de ramener à la vie celui de Messaoud, ce parfum que maman lui avait offert et qui les incarne encore, trente-cinq ans plus tard. Une façon de se dresser contre la mort, de ressusciter d'une seule inspiration maman, Moune et Messaoud.

Un homme, deux femmes. Hommes ou femmes, les parfums orientaux ne font pas la différence, ils sont unisexes. J'aime le concept.

Le jeune homme m'attend assis derrière son bureau, il a face à lui dix éprouvettes étiquetées de I à X en chiffres romains, remplies de liquides ambre.

Il a composé dix parfums différents pour approcher au plus près le parfum initial. L'échantillon confié est forcément différent du parfum originel, les essences sont volatiles et au fil du temps s'évaporent, certaines ont pu disparaître ; d'autres sont instables et se sont dénaturées. Il a fait analyser le liquide de Marrakech, certaines notes lui avaient échappé car elles n'étaient plus qu'à l'état de trace. Il les a intégrées, il s'est basé sur la composition habituelle des parfums des années 1970 et celle des parfums orientaux. Les parfums, comme les modes, sont les témoins d'une époque. Il a fait un gros travail de recherche. En fait, la formule exacte est dans ma mémoire. Ce parfum a bercé mon enfance, il l'a bien compris. Les enfants ont une mémoire vierge, ils impriment de façon très précise leurs premières sensations.

— Sentez ! dit-il en tendant la première éprouvette.

Je ferme les yeux, comme je l'avais vu faire lors de notre première rencontre, et commence ma promenade olfactive. Je suis dans le parc de la Villa Taylor, face au parterre de menthe, je pense immédiatement à Salim, à sa violence, à sa douceur contenue, voici les roses au fin liseré vert. Je passe du printemps à l'hiver, je découvre les narcisses à la senteur oubliée, touffes de fleurs blanches aux cœurs orange et rouge. Je longe les oliviers aux feuilles vernissées, brillantes, comme lavées par la pluie, puis les citronniers, les orangers, les bigaradiers du patio des domestiques. Nous sommes en février, ils enivrent. J'entends Moune s'extasier sur la magie de La Mamounia, de ses jardins, de son parfum de fleur d'oranger qui annonce la fin de l'hiver.

Les premières éprouvettes m'évoquent le jardin.

J'attends la révélation. Je pose le dixième échantillon, rien d'autre que les différentes fragrances de la Villa Taylor.

Je suis déçue, toute cette mise en scène pour rien.

— Non, dis-je, ces échantillons ne sont qu'une approximation… rien de plus.

Jean-Luc Béraud se lève alors, gagne l'arrière-boutique et revient avec une onzième fiole. J'ôte le bouchon de liège et respire profondément. Je vois Moune, elle sort de son sac un vaporisateur, presse la petite poire ornée d'un pompon, couverte de tissu à mailles serrées, un fin nuage se dépose sur son cou, ses joues, son front, ses cheveux…

Le jeune artisan a réussi !

Le parfum ressuscité est plus puissant que celui de la fiole de Marrakech.

Les souvenirs affluent, la mort a rendu l'âme !

— Comment avez-vous fait ? lui dis-je, admirative.

Son visage s'éclaire, dissipant l'inquiétude qui s'était installée au fil de mes essais olfactifs.

— J'ai mélangé les essences du parc de votre maison, explique-t-il, j'ai ensuite ajouté celles découvertes par les analyses chimiques. Chaque échantillon était une progression vers le parfum d'origine. Le numéro X me semblait être le plus proche de la vérité, néanmoins il manquait quelque chose… Je me suis souvenu que votre mère portait peut-être Joy et qu'elle aurait pu vouloir donner au parfum destiné à l'homme qu'elle aimait une touche très personnelle… intime. J'ai ajouté trois gouttes du parfum de Jean Patou au dixième échantillon et, miraculeusement, j'ai retrouvé l'esprit de ce que vous m'aviez confié, un parfum hybride qui mêle Orient et Occident.

J'inspire encore le parfum retrouvé, il agit sur moi comme une drogue dont j'aurais été sevrée. Un parfum métis qui fusionne la France et le Maroc, un parfum prémonitoire, témoin d'une philosophie de vie, celle de maman.

Elle l'a appliquée, je lui dois ma vie, elle lui doit l'amour et la mort.

J'ai prié Hassan de confectionner un bouquet avec un échantillon de toutes les fleurs de la Villa Taylor, je suis allée le chercher à Orly puis l'ai déposé à la boutique de Jean-Luc Béraud. Le parfumeur était absent ce jour-là. Déçue, j'ai donné le bouquet et ma carte de visite à son employée.

Sur la carte, j'ai écrit :

> *Les parfums de nos vies sont les mots d'amour de nos morts, merci d'avoir ressuscité celui de la Villa Taylor. Vous êtes un magicien !*

Ce matin, j'ai voulu retrouver les lieux qu'aimait mon père, le mari de maman. Lui et moi partions dès l'aube, il chargeait deux vélos sur le toit de sa vieille Peugeot et nous prenions la nationale 2 vers Soissons. Il aimait le canal de l'Ourcq, il le trouvait romantique, comme un souvenir de premier amour. Nous nous garions à Mareuil-sur-Ourcq, à proximité d'un plan d'eau. Les brumes du matin s'élevaient dans l'air glacé, des canards, des oies bernaches, des cygnes, des poules d'eau, et même des mouettes venues de l'océan s'ébattaient.

— Regarde bien les petits oiseaux noirs, disait-il. Ceux au bec rouge sont des poules d'eau, ceux au bec blanc des foulques macroules.

Je n'arrivais pas à retenir ce nom compliqué, je l'écorchais à chacune de nos balades, ça le faisait sourire.

Nous pédalions jusqu'au banc en bord de canal, face à l'église fortifiée. Un saule pleureur balayait l'eau de ses franges. Papa s'asseyait, sortait de sa poche un paquet de cigarettes blondes et fumait en s'absorbant dans la contemplation de l'eau.

Je marche jusqu'au banc, seule dans l'air frais du matin. Il fait beau, le ciel est pur, je m'assois sous le saule. Il a tellement grandi qu'un mur de feuilles vert tendre m'encercle, je distingue à peine l'église et la berge d'en face. Je suis dans une bulle de feuillage, les ramures oscillent au gré du vent, parfois l'une caresse mon visage. Elles rident l'eau et je pense à ce père muré dans sa douleur, dans le remords, à cet homme qui donna tout à celle qui n'était pas sa fille en mémoire de Daphné, l'amour de toujours, l'amour des bords du canal, car à n'en pas douter maman était son premier amour, le seul et, comme moi, il l'entraînait au bord de cette eau claire, et peut-être l'embrassait-il sous ce saule, lui volait-il un baiser, à l'abri des regards indiscrets ?

M'emmener là, moi aussi, était un pèlerinage, un hommage secret à Daphné transpercée d'une flèche d'or, il se plongeait ainsi dans les souvenirs comme on se recueille sur une tombe. Sauf qu'un arbre, des frondaisons, une eau qui s'écoule dans le clignement du soleil sont tellement plus beaux qu'un marbre froid, une inscription et quelques chiffres définitifs…

Comme lui, je m'en rends compte à l'instant, je me remémore le temps d'avant. Je marche sur le chemin de halage et, tel un lourd cheval de trait, je tire la péniche du passé. Loin, très loin, je vois deux bicyclettes, un père et sa fille riant dans la lumière, s'arrêtant pour reprendre leur souffle, pestant contre ce vent contraire qui les freine et les épuise, buvant une rasade d'eau parfumée d'Antésite, de sirop de menthe ou d'orgeat, reprenant leur course, longeant au mois d'avril les catalpas fleuris sous une pluie de pétales blancs et, à l'automne, les érables enflammés par les premiers froids.

Cet homme pour moi est une énigme : comment a-t-il pu vivre avec une enfant qui n'était pas la sienne ? Comment a-t-il pu partager ses jours avec cette fille qui ressemblait tant à sa mère, ce reproche vivant, ce reproche de chaque instant ?

Que percevait-il en elle de son rival, de Messaoud ?

Fallait-il qu'il aimât éperdument Daphné pour une telle expiation !

Ma mère et tout son amour ne pouvaient-ils rien contre la volonté défaillante d'un homme à la dérive ? N'avait-il jamais, pensant au désarroi, à la détresse de sa femme, interrompu la course du verre empoisonné vers ses lèvres ?

Quand il riait et qu'il me regardait, son rire se figeait parfois comme si le souvenir d'elle ranimé par mes traits anéantissait sa joie. Il riait d'un rire tragique, les sanglots en embuscade. Ce rire, je le retrouve parfois chez ceux que la mort a brisés.

M'aimait-il vraiment ou retrouvait-il Daphné à travers moi ? N'étais-je que le pâle reflet d'une morte ? Retrouvait-il sur mon visage les traits de la trahison, les traits de Messaoud, mon autre père ?

Je me souviens des moments passés avec lui, au bord du canal. Me reviennent ses regards, sa tendresse, ses gestes protecteurs, ses mots rassurants, et je n'ai plus de doute.

Parvenue à l'écluse de la Queue d'Ham, je m'allonge dans l'herbe sous le noyer centenaire et songe au fardeau du passé que je traîne depuis si longtemps. Pourrai-je enfin trancher la corde qui me lie à lui ?

Pourrai-je ouvrir les vannes de l'écluse, franchir les vantelles et gagner l'amont ?

Je pense à Salim, à son amour pour ma mère aussi violent que celui de papa. M'aime-t-il vraiment, ou veut-il la retrouver à travers moi ?

Ne suis-je, pour lui aussi, que le pâle reflet d'une morte ?

Salim téléphone, envoie des textos ou des mails de Jérusalem pour m'informer des moindres détails de sa nouvelle vie.

Pendant quelques semaines, il sera hébergé par les dominicains dans leur monastère. Quelle idée ! Il voulait habiter un lieu neutre. Ni juif ni musulman. Peur de prendre parti ? Non, il n'est pas là pour ça. C'est un fanatique d'histoire, d'archéologie. Je me souviens de son intérêt pour les bijoux du Fayoum, pour les langues anciennes. Dans ce monastère, il y a une bibliothèque fabuleuse, cent cinquante mille volumes sur l'histoire, l'antiquité du Moyen-Orient, la Bible, les langues sémites. Il a une passion secrète pour le phénicien et son petit frère, le punique. Il aimerait établir des connexions entre les parlers arabes d'Afrique du Nord, de Malte et ces deux langues. Il prépare une thèse qu'il soutiendra à la Sorbonne. C'est pour cette raison qu'il a eu le droit de séjourner chez les dominicains. Ils sont très sélectifs, on ne pénètre jamais chez eux sans raison. Il a accès à leur bibliothèque vingt-quatre heures sur vingt-quatre. C'est inestimable.

La journée, il marche des heures dans la ville, du nord au sud, d'ouest en est, malgré les mises en garde. Il n'a aucune crainte, il appartient aux deux peuples. Il s'enivre de sons, de couleurs, d'odeurs, de pierres puis, en fin d'après-midi, s'installe dans la bibliothèque et dévore tout ce qui a trait aux deux langues disparues. Avantage collatéral, il apprend l'hébreu, étonnamment proche du phénicien. Il fait des progrès incroyables en écoutant les radios et en regardant les chaînes de télévision israéliennes.

La salle de lecture est plongée dans le noir, seule la lampe très blanche de son pupitre dispense un peu de lumière, le silence est impressionnant et tous ces livres, toute cette mémoire, c'est étourdissant ! Au début, il était seul, mais depuis trois jours il a un compagnon d'insomnie et deux lumières aux deux extrémités de la salle ponctuent la nuit. De temps à autre, Salim lève la tête et voit l'autre homme plongé dans des bibles, des parchemins ou des revues. Quand leurs regards se croisent, ils esquissent un discret signe de tête, sourient et retournent à leur lecture. Hier ils se sont parlé, l'homme écrit sur Job, le patriarche.

Pourquoi lui ?

Il est emblématique du peuple d'Israël qui, maintes fois écrasé par l'histoire, n'a jamais perdu la foi. Pour preuve, l'homme a cité une phrase du Coran : « Et Nous rendîmes à Job sa famille et la fîmes deux fois plus nombreuse, comme une miséricorde de Notre part et comme un rappel pour les gens doués d'intelligence. »

Cette phrase résume l'histoire du peuple hébreu.

Quand il l'a lue pour la première fois, par hasard, il y a trois ans, il a été ébranlé. Sa famille, décimée par la Seconde Guerre mondiale, avait perdu la foi. Job la lui a redonnée, à lui, l'enfant du ghetto.

Ce soir, Salim est intarissable, je lui coupe la parole :

— J'ai besoin de ton adresse à Jérusalem.

— Pourquoi ?

— Pour t'envoyer un souvenir.

— Un cadeau ?

— En quelque sorte.

— 6, Nablus Road, Jérusalem. Diane... je...

Sa voix hésite. Soudain, un drôle de bruit dans le combiné et la communication s'interrompt.

Ma secrétaire m'informe, très contrariée, qu'une femme insiste pour me rencontrer et qu'elle ne partira qu'après m'avoir parlé.

— Qui est-ce ?

— Une Arabe en tchador, elle refuse de donner son nom…

Je pense immédiatement à Aziza, mais non, c'est impossible, inimaginable, Aziza ne peut être à Paris. Aziza c'est le Maroc, Imlil, la Villa Taylor.

— Faites-la patienter.

Je mets en route la caméra de surveillance et le visage de ma sœur apparaît sur l'écran de mon ordinateur. Elle est impressionnée par le marbre, le verre et l'acier, les volumes pharaoniques de la banque. Ses yeux captivés bougent comme ceux d'un enfant qui découvre le monde, puis s'attardent, probablement, sur les peintures acryliques abstraites qui ajoutent de la froideur au glacial de l'architecture.

Je zoome, elle est belle ; ses traits, d'une finesse extrême, rappellent ceux de Messaoud, notre père. Au Maroc, j'avais évité ce visage si proche, trop proche, trop révélateur. Je retrouve les mimiques qui m'avaient troublée, cette proximité presque indécente. Cette femme qui me ressemble, je ne peux m'empêcher de me projeter en elle, de lui prêter mes sensations, mes désirs et, je n'ose le dire, ma sensualité. Cette sœur couverte de la tête aux pieds, parée d'une infranchissable muraille de tissu, éprouve-t-elle, quand tombe la nuit, les mêmes émois ? Pense-t-elle à un homme comme je pense à Salim, sa peau sous la carapace de coton frémit-elle comme s'agace la mienne et ses mains caressent-elles ce corps qui se dérobe aux regards ?

Je l'imagine marchant très droite dans les rues de Paris sous l'œil désapprobateur des passants, fière d'une liberté qui n'est pas la nôtre.

Ses yeux, un instant immobiles, s'animent ; ils suivent le parcours erratique d'un insecte, un papillon multicolore aux ailes feuille morte frangées de brun, ocellées de blanc, de bleu, de rouge et de jaune.

Un paon du jour !

Dans les campagnes de l'Aisne, papa pointait du doigt ces miracles éphémères et d'une voix tendre me conjurait de les admirer.

Comment ce papillon a-t-il pu entrer ?

À la réflexion, son intrusion dans le hall désincarné d'une banque d'affaires n'est pas plus inattendue que celle d'Aziza.

Depuis la mort de Moune, le monde des disparus ne cesse de se rappeler à moi, et parfois d'étrange façon.

Mon vaste bureau intimide ma sœur et son regard vierge en dévore la moindre parcelle.

— Ce voyage n'était pas prévu, dit-elle, je m'en voulais d'avoir oublié à Imlil ce que je devais vous remettre au cimetière.

Je l'interroge sur la nature de l'objet : pourquoi cette urgence ? Elle aurait pu attendre mon prochain voyage à Marrakech plutôt que d'engager des dépenses inutiles. Elle s'offusque du mot inutile, il était impérieux qu'elle me remette au plus vite le petit paquet qu'elle sort de son cabas. Pourquoi ne pas m'avoir prévenue ? J'aurais eu du plaisir à l'attendre à l'aéroport, à l'héberger, à lui faire découvrir Paris. Elle sourit, elle ne pouvait pas. Le moment n'est pas venu, il y a un passif à apurer. Une telle intimité entre elle et moi est impossible, du moins pour l'instant. Plus elle parle et plus elle se mure, comme si elle puisait dans l'objet mystérieux apporté du Maroc une incroyable détermination.

Aziza me tend le petit paquet blanc ficelé de noir, mes mains pressées palpent une boîte à travers le papier. D'ordinaire perspicace, je n'ai aucune idée de ce qu'elle peut contenir. Une paire de ciseaux traîne sur mon bureau, je m'en saisis et coupe la ficelle qui enserre le paquet.

Je soulève le couvercle du petit carton, apparaît une paire de chaussures de bébé, en cuir blanc ajouré. Une fine boucle dorée et une languette les chevillaient aux pieds. Elles sont neuves ; sur la semelle, *Mauduit* en lettres stylisées.

Mauduit, le chausseur de luxe pour enfants.

Surprise, je fixe Aziza, qui baisse les yeux :

— Je vous les ai volées à Imlil.

Ces frêles et dérisoires interfaces entre mes pieds d'enfant privilégiée et la terre nue étaient une muraille, j'en prends soudain conscience. Toute ma vie se résume à cela : on m'a protégée sans cesse, emmurée… Ne pas fouler la terre, draper la réalité d'artifices, occulter la vie, voilà mon éducation. Aziza, en revanche, ne devait jamais s'extraire de la terre, jamais accéder à notre monde. C'était l'ordre des choses. Ce vol était une révolte : nous étions désormais deux sœurs aux pieds nus, nous marcherions dans une même boue.

— Je vous demande pardon, dit-elle.

Je ne sais que répondre, alors elle se lève et s'en va.

Quand elle franchit le seuil de mon bureau, mes yeux se portent sur ses chaussures de cuir noir. Elle s'arrête tout à coup, comme si elle avait omis quelque chose, puis se tourne vers moi :

— Amal… Notre père vous a appelée Amal. Ça veut dire « espoir » en arabe…

De Jérusalem, par l'écriture et la voix de Salim, me parvient la lumière si particulière de la Ville sainte où l'on ne peut dire si c'est la pierre qui colore le ciel ou le vent chargé de poussière millénaire. Il affirme qu'à l'abord du soir un souffle céleste nimbe les monuments d'un éclat doré, presque blond. Ce n'est pas l'heure bleue mais l'heure d'or, l'heure où Jérusalem resplendit, un miracle tous les jours recommencé.

Il n'a pas pu résister. Avant de glisser entre deux pierres du Mur le billet confié par sa mère, il a libéré le papier du mince ruban de soie bleue qui le ceignait puis l'a déplié. Hadra y avait écrit ce court message :

> *Mon Dieu, j'ai toujours été fidèle à ma foi, Vous en êtes témoin. Pardonnez-moi d'avoir vécu dans le mensonge, d'avoir caché ses origines à mon fils. Je Vous le confie, aidez-le à vivre, protégez-le et faites qu'il soit fier de ses racines.*

Salim a retrouvé une vieille tante, son Agathe à lui, sa pierre de galène qui, une après-midi entière, lui a conté l'histoire de sa famille. Cette Agathe n'a pas perdu la tête, ses souvenirs sont intacts, comme si les blessures de la vie l'avaient préservée du naufrage.

L'appartement de Sarah était envahi de soleil, il blessait les yeux. Quand Salim s'était étonné de l'absence de rideaux, Sarah avait prétexté une vue déclinante, les flots de lumière essentiels à la perception des objets et son vieux corps toujours frileux.

— Et puis, vois-tu, le soleil de Jérusalem dissipe les ombres qui chaque nuit hantent ma pauvre tête...

Il n'avait pas osé demander de quelles ombres il s'agissait.

Elle avait parlé de Marrakech, du Mellah, de leur immense famille qui occupait des rues entières. Après l'indépendance du Maroc, la plupart des juifs avaient décidé de quitter le pays. Hadra, amoureuse d'un Marocain, avait refusé de suivre ses parents en Israël.

— Que sont devenus mes grands-parents ?

— Ils sont morts dans un attentat, avait répondu la vieille tante, du côté de Beer-Sheva. Hadra n'a pas assisté aux obsèques, ton père l'en a empêchée...

Sa mère avait menti jusque sur son lit de mort, pourquoi s'était-elle acharnée à travestir la réalité ?

Sarah l'avait fixé de ses prunelles noires cerclées de blanc, de ses yeux délavés par l'âge :

— Elle avait promis à ton père de garder le secret. Avant de l'épouser, il l'avait suppliée de se convertir à l'islam. Elle avait refusé, il devait l'accepter telle qu'elle était, elle ne renierait ni ses ancêtres ni sa religion. Pour rien au monde, pas même pour lui. Il devait la comprendre, il l'aimait aussi parce qu'elle était juive, c'était une part d'elle-même, indissociable, inaliénable. Il renonça à la conversion mais, en contrepartie, lui fit jurer qu'elle n'avouerait jamais ses origines à leurs enfants et qu'ils seraient élevés dans la foi d'Allah.

Quand Salim avait poussé la porte du monastère, le soleil s'était couché depuis longtemps. Il avait gagné sa chambre et s'était allongé dans la pénombre. De sa fenêtre, il avait vu une foule d'étoiles scintiller. Les anciens prétendaient que chacune d'elles était l'âme d'un défunt. Il aimait l'idée qu'après un attentat, une guerre ou un holocauste, le ciel s'illuminât d'astres nouveaux, comme une consolation pour ceux qui avaient survécu.

J'appelle Aziza quelques jours après sa visite, je souhaite la rencontrer avant son départ, lui remettre un cadeau.

— C'est impossible, décline-t-elle, je pars demain. Vous me le donnerez à Marrakech.

Je suis déçue.

Je m'interroge sur l'avenir de notre relation. Tout nous sépare, qu'avons-nous en commun ? En fait, la religion, l'habit, les mœurs ne sont que des cloisons de plâtre. Ils ne peuvent détruire nos sentiments ni gommer notre humanité.

Je parle de la broche que j'ai eu tant de mal à trouver : un paon du jour en or et vermeil.

La semaine dernière, Françoise avait contacté tous les grands joailliers de Paris, dimanche j'avais écumé les puces, sans succès. Lundi, un bijoutier m'avait jointe : un ancien modèle des années 1950 était disponible, je m'étais précipitée place Vendôme.

Elle rit, ses convictions ne lui permettent pas de se parer.

— Je le sais, dis-je, ce n'est pas une parure que

j'offre, mais un symbole, tout comme mes chaussures d'enfant. Je souhaite que vous gardiez à jamais le souvenir de votre visite à la banque. J'ai été témoin de la scène avec le papillon.

Elle s'étonne.

— Oui, je l'ai vu voler autour de vous grâce aux caméras de surveillance. Elles ont capté ce moment inattendu.

— Dans la tradition berbère, m'apprend-elle, c'est un présage heureux.

Je lui raconte la tendresse du père qui m'a élevée pour les paons du jour des campagnes françaises.

— Cet insecte coloré, Aziza, c'est un signe envoyé par la Villa Taylor. J'aimerais que vous le portiez sur votre épaule.

Elle ne répond rien.

— Je l'enverrai à Marrakech, vous en ferez ce que bon vous semble…

Grand-mère avait, il y a bien longtemps, dénigré l'islam et sa rigueur, le port du voile, la soumission des femmes. Grand-père avait souri, puis lu à voix haute quelques phrases de Tertullien, un Berbère romanisé de Carthage, Père de l'Église. On les croirait écrites par un imam intégriste pour les musulmanes d'aujourd'hui :

> *Montrez-vous maintenant sous les fards et les bijoux des prophètes et des apôtres, tirant de votre simplicité votre blanc, de votre pudeur votre rouge, vos yeux peints de retenue et votre bouche de silence, à vos oreilles les paroles de Dieu, à votre cou le joug du Christ. Pliez la tête sous l'autorité de vos maris et vous serez assez parées ; occupez vos mains au travail de la laine, ne bougez du logis et vous plairez plus qu'ensevelies sous l'or ; habillez-vous de la soie de l'honnêteté, du lin de la pureté, de la pourpre de la pudeur. Avec de tels fards, vous aurez Dieu pour amant.*

— Autres temps, autres mœurs, avait conclu

grand-père. Tu voudrais qu'en soixante ans ce pays accomplisse ce que nous avons mis des siècles à bâtir ? Notre échelle de temps n'est pas la sienne, nos valeurs ne sont pas universelles.

— Rêveries en terres profanées…

Hier soir, en prononçant cette phrase, Salim a attisé ma curiosité, alors j'ai appuyé sur la touche haut-parleur de mon téléphone et sa voix a envahi la pièce. J'ai éteint toutes les lampes et me suis assise dans le noir, face aux lumières de Paris.

Le matin même, il s'était rendu sur les flancs de Har HaZeitim, le mont des Oliviers, à la découverte des tombes familiales. Du cimetière, il embrassait un panorama superbe, un champ immense de tombes et, au-delà, les murailles crénelées de Jérusalem qui couvraient de leur ombre les maisons et les monuments.

— Je t'en ai fait un compte rendu détaillé, a-t-il ajouté, va sur ta boîte mail.

En effet, il m'avait envoyé quelques minutes auparavant un long mail où il relatait sa visite.

Il avait tenu à rendre hommage à ses grands-parents.

Sarah avait tenté de l'en dissuader, c'était dangereux, il risquait d'être agressé. Il n'avait prêté qu'une attention polie aux conseils de la vieille dame et le lendemain, dès l'aube, avait marché du monastère jusqu'à l'entrée du cimetière. Un employé du centre d'information avait pianoté sur un ordinateur et indiqué d'un geste imprécis la direction à prendre. Salim avait sorti de sa poche l'itinéraire tracé d'une main hésitante par Sarah, mais comment retrouver les deux exilés déchiquetés par une bombe aux abords de Beer-Sheva dans cet amoncellement de sépultures ?

Il avait cherché en vain puis s'était lassé. Il n'était même pas certain que les pierres tombales de sa famille fussent toujours intactes. Il en avait croisé plusieurs vandalisées. Depuis quelques années, les profanations avaient repris.

Après tout, quelle importance s'il ne les retrouvait pas ? Il croyait aux forces de l'esprit, à la puissance du souvenir.

Pour lui, les mausolées sont l'expression dérisoire de la fatuité humaine. Après sa mort, il souhaite être brûlé et que ses cendres soient répandues là, sur le mont des Oliviers, ou à Marrakech, au pied d'un palmier.

Il avait grimpé tout en haut du cimetière, enjambant les stèles, marchant sur les tombes, elles étaient si proches qu'il était impossible d'avancer sans les fouler. Fatigué, il s'était assis sur un tombeau, contemplant la ville et l'ombre des murailles qui petit à petit rétrécissait.

Dans les cimetières juifs, s'était-il rappelé, les concessions sont perpétuelles et le repos éternel. C'était oublier les guerres, les cataclysmes, les fois nouvelles.

Il avait pensé à sa famille, qui avait abandonné Marrakech pour Jérusalem, et avait péri dans un pays qu'elle croyait sûr. Ses grands-parents étaient morts en martyrs, ils avaient mérité qu'on les inhumât sur le mont des Oliviers. Au jour du Jugement dernier, selon la tradition, ils seraient les premiers à s'éveiller et, drapés de linceuls de lumière, à gagner l'esplanade du Temple.

Alors que le soleil devenait brûlant et qu'au loin le dôme du Rocher s'embrasait, il avait songé à partir. Il s'était souvenu de ses ancêtres qui, lorsqu'ils honoraient une tombe, déposaient sur la dalle un caillou, minuscule témoin de leur passage. Certaines sépultures autour de lui en étaient couvertes, d'autres étaient nues, alors il avait ramassé quelques poignées de pierres et les avait déposées sur celles auxquelles plus personne ne rendait hommage.

En gagnant la vallée du Cédron, devant Yad Avshalom, il avait pensé à l'employé du centre d'information qui en quelques clics avait retrouvé ses grands-parents. Leurs noms étaient conservés dans des serveurs à la mémoire colossale quelque part en Californie ou ailleurs, et quand lui, Salim, aurait disparu ainsi que toute sa famille, leur mémoire vivrait encore dans un cénotaphe cybernétique.

L'homme du XXIe siècle, en emmagasinant des milliards de milliards d'octets et de pixels, accomplissait le rêve millénaire de l'humanité : tuer la mort. Tant que vivraient Google, Facebook ou Twitter et leurs ordinateurs à la puissance délirante, la mémoire de Shlomo et Rivka, ses grands-parents, vivrait, tout comme vivait à Yad Vashem celle des victimes du nazisme déportées et gazées.

Les clics des navigateurs du Net sur les noms, les profils, les tweets des disparus remplaçaient les cailloux des anciens. Désormais leur mémoire était indélébile et n'importe qui, n'importe où, avait accès à leurs souvenirs, leurs photographies, leur intimité. Des rappels incessants de Facebook invitaient les vivants à souhaiter aux morts un bel anniversaire, perturbant leur repos éternel – ce qui, à la réflexion, était une forme inédite de profanation…

Quand il avait passé les murs de la vieille ville, Salim avait retrouvé un peu de fraîcheur dans les ruelles étroites des quartiers arabes. Il avait soif, il s'était arrêté dans une échoppe et, pour se désaltérer, avait acheté un sorbet au citron. Il avait parlé en arabe au marchand qui, intrigué par son accent, avait demandé d'où il venait.

— De Marrakech.

— Qu'es-tu venu faire à Jérusalem ?

D'un doigt il avait montré le mont des Oliviers et l'immense cimetière qui courait sur son flanc.

— Tu es juif ?

— Juif par ma mère, musulman par mon père.

— Mais tu ne peux pas être les deux, il te faut choisir !

Salim avait ri, comment choisir ? Sauf à le couper en deux, comme l'aurait peut-être ordonné Salomon, c'était impossible.

Il était l'un et l'autre, indissociable…

Cette voix qui, soir après soir, conte l'histoire tragique d'une famille disloquée, la quête d'un passé douloureux, me révèle la solitude abyssale d'un homme. Je le vois sur le mont des Oliviers dans l'aube naissante, silhouette fragile parmi les pierres, épuisé d'avoir cherché en vain, s'asseoir sur une tombe et comprendre enfin que la plus belle des stèles, la plus belle des épitaphes est la mémoire.

Est-ce le même homme qui une nuit, dans le jardin de la Villa Taylor, m'a ravalée au statut de proie ? Est-ce le même homme qui, bestial, a pris son plaisir sans se soucier d'en donner ?

Je sens qu'au fil des jours et des nuits je flanche, que cette voix qui du bout du monde dévide son écheveau devient essentielle. Quand mon doigt caresse la touche haut-parleur du téléphone, sa voix s'épand et m'enveloppe comme un voile d'une douceur brûlante. J'ignorais qu'un simple timbre, de simples intonations puissent à ce point bouleverser. Depuis une semaine, je vis à Jérusalem, hébergée par les frères dominicains, blottie dans la pénombre contre un mur de leur bibliothèque à épier Salim et son nouvel ami, l'enfant du ghetto, le fils de Job ; me voilà chez Sarah, sa tante, penchée par-dessus son épaule sur un album photographique, découvrant les rares clichés heureux de Marrakech. Je suis à son côté près du Mur des lamentations à l'instant où, plein d'émotion, il glisse entre deux pierres le papier confié par sa mère sur un lit d'hôpital, comme un testament. J'entends psalmodier les religieux aux boucles noires vêtus de noir et crier les oiseaux noirs qui éperdument tournent au-dessus du Kotel dans le ciel divinement bleu de Jérusalem.

Peut-on vivre ailleurs par la seule magie d'une litanie ?

Cette solitude solaire qui magnifie Salim, je veux la briser mais, très vite, la raison me met en garde : à trop vouloir approcher le soleil, je risque de me brûler puis de fondre. Car il brille, cet homme, il irradie malgré la distance et ne me quitte plus. Le souvenir de sa violence inouïe m'éloigne quelquefois mais, soudain, sa voix s'échappe du néant. Hypnotique, elle m'enlace, m'entrave, et je pense à l'Atlas saupoudré de neige, à notre étreinte inachevée une nuit du mois d'août sur les bords d'un oued aux rives tapissées de lauriers blancs et roses, à cinq cents mètres d'une ruine calcinée, dernière demeure de Messaoud et Daphné, les amants maudits de la Villa Taylor, mon père et ma mère, incendiés de passion.

Devrais-je abandonner ma citadelle imprenable pour un château bâti sur des sables mouvants ?

Le cadeau promis à Salim s'est envolé ce matin pour Jérusalem. Deux jours plus tard, je reçois un appel d'Israël. Salim parle d'une voix inhabituelle, je sens de l'émotion. Il était impatient de recevoir le colis. Mon premier présent ! Il avait échafaudé plusieurs scénarios allant du banal bibelot, pourquoi pas une tour Eiffel ou le Sacré-Cœur ? Il s'esclaffe, ça ne m'aurait pas ressemblé. Il avait pensé à un bracelet, en fil noir tressé, à fermoir argenté : ça lui aurait plu d'avoir un peu de moi autour du poignet. Mais non, il avait de nouveau écarté l'option. Un livre ou quelque chose de cérébral serait plus en accord.

Quand l'employé de DHL lui a tendu l'enveloppe jaune au logo rouge, il l'a immédiatement manipulée, pressurée pour en deviner le contenu. En vain, du papier bulle protégeait l'objet, interdisant d'en saisir les contours, préservant son mystère.

Il s'est précipité dans sa chambre, quelques mètres carrés ceints de quatre murs blancs et nus, hormis un crucifix de bois noir. Une cellule, au sol couvert d'un carrelage froid et clair, avec pour tout mobilier un lit métallique, une table, une chaise, un portant. Endroit idéal pour l'ascèse, rien pour distraire les sens, aucun bruit. Un lieu parfait, comme ces cadres dépouillés qui mettent en valeur les couleurs d'un tableau.

La nuit tombait quand il a ouvert le pli.

De sa fenêtre, il voyait le cloître et la statue de saint Dominique à genoux. Une lumière rose baignait tout. Il a été surpris par cette fiole pleine de liquide ambré. Quand il l'a ouverte, un parfum puissant a envahi la chambre minuscule, si puissant qu'il en a gommé les murs. Ce parfum, il l'a immédiatement reconnu. Il s'est assis sur le lit, en a versé quelques gouttes sur son bras nu et a fermé les yeux. C'était le parfum de la première femme, la femme de l'enfance, la première qu'il ait aimée.

Le parfum du premier amour !

Les souvenirs ont défilé...

Il était Villa Taylor sous les grands arbres, il courait vers Daphné, saisissait sa main, très fort, pour imprimer à jamais le parfum de sa peau sur la sienne et que, la nuit venue, il s'endorme avec le souvenir d'elle.

Il est descendu dans la salle de lecture en titubant, saoulé par le parfum retrouvé. À peine assis à son pupitre, il a cherché fébrilement dans le dictionnaire anglais-phénicien, sa Bible à lui, le mot « parfum » et il a trouvé *rouh*, un terme qui signifie « âme » en arabe. Ainsi, dans ces deux langues, parfum et âme ont la même appellation. Je ne pouvais lui faire de plus beau cadeau : ramener Daphné à la vie.

Je l'ai ranimée !

Si nous devions nous revoir un jour, si par miracle

nous nous retrouvions, il exigerait que je ne lui offre plus rien, jamais. J'ai ouvert la porte de son passé et, peut-être, celle de son avenir.

Il me demande pardon. Il sait qu'il est impardonnable. Il a commis l'irrémédiable, mais il était fou, est-ce que je peux comprendre ?

Il n'a pas résisté.

— Pardonne-moi, Diane ! Ce n'est pas l'homme qui a commis le forfait, mais l'enfant.

Il a la faiblesse de croire que mon corps a déjà pardonné, une certaine nuit, loin, là-bas, dans les montagnes de l'Atlas saupoudrées de neige.

Quand, dans la bibliothèque, au terme de ses pensées, il a levé la tête, il a vu l'homme à l'autre bout de la salle, l'enfant du ghetto, nimbé de lumière blanche. Il s'est levé, l'a arraché à ses parchemins et l'a questionné.

Savait-il que *rouh* signifiait à la fois âme et parfum ?

L'homme a de nouveau répondu par une phrase du Coran, une phrase sur Jésus et Marie : « Nous avons insufflé en celle qui a préservé sa pureté un peu de Notre âme [*rouh*] et Nous avons fait d'elle et de son fils un miracle pour les gens. »

Salim poursuit à voix basse, comme s'il craignait d'être entendu et accusé de sacrilège :

— Et Dieu a fait d'elle et de sa fille un miracle pour le petit garçon de Marrakech…

2 heures du matin, je prépare le conseil d'administration de demain. Le plan social ne sera pas voté, j'ai persuadé la majorité des administrateurs. Mais plus que ma métaphore sur les fourmilières, c'est la crainte de me voir partir qui les a convaincus.

À cette heure tardive, mon bureau est plongé dans le noir. Pour seule lumière, l'écran blafard de mon ordinateur. Des chiffres s'alignent, des courbes, des pourcentages, les résultats du premier semestre sont excellents. En dépit de la crise, sauf imprévu ou décision malencontreuse, nous pourrons tabler sur une croissance de quatre pour cent.

Pour la première fois, il y a trois jours, j'ai posé une photo sur mon bureau, un cliché de la Villa Taylor. J'avais du dédain pour ceux qui étalent les instantanés niais de leur vie domestique et montrent ainsi combien ils sont attachés aux bonnes valeurs bourgeoises traditionnelles.

Mon portable sonne, un rapide coup d'œil indique un appel de Salim.

Mais quelle heure est-il à Jérusalem ?

3 h 20.

La nuit est douce, il a laissé la fenêtre ouverte, un vent frais caresse son corps. Du lit, il voit le ciel étoilé, un fin croissant de lune. Il vient de faire un rêve étrange et beau. Si beau qu'il s'est éveillé nostalgique et heureux.

Ce rêve, il veut le partager avec moi. Les songes sont ténus, fragiles comme des mirages, on les oublie vite, ils s'effacent en quelques instants. Celui-là, justement, il ne veut pas l'oublier, il veut que j'en sois le témoin.

C'est la nuit, très tard, il marche seul rue de Rivoli.

Il longe les Tuileries jusqu'à la place de la Concorde ; plongées dans le noir, la fontaine des Mers et celle des Fleuves sont à l'arrêt.

Son téléphone sonne, il entend ma voix :

— Salim, veux-tu connaître l'étendue de mes pouvoirs ?

Il ferme les yeux un instant…

Et soudain les fontaines s'embrasent. Et de la bouche des tritons dorés jaillit une eau gorgée de lumière.

Une lettre est arrivée du Maroc ce matin.

Sur l'enveloppe, mon adresse écrite d'une écriture appliquée et serrée, sobre et austère. Intriguée, je la décachette très vite :

Ma chère Diane, ma très chère Amal,

J'ai reçu hier votre broche, merci beaucoup, on ne m'avait jamais fait un si beau cadeau. Je ne porte pas de bijoux, vous le savez, mais pour vous je ferai une exception, il sera sur mon cœur le jour de mon mariage et, inch' Allah, *vous serez là pour le voir.*
Je vais peut-être me marier au printemps prochain.
Je ne vous l'avais pas dit mais j'étais aussi à Paris pour rencontrer mon futur mari. Il s'appelle Samir, il est né en France, c'est le meilleur ami du fils de mon oncle maternel. Il est veuf, sa femme est morte avec leur bébé pendant l'accouchement, Allah I r'hamhoum.
J'étais soucieuse, je pensais qu'il était comme certains de ces Marocains de l'étranger que nous voyons chaque été au pays. Ils ont oublié nos traditions, ne pratiquent plus notre religion et ne pensent qu'à copier les Occidentaux.

Samir est tout l'inverse, très droit, très pieux, nous avons beaucoup parlé et beaucoup marché dans Paris, je n'imaginais pas cette ville si grande, si belle, si pleine d'histoire. Il m'a fait découvrir beaucoup d'endroits et je dois avouer que sa présence les rendait encore plus beaux.
Je suis heureuse !
Une chose m'inquiète malgré tout, il souhaite que je vive avec lui, à Paris. Il est ingénieur informatique et pense qu'il ne trouvera pas un travail aussi bien payé au Maroc.
J'ai peur d'habiter dans cette ville immense loin de ma mère et de mon pays. J'ai peur des gens qui n'aiment pas l'islam, et il y en a beaucoup. Ils nous regardaient mal quand nous nous promenions dans Paris, et certains faisaient des réflexions désagréables.
Je ne vois pas en quoi mon hijab les dérange, il fait partie de moi, personne ne m'oblige à le porter et je ne me sens pas inférieure à qui que ce soit et surtout pas aux hommes. Quand, au Maroc, je vois une Occidentale en chemisier léger, short et claquettes, je ne l'agresse pas parce qu'elle n'est pas habillée comme moi. Je la respecte et ça me gêne beaucoup que le comportement des Français ne soit pas comme le mien.
Je ne supporterais pas de vivre sous la contrainte. Pour moi, la plus belle parure pour une femme, c'est le voile. Je comprends que les Occidentaux n'aient pas la même opinion, mais en quoi montrer ses cheveux, ses bras et ses jambes serait-il la vraie liberté ? La liberté, la vraie, c'est de pouvoir marcher dans les rues sans être insultée pour sa tenue, c'est de pouvoir travailler, d'élever ses enfants dignement, de les éduquer, de vivre avec un homme qui vous respecte et qui a les mêmes principes que vous.

La liberté ne tient pas à un bout de tissu.
Pour me réconforter, je me dis que vous serez là, vous ma sœur, et que, sans doute, mon quotidien sera moins dur.
Je n'ai pas encore dit oui à Samir, je réfléchis. Il m'appelle tous les jours et j'ai juré que je donnerais une réponse dans un mois. C'est difficile de le faire attendre.
Penser à la vie que j'aurais avec lui me remplit de joie. Mais je me dis aussi qu'un jour ce pays nous rejettera peut-être et qu'alors nous serons contraints de partir, de revenir en catastrophe au Maroc ou d'aller ailleurs. Ça me terrifie, on voit tous les jours à la télévision des bateaux remplis de pauvres gens, d'enfants effrayés, qui fuient la guerre en Syrie et en Irak. Je ne veux pas vivre ça et, si Dieu m'offre la chance d'avoir un ou deux enfants, je ne veux pas qu'ils connaissent l'exil.
J'ai regardé un jour un film sur la guerre mondiale et sur les Juifs que tous les pays d'Europe ont déportés et massacrés.
L'histoire peut se répéter, tout le monde le sait.
Quand vous reviendrez à Marrakech, très bientôt j'espère, j'aimerais que nous parlions de tout ça, j'ai besoin de vos conseils. J'exagère peut-être mais j'ai vu tellement de haine dans certains regards.
Je suis heureuse de vous avoir, et même si je ne vous l'ai jamais montré, j'ai beaucoup de tendresse pour vous, la tendresse d'une grande sœur.
Je vous embrasse, Diane, Amal ma petite sœur, et que Dieu vous garde.

Aziza

Cette femme, cette sœur, qui est-elle vraiment ?
Le sang du même père coule dans nos veines,

mais nos armures diffèrent. Ne sommes-nous pas les symboles du monde d'aujourd'hui ? Une intimité organiquement, sentimentalement très proche et une enveloppe factice, tissée par des civilisations antagonistes : l'orientale, médiévale, obscurantiste, rétrograde pour beaucoup d'entre nous, et l'occidentale, satanique, matérialiste, indécente pour nombre d'entre eux.

Ce ne sont bien sûr que des mots : que fait-on de notre humanité ?

Déchiquetée par les attentats des uns, pulvérisée par les frappes chirurgicales des autres, elle survivra à toutes ces guerres inutiles dont il ne restera rien.

J'ai croisé Cédric, mon premier amour, à un vernissage. Je ne l'ai pas immédiatement reconnu, dix années ont eu raison de sa fraîcheur juvénile. Je me souvenais d'un visage aux yeux très bleus, angélique, d'une masse de cheveux blonds, il ressemblait à un jeune homme de la Renaissance italienne, à un modèle de Botticelli. Quand nous marchions dans les rues de Paris, nous attirions tous les regards tant nous étions dissemblables, une Vénus diaphane à son bras eût été plus naturelle.

Quand il est venu me saluer – « Diane, tu ne sais plus qui je suis ? » –, j'ai, tout au long d'un échange convenu, pensé au héron blanc et au corbeau noir de la boîte à bijoux de maman. J'ai enfin su pourquoi elle avait choisi cette laque : elle symbolisait Daphné et Messaoud, elle était l'expression exacte de leur passion.

Après les politesses d'usage – « Toujours aussi belle, et même encore plus… », « Quelle réussite exceptionnelle, bravo ! », « Es-tu mariée ? » –, j'ai questionné Cédric sur Shibata Zeshin, le peintre japonais de la laque de maman. Il m'a regardée, surpris, il ne connaissait ni l'artiste ni la fameuse laque.

— Quand j'étais à ton bras tu étais le héron blanc et moi l'oiseau noir. Entre nous c'était impossible.

Il a dû penser que j'étais folle, il s'est éloigné en bafouillant. Je l'ai suivi longtemps, le regard aimanté par sa calvitie avancée.

Le hasard – mais est-ce vraiment le hasard ? – m'a fait rencontrer quelques jours plus tard Julien, Julien au beau visage clair, à la démarche un peu gauche, Julien le généreux, le tendre, l'attentionné. Il souriait dans la foule d'un cocktail. J'ai éprouvé de la tristesse en le voyant, j'avais foulé aux pieds ses sentiments, méprisé son amour. Je l'avais blessé.

Mais peut-on s'embraser quand il n'y a pas de flamme, seulement de la tendresse, du compagnonnage ? Je me suis souvenue des nuits d'amour sans amour, des étreintes sans passion, de la cassette de maman et de son monologue, de ma nuit à Imlil, du brasier dévastateur des montagnes de l'Atlas, de Salim, et je me suis sentie moins coupable.

Je me suis dirigée vers lui, quand il m'a vue son sourire s'est effacé. Je l'ai embrassé puis ai murmuré à son oreille :

— Pardon.

Dans l'îlot de lumière dispensé par ma lampe de bureau se dresse la photo de la Villa Taylor ; je ne peux m'empêcher de penser à sa destinée et à celle de la toile de Winston Churchill peinte sur la tour berbère. Qu'était-il advenu du tableau ? En quelques clics, j'ai découvert son parcours. Elliott, le fils du président Roosevelt, en hérita puis le vendit en 1950 à George W. Woodward, un collectionneur du Nebraska.

Savait-il, Elliott, à quel point ce tableau, le seul peint par Churchill pendant la Seconde Guerre mondiale, était cher à son père ? Savait-il à quel point son père avait aimé Marrakech et la Villa Taylor ?

Ce puissant témoignage d'amitié, souvenir d'un moment d'exception volé à la guerre, fut cédé pour quelques dollars, comme le *Iolanda* ou la Villa Taylor.

Elliott n'avait sûrement pas lu la lettre de son père au vice-consul américain Pendar évoquant la Villa Taylor :

> *Cette merveilleuse collection d'impressions me rappelle et me rappellera toujours ma visite à Marrakech ; je*

crois que si j'avais été initié à l'art de peindre, je serais demeuré avec Mr Churchill.
Tous les membres de notre mission ont été frappés par la beauté de la villa et de ses jardins...

Sa lecture l'aurait sans doute dissuadé de se séparer du *Minaret de la Koutoubia*.

George W. Woodward vendit le tableau en 1964 à Norman G. Hickman, producteur de cinéma, financier et collectionneur. Il fut exposé dans les locaux du *New York Daily News* en janvier 1965 à la mort de Sir Winston et, pendant l'été 1970, au Mémorial Churchill à Fulton, dans le Missouri. À la mort de Hickman, il revint à la deuxième épouse, puis à la fille de celui-ci, qui le remisa quinze années. Il fut ensuite acheté par Bill Rau, propriétaire d'une galerie fameuse à La Nouvelle-Orléans, M.S. Rau Antiques.

En août 2011, un collectionneur anonyme l'acquit pour trois millions de dollars. Trois ans plus tard, il fut exposé au musée d'Atlanta et l'on découvrit qu'il appartenait à Brad Pitt et Angelina Jolie...

Qu'adviendra-t-il de la Villa Taylor ? Passera-t-elle de main en main, comme la peinture de sir Winston Churchill ? Me survivra-t-elle ?

Nul ne se préoccupera alors de mon amour pour cette maison, ni de son histoire.

Après tout, quelle importance...

Si je pouvais gravir les escaliers de ma vie, comme Roosevelt et Churchill ont escaladé ceux de la tour berbère, arrivée sur la dernière marche, j'y verrais sûrement la Villa Taylor, les murailles ocre de Marrakech et, dressé dans l'air transparent de l'hiver, tout contre les cimes enneigées de l'Atlas, le minaret de la Koutoubia.

Moune avait raison, la Villa Taylor a sauvé sa tête, nuit après nuit, comme la Shéhérazade des *Mille et Une Nuits*.

Les blessures du passé cicatrisent peu à peu.

La villa m'a révélé ceux à qui je dois ma vie, leurs ombres me protègent. Quand mes pas sont moins assurés, je respire le parfum de grand-mère, comme Halima ; c'est un philtre apaisant, il libère de bons génies.

Je ne crains plus Guéliz, le perroquet blanc. Le jour venu, Halima ira chez Agathe et le ramènera Villa Taylor. Il reprendra sa place dans le séjour, près du canapé blanc.

J'ai promis, je tiens toujours mes promesses.

Un homme clair-obscur a surgi sur ma route. J'ai voulu m'écarter mais, comme disait Churchill : « On rencontre sa destinée souvent par les chemins qu'on prend pour l'éviter. »

Désormais, j'avance à tâtons comme le jardinier aveugle ; je taille ma vie avec délicatesse, guidée par le parfum de mes regrets.

Après trois mois d'errance, Salim est à Paris, trois longs mois où je n'avais que sa voix, son écriture. Trois mois de manque, de douleur sourde, insidieuse, comme l'angoisse de mes vingt ans qui me condamnait à avaler sans cesse pour survivre. Sa voix, chaque nuit, tel un serpent, m'enlaçait, tendait la pomme et me torturait.

— Je suis parisien…

Ces trois mots m'ont figée : la peur des retrouvailles.

— Diane, 19 heures précises, fontaine des Fleuves, place de la Concorde.

Il a raccroché sans attendre, comme si ma venue était une évidence.

Il fait froid, le ciel de décembre est gris sale, une couche opaque de nuages couvre Paris depuis une semaine. Les fontaines de la Concorde s'estompent au fil du crépuscule ; 18 h 55, je suis face à celle des Fleuves, beauté éteinte à l'orée de la nuit.

L'illusion ténue d'un parfum, quelques bribes

fugaces, improbables, mais très vite le parfum s'affirme, c'est celui de Moune, le parfum de la Villa Taylor, irréel dans la beauté glacée de l'hiver parisien.

Deux bras m'enserrent et la voix de Salim murmure au creux de mon oreille :

— Veux-tu voir l'étendue de mes pouvoirs ?

Et soudain la fontaine s'embrase. Et de la bouche des tritons dorés jaillit une eau gorgée de lumière.

— Regarde, dit-il, c'est beau comme mon avenir avec toi car, pour être supportable, la vie doit se draper dans l'étoffe des rêves…

Citations de Winston Churchill

— Page 39 : lettre à sa mère (24/8/1898), citée dans *Le Monde de Churchill. Sentences, confidences, prophéties, reparties*, de François Kersaudy, Tallandier, 2011 et 2014.

— Pages 56-57 : passage inspiré du discours *The Dream*, in *The Sunday Telegraph*, 30/1/1966.

— Page 204 : discours, New York, 25/1/1932.

— Page 247 : *The River War*, Longmans Green and Co, 1899.

— Page 330 : *Painting as Pastime* (1921), Odhams Press Limited, 1948 ; Penguin, 1965 ; Unicorn Publishing Group.

— Pages 393-394 : *Réflexions et Aventures*, Tallandier, 2008.

Des mêmes auteurs :

Le Syndrome de Lazare, éditions du Rocher, 2006.

La Douleur du fantôme, éditions Phébus, 2010.

Alger sans Mozart, éditions Naïve, 2012.

Siamoises, éditions Naïve, 2013.

PAPIER À BASE DE FIBRES CERTIFIÉES

Le Livre de Poche s'engage pour l'environnement en réduisant l'empreinte carbone de ses livres. Celle de cet exemplaire est de :
350 g éq. CO_2
Rendez-vous sur www.livredepoche-durable.fr

Composition réalisée par MAURY-IMPRIMEUR

Imprimé en France par CPI
en février 2018
N° d'impression : 3026885
Dépôt légal 1re publication : mars 2018
LIBRAIRIE GÉNÉRALE FRANÇAISE
21, rue du Montparnasse - 75298 Paris Cedex 06

16/4845/8